DREAMBOOKS

DREAMBOOKS

DREAMBOOKS

DREAMBOOKS

8

요마전설 8

초판 1쇄 인쇄 / 2015년 7월 10일
초판 1쇄 발행 / 2015년 7월 17일

지은이 / 김남재

발행인 / 오영배
책임편집 / 편집부
펴낸 곳 / (주)삼양출판사 · 드림북스

주소 / 서울시 강북구 도봉로 173
대표 전화 / 02-980-2112 팩스 / 02-983-0660
편집부 전화 / 02-980-2116 팩스 / 02-983-8201
블로그 / blog.naver.com/dreambookss

등록번호 / 제9-00046호
등록일자 / 1999년 3월 11일

ⓒ 김남재, 2015

값 8,000원

(주)삼양출판사 · 드림북스의 서면 허락 없이는 어떠한
형태나 수단으로도 이 책의 내용을 이용하지 못합니다.

ISBN 979-11-313-0260-6 (04810) / 979-11-313-0169-2 (세트)

* 지은이와 협의하에 인지는 생략합니다.
* 잘못된 책은 구입한 곳에서 바꾸어 드립니다.

이 도서의 국립중앙도서관 출판시도서목록(CIP)은 서지정보유통지원시스템홈페이지
(http://seoji.nl.go.kr)와 국가자료공동목록시스템(http://www.nl.go.kr/kolisnet)에서
이용하실 수 있습니다. (CIP제어번호: 2015018025)

ORIENTAL FANTASY STORY & ADVENTURE
요도 김남재 신무협 장편소설

요마전설

魔説
妖傳

8

dream books
드림북스

목 차

제1장. 흔적 - 피 냄새가 나 **007**

제2장. 복면인 - 너 생각보다 강한데 **035**

제3장. 단서 - 북황련이 배후에 있네 **065**

제4장. 단합 - 다시 한 번 고마워요 **095**

제5장. 도약풍 - 내가 이곳에 온 이유는 **125**

제6장. 정체 발각 - 투항하게 **161**

제7장. 감행 - 나와 함께 가요 **203**

제8장. 천라지망 - 도망칠 곳은 없다 **233**

제9장. 이별 - 떠나게 **267**

제10장. 변화된 삶 - 저희의 목을 걸죠 **285**

제11장. 새로운 임무 - 너에게 내릴 벌은 **313**

제12장. 그리움 - 그렇게 생각했다 **347**

제1장. 흔적
— 피 냄새가 나

 입맞춤 이후 둘 사이에는 정적이 감돌았다.
 둘은 나란히 선 채로 강물을 가만히 바라만 보고 있었다. 백호의 고백에 한동안 당황했던 월하린은 이내 입가를 손으로 가리고는 자신도 모르게 헤실헤실 웃었다.
 어떤 말을 하기엔 둘 사이에 묘하게 어색함이 흘렀지만 기분은 좋았다.
 아직까지도 입술에 남아 있는 여운이 그녀의 심장을 뛰게 만든다. 자신이 웃고 있다는 걸 알아차린 월하린이 애써 고개를 옆으로 틀어 표정을 감췄다.
 참으려 하는데, 이상하게 계속해서 실실 웃어 버리고 만다.

제1장. 흔적 - 피 냄새가 나

아마 그만큼 기뻐서일 게다.

자신만의 짝사랑이라 생각했다. 백호는 절대 인간을 좋아할 거라 생각하지 않았다. 그랬기에 백호가 자신에게 하는 행동 하나하나에도 의미가 없을 거라 여기며 애써 자신의 감정을 억눌러 왔다.

그런데 아니었다.

그 설레었던 모든 것들이 자신만의 감정이 아닌, 백호와 함께 느꼈던 감정이라는 사실이 그녀를 기쁘게 만들었다.

긴 침묵을 깬 건 다름 아닌 백호였다.

헛기침을 한 백호가 입을 열었다.

"흠흠, 슬슬 갈까?"

그녀와 마주하는 순간 감정이 폭발했고, 자신의 마음을 확인하면서, 더는 참지 못하고 입맞춤을 하긴 했지만 백호는 뭔가 쑥스러웠다.

사실 남 눈치 안 보고 제멋대로 살아온 백호로서는 지금 이 어색함이라는 감정은 너무나 생소한 것이었다.

월하린은 계속해서 나오는 웃음을 손으로 가린 채로 고개를 끄덕였다. 대답을 들은 백호가 몸을 돌려 먼저 걸음을 옮겼다.

어색하게 걸어가는 백호의 뒷모습을 바라보던 월하린이 뭔가 결심한 듯 그에게 다가갔다.

백호가 용기를 냈으니, 이번에는 자신의 차례였다.

월하린은 터덜터덜 힘없이 걷는 백호의 손에 자신의 손을 꽉 끼워 넣었다. 갑작스럽게 월하린이 깍지를 끼자 당황한 백호가 시선을 돌려 그녀를 바라봤다.

월하린이 쑥스러웠는지 웃으며 작게 중얼거렸다.

"깍지까지 꼈으니까 빼기 쉽지 않을걸요?"

자신을 올려다보며 웃는 그녀의 얼굴을 보자, 백호의 마음이 이상할 정도로 편해졌다.

"놔준다고 한 적 없는데?"

백호가 히죽 웃으며 대답했다.

그는 그 말을 내뱉으며 월하린의 손을 놓지 않겠다는 듯 더 강하게 움켜잡았다.

꽉 맞잡은 두 손으로 온기가 스며들었다.

추운 바람이 휘몰아치는 쌀쌀한 날씨였지만, 맞잡은 손 덕분인지 둘은 이상할 정도로 따뜻함을 느꼈다. 손을 잡은 채로 걸어가는 내내 월하린은 계속해서 실실 웃기만 했고, 백호 또한 그런 그녀를 곁눈질로 훔쳐보느라 바빴다.

그런 그들의 눈앞에 두 사람이 모습을 드러냈다.

혹시나 하는 걱정에 인근을 찾아 나섰던 전우신과 아운이었다. 백호와 월하린의 모습을 발견한 전우신이 먼저 소리쳤다.

"백호님!"

분위기를 깨는 둘의 등장에 백호가 표정을 와락 구겼다.

그런 백호의 심정도 모른 채 둘이 빠르게 다가왔다.

무사한 월하린을 보며 안도의 한숨을 내쉬던 중 아운이 둘의 맞잡은 손을 발견했다.

아운은 수상쩍다는 듯이 입을 열었다.

"어라? 그런데 두 분 뭔가 분위기가 좀 묘한데요? 손을 잡고 걸어오는 상황이라니, 이건 뭔가……."

"저리 비켜."

백호가 귀찮게 굴지 말라는 듯이 아운을 발로 툭툭 차며 지나쳐 갔다. 손을 잡고 있는 것이 들통 났고, 그것이 사실 쑥스럽기도 했지만 백호는 월하린의 손을 놓지 않았다.

어렵게 잡은 이 손을 놓고 싶지 않았으니까.

그리고 그건 월하린도 마찬가지였다.

둘의 이런 모습에 놀란 듯 서 있던 전우신과 아운이 황급히 정신을 차리고 그 뒤를 쫓을 때였다. 백호가 불만 어린 목소리로 말했다.

"붙어 있으라고 했을 때는 떨어져 있어 놓고, 지금은 뭐 이렇게 졸졸 쫓아다녀?"

"아니 뭐…… 가는 방향이 같다 보니……."

아운이 꽉 잡은 손을 힐끔거리며 말했다.

백호는 저리 가라는 듯 손을 휘휘 저었다.

"괜히 쫓아다니지 말고, 너희 갈 길이나 가든지 해. 우린 좀 있다가 갈 테니까."

어떻게든 두 사람을 쫓아내려던 백호, 그렇지만 그런 그를 향해 전우신이 입을 열었다.

"저…… 그러시긴 힘들 것 같습니다."

"힘들긴 뭐가 힘들어?"

"저희가 궁주님을 찾아오기 직전에 이상한 서찰 하나가 도착했습니다. 그래서 분위기가 뭔가 심상치 않은 것 같더군요. 서둘러 가 보시는 것이 좋을 것 같습니다."

"이상한 서찰이라니?"

"저도 잘은 모르겠습니다. 누군가가 쏜 화살 하나가 마차에 박혔고, 그 화살에 서찰이 달려 있었습니다."

"그게 왜? 서찰이 날아왔는데 분위기가 왜 심상치 않아?"

백호의 질문에 전우신이 고개를 갸웃하며 말을 받았다.

"저도 내용까지는 알지 못하지만 장문인의 표정이 급변하시더니 회의를 소집하시는 것 같았습니다. 거기까지만 보고 저희는 백호님과 궁주님을 찾으러 온 거라 그 이후의 사정에 대해서는 모릅니다."

전우신의 말을 들은 백호가 짜증스러운 표정을 지어 보

였다. 지금 같은 때 또 귀찮게 무슨 일이 벌어진 것인가.

그런 그를 향해 월하린이 말했다.

"어디를 가든 같이 있을게요."

월하린의 그 한마디에 백호의 짜증스러웠던 표정은 언제 그랬냐는 듯이 풀렸다. 어디를 가든 그녀와 함께할 수 있으면 그걸로 됐다.

"뭔 일인지 궁금하네. 어서 가자."

백호가 기분 좋은 얼굴로 앞장서서 걸어 나갔다.

애초부터 그리 멀리 떨어지지 않은 곳이었기에 도착하는 건 순식간이었다. 주기진과 적개 둘이 뭔가에 대해 심각한 표정으로 이야기하고 있었고, 남은 두 명의 별동대원은 짐을 챙기고 있었다.

백호가 주기진에게 다가갔다.

"뭔 일 있다며?"

"왔는가?"

주기진은 이내 백호와 함께 서 있는 월하린을 발견하고는 기분 좋은 목소리로 말했다.

"거 보게. 별일 없을 거라 하지 않았나."

"그건 됐고, 그나저나 갑자기 짐을 챙기고 있던데 움직이려고? 여기가 마지막이라고 하지 않았어?"

"한 곳이 더 늘었네."

"그래? 그럼 가면 되겠네."

"그게…… 판단 중이네."

"뭘 판단하는데?"

주기진은 슬쩍 옆에 있던 적개와 시선을 주고받았다. 백호의 말대로 이들이 알아낸 곳은 이곳까지였다. 그런데 새로이 추가된 한 곳. 그곳은 다름 아닌 의문의 서찰에서부터 시작되었다.

"서찰 한 통을 받았네."

"그 이야긴 매화한테 들었어. 그런데 그게 왜?"

"사실 지금 가야 하나, 말아야 하나 고민하는 장소는 그 서찰에 적혀 있던 곳이야. 놀랍게도 그 안에는…… 맹주님이 마지막으로 간 장소라며 목적지가 적혀 있더군. 그것도 추측이나 예상이 아닌 확실한 정보라며 말이야."

"개방에서 알아낸 거야?"

"그랬다면 고민을 했겠는가."

문제는 바로 그거였다.

날아든 서찰, 그것이 누가 보낸 것인지 알 수가 없었다. 정체불명의 서찰이었지만 그 안의 내용은 충격적이었다.

서찰 안에는 맹주가 당한 장소가 정확하게 적혀 있었다. 그것도 지금 당장 가지 않으면 늦는다는 말과 함께.

주기진과 적개의 의견이 갈렸다.

주기진은 우선 가 보는 게 어떻겠냐고 제안했다. 그렇지만 적개는 달랐다. 개방조차 알아내지 못한 정보다. 정말 이 말이 사실일 확률은 극히 낮고, 당장 가야 한다는 부분이 수상하다는 것이었다.

더군다나 무림맹에 알리지 말고 지금 인원만으로 은밀하게 움직이라니…… 어찌 수상하다 여기지 않을 수 있겠는가.

적개가 다시금 말했다.

"이건 함정입니다. 개방도 알아내지 못한 사실을 이런 서찰 하나만 보고 움직이기엔 너무 위험합니다. 더군다나 조건이 너무 많습니다. 지금 당장 가야 되고, 또 무림맹에는 알리지 말고 소수로만 움직이라니요."

"자네의 말도 이해하네. 그렇지만……."

주기진 또한 적개가 하는 고민을 어찌 모르겠는가. 하지만 그냥 무시해 버리기엔 이 정보는 너무나 매력적이었다.

설령 함정일 확률이 구 할이라 할지라도.

둘의 얼굴에 수많은 고민이 감도는 걸 본 백호가 손을 뻗었다.

"대체 뭐가 그리 문제야. 이리 줘 봐."

적개는 잠시 멈칫하다가 이내 손에 들고 있던 서찰을 백호에게 건넸다. 백호가 서찰을 건네받아 시선을 돌렸을 때다.

"어?"

백호의 짧은 탄성에 모두의 시선이 그에게로 몰렸다. 주기진이 먼저 말했다.

"왜 그러는가?"

"잠시만. 이 표식 그거 아냐, 월하린?"

"표식이요?"

월하린은 백호가 들고 있는 서찰을 확인하게 위해 살짝 까치발을 들며 안의 내용을 살피려 들었다. 그렇지만 굳이 서찰을 읽을 필요도 없었다.

서찰 아래에 박혀 있는 하나의 인장.

그거면 충분했다.

서찰의 아래에는 새카만 나비가 날고 있었다.

나비 문양을 확인한 월하린의 눈동자가 커졌다.

"이 검은 나비는……."

월하린에게 무슨 일이 벌어지기만 하면 곧바로 도와주던 의문의 조력자. 그자의 문양이 아니던가.

이 나비 문양의 인물 덕분에 하북팽가의 계략을 알아차렸었고, 전우신을 이용해 화산파를 위험에 몰아넣으려던 계책도 깨트렸다.

월하린은 재차 그 나비 문양을 더 뚫어져라 확인했다.

그리고 그건 그녀가 기억하는 바로 그 문양과 정확하게 일치했다.

월하린까지 뭔가를 아는 눈치자 주기진이 전우신을 바라봤다.

전우신은 움찔했지만 입을 닫았다.

전우신과 아운 또한 이 문양에 대해 한 번 들은 적이 있기에 기억하고 있다. 다만 자신이 먼저 말을 하는 건 아니라는 생각에 전우신은 대답을 회피하고 있을 뿐이었다.

그때 월하린이 입을 열었다.

"확실해요. 이건 그자예요."

"그자라니? 혹 누가 보냈는지 알겠는가?"

"아뇨. 저도 정체는 몰라요. 다만…… 이 문양의 서찰 덕분에 몇 번이고 큰 도움을 받았죠."

"도움을 받았다고?"

"예. 덕분에 몇 차례 위험한 고비를 넘기곤 했었어요."

"그렇다면 내 하나만 물어보겠네. 자네가 보기엔 이 서찰을 보낸 자가 아군인가, 적군인가?"

주기진의 질문.

대답하는 게 쉽지는 않았다.

지금 월하린의 한마디로 이 서찰을 따라 움직일지 말지가 정해질 테니까. 아주 잠깐 말문을 닫은 월하린은 고민하는 듯했다.

하지만 답은 정해져 있지 않았던가.

"저라면…… 믿겠어요. 아군이었으면 하는 사람이니까요."

"그런가?"

주기진이 적개를 바라봤다.

원래부터 이 서찰에 적힌 곳으로 가기를 바랐던 주기진이다. 그러던 것이 월하린에게 말을 전해 듣자 더욱더 가야 할 것 같다는 쪽으로 의견이 치우쳤다.

그런 주기진의 얼굴에서 생각을 읽었는지 적개는 짧게 한숨을 내쉬었다.

함정일 거라는 생각이 아예 가신 건 아니지만…….

월하린까지 주기진의 편에서 손을 들어 보이니 적개로서는 어찌할 도리가 없었다. 더군다나 몇 차례나 월하린을 도왔다지 않은가.

정체가 불분명한 자에 의해 좌지우지되는 건 개방도로서 불쾌했지만 어쩔 수 없는 상황이다.

적개가 고개를 끄덕였다.

"우선 가 보죠. 그리고 혹여나 이게 함정이라면 어떻게든 도망치면……."

"함정이면 부숴 버리지 뭐. 안 그래, 영감?"

백호가 주기진을 향해 말했다.

그런 백호의 말에 주기진은 가볍게 웃어 보였다.

백호의 막무가내 같은 저 성격이 지금 같은 땐 오히려 큰 용기를 주기도 했다. 함정이면 어떻게 하나 하는 걱정이 한결 가벼워졌다.

백호의 말대로다.

함정이라면 부숴 버리면 그만이다.

적어도 지금 이 자리에는 자신과 개방에서 손으로 꼽는 고수 중 하나인 적개, 그리고 끝을 알기 힘든 사내 백호도 있지 않은가.

이 정도면 웬만한 문파 하나가 통째로 덤벼도 질 것 같다는 생각은 들지 않았다.

주기진이 이내 월하린에게로 시선을 돌렸다.

무림맹에 알리지 말고 바로 움직이라 했지만, 이들은 이미 함께하고 있는 상황.

백하궁의 도움이 필요했다.

주기진이 조심스레 말했다.

"월 궁주. 괜찮다면 우리와 함께 가서 도와줬으면 하는데……."

월하린이 막 대답하려고 할 때였다.

아직까지도 잡은 손을 놓고 있지 않던 백호가 그녀를 번쩍 들어서 마차에 오르는 걸 도와줬다. 월하린을 마차에 태운 백호가 고개를 돌려 말했다.

"같이 갈 거야, 영감. 어디를 가든 쭉 같이 있기로 했거든."

"아…… 그런가?"

뭔가 묘한 여운을 남긴 채로 백호도 마차에 올랐다.

주기진이 고개를 갸웃하며 중얼거렸다.

"뭔가 수상한데. 설마……."

   *   *   *

일행을 태운 마차는 빠르게 달리고 있었다.

아까까지만 해도 이 마차에는 백호와 주기진, 이렇게 둘만이 타고 있었다. 나머지 인원들은 모두 마부석에 타고 움직이고 있었는데, 월하린의 합류로 인해 마차 안은 무척이나 꽉 찬 느낌이었다.

월하린과 전우신, 아운이 합류한 일행은 종전과는 다르게 뭔가 시끌벅적했다.

주기진이 신기한 시선으로 이들을 바라봤다.

'그렇게 죽상을 짓고 있더니만…….'

무슨 고민을 하는지 멍하니 창밖을 바라보다 한숨을 내

쉬다를 반복하던 백호의 얼굴에 웃음꽃이 폈다. 그는 연신 히죽거리며 월하린을 바라보고 있었다.

보는 것만으로도 그리 좋은지 두 사람은 그저 바라보면서 웃기만 했다. 그것도 두 손을 꽉 맞잡은 채로.

신기한 건 백호의 모습뿐만이 아니었다.

주기진은 자신의 옆에 있는 전우신이 과연 자기가 알던 그놈이 맞나 의심이 들 정도였다.

전우신이 자꾸 자신을 밀어 대는 아운을 향해 불만스러운 마음을 토해 냈다.

"아, 좁다니까. 너 그냥 마차 지붕에 올라타서 가면 안 되냐?"

"아니 덩치가 더 큰 건 넌데 왜 내가 마차 지붕에 올라타야 되냐? 더군다나 화산파가 둘인데 한 명은 희생해야지. 어르신한테 위에 오르라 할 순 없으니 네가 가는 게 맞지 않겠냐?"

"정파가 그리 싫은데 옆자리에 앉아도 되겠어? 그냥 맘 편히 지붕에 올라가서 가지?"

"하하, 아무리 싫어도 이렇게 추운 날 달리는 마차 지붕 위로 올라가라고? 하, 인간미 없는 자식이네."

"걱정하지 마. 넌 하도 입을 나불거려서 절대 얼어 죽진 않을 테니까."

시끄럽게 떠들어 대는 전우신을 보며 주기진은 놀란 감정을 감추기 어려웠다. 말이 많은 것도 놀라웠지만, 그보다 더욱 신기한 건 전우신이 자신의 속내를 감추지 않는다는 것이다.

원래 그는 속내를 잘 드러내지 않았다.

주기진이 알던 전우신이었다면 애초부터 마차가 좁다느니 하는 말을 하지 않았을 것이다. 불편해도 참고, 자신을 희생하는 부류가 전우신이다.

그런 그가 지금은 오히려 먼저 상대에게 자신의 속내를 드러내고 있었다.

그것도 한술 더 떠 그냥 불편하다 정도가 아니라 마차 지붕 위로 올라가라는 둥 정말 상상조차 하지 못했던 말들을 내뱉으며 말이다.

놀라 하던 주기진은 이내 짧은 미소를 지었다.

속내를 털어놓을 만큼 저 사내와 편한 사이라는 소리니까.

화산파의 그 누구도 하지 못했던 일을 이렇게 짧은 시간 안에 전우신과는 정반대되어 보이는 저 사내가 해냈다.

놀라움과 더불어 고마움이 컸다.

저렇게 활기찬 전우신의 모습이 너무나 보기 좋았으니까.

떠들어 대는 전우신을 흐뭇한 표정으로 바라보고 있을 때였다.

"근데 우리가 가는 곳 멀어?"

백호의 질문에 정신을 차린 주기진이 고개를 저었다. 지금 향하는 곳은 무림맹에서 그리 떨어지지 않은 곳이었다.

"어디라고 딱히 말해 주긴 어렵네. 이름 없는 장원이긴 한데 나도 가 본 적이 없는 곳이라. 사실 장소를 들었을 때 좀 의아하더군. 왜 그곳에 가신 건지 도통 이해가 되지 않아서 말이야."

그 장원은 너무나 생소한 곳이었다.

만약 서찰의 내용이 사실이라면 율무천은 대체 왜 그곳으로 간 것일까?

지금 바깥으로 나가는 건 위험을 감수해야 할 일이라는 걸 그 누구보다도 잘 알던 율무천이다. 그런 그가 나갔다가 당했다기에 당연히 율무천이 비밀리에 찾는 장소들 위주로 조사를 했다.

뭔가 용무가 있지 않았다면 나가지 않았을 테니까.

그런데 지금 그들이 가는 곳은 단 한 번도 율무천이 찾았던 장소가 아니다. 그곳은 무림맹주의 비밀 거점은 아니었다.

그런데 대체 왜일까?

위험을 감수하면서까지 그곳에 가야 할 이유가 있었다는 말인데…….

생각이 꼬리에 꼬리를 문다.

주기진이 머리가 아파오는지 손가락으로 미간을 꾹꾹 눌렀다.

그렇게 주기진이 고민에 잠겨 있을 때 달리는 마차가 점점 목적지로 향해 가고 있었다.

마부석에 앉아 있던 적개가 소리쳤다.

"곧 도착입니다."

"알겠네."

주기진이 짧게 말을 마치고는 내릴 차비를 마쳤다. 그러고는 이내 마차가 멈췄다.

덜컹.

문을 연 주기진이 먼저 마차에서 뛰어내렸다. 그 뒤를 이어 다른 인원들도 하나씩 마차에서 내려섰다.

"여긴가?"

"예, 서찰에 적힌 곳은 분명 이곳입니다."

"그렇다면 들어가 보지. 너희 둘은 이곳에 남아 혹시 바깥에 무슨 일이 생긴다면 보고하도록 해라."

"예, 알겠습니다."

별동대의 두 명이 고개를 끄덕였다.

두 명에게 들어서는 부분을 감시하라는 명을 내린 주기진은 남은 인원들을 바라보며 고개를 끄덕였다.

여섯의 인원이 빠르게 장원 안으로 들어섰다.

문을 열고 막 안으로 들어서는 그 순간 백호의 미간이 꿈틀했다.

"잠깐."

가장 먼저 앞으로 나아가던 백호가 손을 들어 뒤에 있는 인원들을 저지했다. 그런 백호의 행동에 주기진은 의아해했지만, 월하린이나 전우신, 그리고 아운에게는 그리 낯설지 않은 상황이었다.

뭔가를 알아차린 게 분명했다.

백호가 가볍게 뒤를 바라보자, 세 명은 빠르게 움직였다.

월하린은 백호의 뒤편에 섰고, 그런 그녀를 지키듯 전우신과 아운이 위치했다. 별말도 없었는데 일사불란하게 행동하는 이들의 모습에 주기진은 놀라면서도 뭔가 일이 벌어졌다는 걸 직감했다.

백호가 뒤에서 쫓아오라는 듯이 손가락을 까닥였다.

월하린을 보호하듯이 선 일행은 백호를 따라 쭉 걸었다. 백호는 다른 곳에는 시선도 주지 않고 계속해서 어딘가를 향해 움직였다.

그렇게 느리지도, 빠르지도 않은 걸음걸이.

백호는 곧바로 장원 안에 있는 창고로 향했다. 창고의 옆면은 깨어져 있었고, 내부에는 오래된 물품들이 어지럽게 널브러져 있었다.

백호가 안으로 걸어 들어가며 가볍게 주변을 살폈다.

그가 길게 숨을 들이마셨다.

백호는 그대로 옆으로 걸어가 무너진 벽면을 천천히 어루만졌다.

백호가 짧게 말했다.

"피 냄새가 나."

그 한마디에 주변을 살피던 주기진의 표정이 돌변했다. 백호가 몸을 돌려 일행을 바라보며 말을 이었다.

"그것도 한 명이 아냐. 여러 명의 피 냄새가 나는 것 같은데."

"여러 명?"

"음……."

백호는 눈을 감은 채 계속해서 신경을 집중했다. 그러고는 이내 눈을 치켜떴다.

"하도 뒤섞이기도 했고, 시간도 지나서 정확히는 힘들지만…… 최소 여덟, 아홉 명 이상이 여기서 피를 흘린 것 같아. 그리고 냄새의 깊이를 보면 열흘은 확실히 넘은 것 같고……."

　백호의 이야기가 길어질수록 주기진은 혼란스러웠다.

　오랫동안 아무도 드나들지 않던 장원이다.

　이곳에서 열흘보다 조금 더 전에 누군가가 피를 흘릴 정도로 싸웠다니.

　무림맹과 멀지 않은 이런 곳에서 그런 싸움이 벌어질 일이 얼마나 있을까? 그리고 백호가 말한 숫자 또한 맹주와, 그의 호위무사들의 머릿수와 얼추 비슷하다.

　백호는 벽을 매만지던 손을 떼며 자신의 말을 증명했다.

　"그리고 이 벽. 부서진 부분을 만져 봤는데 이것 좀 봐. 부서진 지 그리 오래된 거 같지 않은데?"

　백호가 무너진 벽면에서 묻어 나오는 가루를 보여 주며 말했다. 그 말에 적개 또한 고개를 끄덕이며 동조했다.

　"제가 봐도 그리 오래된 것 같지는 않습니다."

　"그 말은 이곳에서 맹주님이 누군가와 싸웠다는 소리로군."

　"만약 이곳이 맹주님이 오신 곳이 맞다면…… 그렇게밖에는 생각할 수 없을 것 같습니다."

　"하지만……."

　모든 조건은 일치한다.

　그렇지만 주기진은 확신이 없었다.

주기진이 슬쩍 벽면을 바라봤다.

창고를 지탱하는 벽의 반 가까이가 부서졌다.

보통의 무인들이 싸움을 벌였다면 이해가 간다. 하지만 싸운 이는 다름 아닌 무림맹주였다. 그의 무공이었다면 이 정도 창고는 가루가 되었어도 이상할 게 없다.

주기진이 자신의 생각을 내비쳤다.

"맹주님이 이곳에서 싸우셨다면 이렇게 멀쩡했을 리가 없네."

"그렇다면 가정은 두 개가 있을 것 같습니다. 맹주님은 이곳에 오시지 않았거나, 아니면…… 손을 쓰기도 전에 당하셨거나."

"가능하겠는가? 맹주님 정도 되는 분이 손을 쓰기 전에 당할 상대라니."

"그럴 상대는 분명 없겠지요. 제 추측이긴 한데 혹시 지인이 아니었을까요? 지인의 부름에 이곳에 오신 거고, 믿었던 자이니 만큼 채 방비도 하기 전에 당한 것이라면 말은 됩니다."

"아무리 지인이라 해도……."

율무천이 누구인가.

정사를 막론하고 그 적수를 찾기 힘든 고수다.

검성이라 불리는 그는 지인으로 방심하게 한다 하여 이

토록 간단히 제압할 수 있는 자가 아니다. 지인이면서도 맹주 율무천에 버금가는 고수여야 가능한 일.

과연 그런 자가 누가 있단 말인가.

주기진은 고개를 가볍게 저었다.

"맹주님을 그렇게 제압할 만한 이는 없네. 아무래도 여긴 잘못 찾은 것 같군."

피 냄새에 대해서는 조금 더 조사를 해 봐야겠지만 주기진은 이곳이 율무천이 왔던 마지막 장소는 아닐 거라 판단했다.

그때 백호가 짧게 말했다.

"아니, 맞는 것 같은데."

"어째서?"

주기진이 되물을 때였다.

백호가 히죽 웃더니 손가락을 퉁겼다.

투웅!

짧은소리와 함께 백호의 소매 속에서 열두 자루의 비도가 순식간에 쏟아져 나갔다. 일전에 눈으로 보고 바로 훔쳐 버린 하오문주의 무공이었다.

귀왕령.

서른아홉 개의 비도를 단 한 호흡에 내공을 담아 쏟아내는 하오문의 최고 암기술. 당시의 백호는 완벽하게 구현해 내지 못했다. 하지만 지금의 백호는 그때와 달랐다.

지니고 있는 비도의 숫자가 열두 개밖에 되지 않았지만 그 운용이나 날카로움은 본래 그 무공을 선보였던 하오문주보다 최소 두 수 이상은 위였다.

암기가 하늘로 솟구치더니 이내 쏟아져 내리는 유성처럼 목표했던 곳으로 날아들었다.

거리를 벌리며 제각기 떨어져 내리는 비도들이 헤쳐 있는 쌀부대를 갈랐다.

촤악!

썩어 버린 쌀이 쏟아져 나왔다.

허나 중요한 건 그게 아니었다. 쌀이 쏟아져 나오기 직전에 부대 안에서 뭔가가 튕겨져 나왔다.

부웅!

정체불명의 괴한들 중 하나가 빠르게 접근했다. 그는 상대가 채 방비하기 전에 끝내야 한다 생각했는지 곧바로 백호에게 검을 휘둘렀다.

서억!

날카로운 소리가 귓가에 울린다.

하지만 그보다 백호가 빨랐다. 백호는 달려드는 상대의 팔을 쳐 냈다.

파앙!

동시에 백호의 주먹이 움직였다.

번쩍! 쿠카카캉!

그냥 단순한 일권이 아니었다.

내력이 실린 공격에 상대는 뒤로 주욱 밀려 나갔다. 거의 오 장 가까이를 밀려 나갔지만 백호가 짧게 감탄성을 토해 냈다.

"호오."

사실 끝내려고 날린 공격이었다.

그런데 상대는 내공에서 지면서 뒤로 밀려 나가긴 했지만, 백호의 빠른 공격을 받아 낸 것이다.

보통 실력자가 아니다.

갑작스러운 괴한들의 등장에 백호를 제외한 모두가 놀랐다. 특히나 주기진의 놀람은 이루 말로 표현하기 힘들 정도였다.

무공으로 일가를 이룬 자신이 이토록 가까이에 숨어 있는 자들을 알아차리지 못했다.

그만큼 이들의 잠입술이 뛰어나다는 말이다.

하지만 그런 그들을 백호는 알아차렸다.

상대는 셋이었다.

"이놈들은……?"

주기진의 물음에 백호는 맞은편에 선 그들에게서 시선도

떼지 않고 말했다.

"모르지. 다만 처음 이곳에 들어왔을 때부터 놈들이 있는 걸 알았거든."

"설마 입구부터 알았던 겐가?"

"당연하지."

입구에 들어설 때 갑자기 손을 들어 저지했던 백호의 모습을 기억해 낸 주기진은 혹시나 해서 물었고, 그는 아무렇지 않게 고개를 끄덕였다.

허나 그런 백호의 행동에 주기진은 다시금 놀라 버렸다.

이토록 가까이서도 알아차리지 못한 놈들을 어떻게 그리 먼 곳에서 파악해 낼 수 있단 말인가. 백호의 능력에 놀람도 잠시.

지금 중요한 건 앞에 있는 괴한들이었다.

그들은 복면으로 얼굴을 감추고 있었지만 그럼에도 불구하고 표정을 알 수 있을 것만 같았다. 보지 않아도 알 수 있을 정도로 그들은 크게 동요하고 있었으니까.

백호가 히죽 웃으며 들으라는 듯이 중얼거렸다.

"이 늦은 밤에 이곳에서 무엇을 하고 있었을까나?"

"……."

복면인들은 침묵한 채로 백호를 응시했다.

자신들을 알아차린 것도, 그리고 그 민첩하면서도 파괴

적인 움직임까지. 절대 쉬운 상대가 아니라고 말하고 있었으니까.

"아!"

백호가 퍼뜩 생각났다는 듯이 감탄성을 내뱉더니 이내 그들을 가리키며 말했다.

"너희들…… 뒤처리하러 온 모양이네?"

제2장. 복면인
— 너 생각보다 강한데

 웃으며 내뱉는 백호의 말에는 가시가 있었다.
 백호의 예상은 맞았다. 이들은 율무천이 당한 이곳의 뒤처리를 하러 온 상황이었다. 그런데 예상치 못하게 이곳에 누군가가 들이닥쳤다.
 상대가 뛰어난 고수들이었기에 단번에 인기척을 지우고, 그들이 떠나기만을 기다렸거늘…… 놀랍게도 자신들의 은신을 완벽하게 파악하는 자가 존재했던 것이다.
 믿을 수 없었지만 그 백호라는 자는 자신들이 숨어 있는 곳에 비도까지 날렸다.
 의심할 여지도 없는 상황이었고, 재빠르게 빠져나와 일

격까지 가했지만 그것도 허투루 돌아갔다.

상대는 보통 실력자가 아니었다.

괴한들과 마주 선 백호가 뒤편에 있는 이들을 향해 말했다.

"영감이랑 매화, 그리고 두건은 월하린이랑 같이 있어. 그리고 거지는 나랑 같이 저놈들 좀 상대하지."

"거지가 뭐야 거지가!"

적개가 불만스럽다는 듯 호통을 치면서도 앞으로 걸어 나왔다.

백호는 일격을 가하면서 이들의 실력을 어렴풋이 파악한 상태였다. 정체를 알 수 없는 이들은 보통 실력자가 아니었다.

그랬기에 만약의 일을 대비해 가장 강한 주기진도 월하린의 호위로 붙였다.

복면을 쓴 자 중 가장 키가 큰 자가 앞으로 나섰다. 그의 목소리는 제법 나이가 있어 보이면서 음산했다.

"어떻게 알고 왔지?"

"아, 그건 됐고. 내가 물어볼게. 여기서 맹주가 당한 거 맞지? 누가 했는지도 아냐? 흐음. 기껏해야 뒷정리나 하는 놈들한테 너무 많은 걸 물었나?"

백호의 도발에 복면으로 감춰진 사내의 얼굴이 움찔했

다.

 비록 이렇게 뒤처리를 하기 위해 야음을 틈타 나타나긴 했지만 이토록 만만하게 보일 자가 아니었다.

 "소문대로 오만하구나."

 "날 아나 보네?"

 "그럼 알지. 하룻강아지인 주제에 범 무서운 줄 모르고 날뛰는 꼬맹이를 어찌 모르겠느냐."

 복면인의 말에 백호가 피식 웃었다.

 웃는 백호를 향해 그가 기분 나쁘다는 듯이 말을 내뱉었다.

 "웃어? 뭐가 웃기다고 웃는 거지?"

 "하나 말해 줄까? 내가 범이고, 날뛰는 꼬맹이는 내가 아니라 너지."

 모르는 사람이 듣는다면 그냥 도발에 가까운 말.

 하지만 백호의 말은 사실이었다.

 정말 백호는 호랑이였고, 나이 또한 인간과는 비교도 되지 않을 정도로 많았으니까.

 백호의 정체를 아는 백하궁 사람들만이 그 말에 담긴 진짜 의미를 파악하고는 가볍게 웃음을 흘렸다.

 그런 그들을 한 번 흘겨본 복면인은 불쾌한 듯이 이를 갈았다.

"감히 날 비웃어?"

복면인은 불쾌한 듯 살기를 내뿜었다.

후우우웅!

살기가 이내 주변의 공기마저 떨리게 만들었다.

많은 양의 내공이 주변을 휘저었다. 그 내공을 몸으로 체감하는 순간 월하린의 옆에 서 있던 주기진의 낯빛이 흐려졌다.

'누구지?'

엄청난 내공이다.

이 정도 내공이라면 자신과 견주어도 전혀 손색이 없을 정도. 아니, 어쩌면 자신보다 더욱 강할지도 모르겠다.

정파를 대표하는 고수라 불리는 십구천존 중에서도 상위권에 속한 주기진이다.

그런 자신이 승부를 장담할 수 없는 상대라니…….

복면인이 아무 말 없이 서 있는 백호를 보며 자신에 찬 목소리로 말했다.

"까부는 것도 상대를 보고 까불어야지. 슬슬 겁이 나느냐?"

주기진조차 당황할 정도의 내력.

복면인의 예상대로라면 백호는 이미 겁에 질려 옴짝달싹 못 하고 있어야 맞을 게다. 그런데 그건 복면인의 착각이었다.

백호는 웃고 있었다.

"햐, 재미있겠는데. 생각보다 싸울 만하겠어."

"미친놈."

복면인은 자신도 모르게 욕설을 내뱉었다. 자신의 기운을 보고도 싸울 만하겠다고 좋아하는 백호의 행동이 그저 미치광이라고밖에 생각되지 않았으니까.

그런 백호에게 주기진의 전음이 날아들었다.

『상대가 범상치 않아. 나도 함께 싸우는 게……』

『나 혼자면 돼. 그러니까 영감은 월하린이나 지켜 줘. 저놈이 혹여나 꼼수를 부리면 막을 수 있는 사람은 영감밖에 없으니까.』

복면인의 힘을 보며 백호는 더더욱 확신했다.

저런 자를 상대로 월하린을 그냥 두었다가는 위험할지도 모른다는 생각이 든다. 그랬기에 백호는 이 싸움에 주기진이 끼는 걸 원치 않았다.

그런 백호의 마음은 알지만 주기진은 불안할 수밖에 없었다. 상대의 실력이 자신보다 위일지도 모른다는 걸 느끼고 있는 탓이다.

그런 고수를 백호가 과연 감당해 낼 수 있을까?

현실적으로 봤을 때는 말도 안 되는 소리라 생각해야 옳다. 그렇지만 자신감 가득한 백호의 모습과, 그런 자신감을 뒷받침할 만한 여러 가지 정황들이 주기진을 망설이게 했다.

자신조차 알아차리지 못한 이들의 은신을 단번에 꿰뚫었고, 상상도 못 할 속도로 강해지며 많은 고수들을 꺾어 온 백호다.

그런 그라면…… 조금은 믿고, 두고 봐도 되지 않을까?

주기진은 우선은 백호의 말대로 따르기로 했다.

계획대로 일이 흘러가지 않으면 그때 개입해도 늦지 않다.

주기진이 고민을 끝마칠 무렵, 복면인의 힘을 확인한 백호는 근질근질한지 더는 가만히 있지 못하고 상대를 향해 먼저 달려들었다.

번쩍! 쾅!

자신만만한 자세로 서 있던 복면인은 눈 깜짝할 사이에 다가와 일격을 쏟아 낸 백호의 공격을 가까스로 받아 내고는, 당황한 듯 뒤로 주춤 물러섰다.

'뭐 이렇게 빨라?'

그렇지만 놀라고 있을 여력이 없었다.

백호의 다음 공격이 번개처럼 이어지고 있었으니까.

힘으로 안 되겠다 판단한 복면인이 빠르게 뒤로 몸을 움직였다. 그림자처럼 빠져나간 그의 손에서 두 자루의 검이 솟구쳤다.

차아앙!

보이지 않던 쌍검이 갑자기 모습을 드러내며 곧바로 나비처럼 백호에게 날아들었다.

스으윽.

황급히 몸을 틀었지만 검은 유령처럼 따라붙었다.

그리고 검은 백호의 가슴팍에 상처를 남기고는 원래의 자리로 돌아갔다.

복면인의 기묘한 검법과, 독특한 외향을 한 쌍검을 보는 순간 주기진이 두 주먹을 불끈 쥐며 중얼거렸다.

"유령신마(幽靈神魔)?"

그 한마디에 복면인이 움찔했다. 하지만 감출 생각은 없었는지 그는 정체를 숨기지 않았다.

"역시 눈썰미가 제법이군."

애초부터 이들을 모두 죽일 생각이긴 했지만 자신의 정체가 드러난 이상 더더욱 살의가 솟구쳤다. 더는 정체를 숨길 필요는 없다 생각했는지 그가 복면을 벗었다.

복면을 벗고 드러난 그는 섬뜩해 보이는 인상을 지닌 노인이었다. 길쭉한 키에 얼굴 또한 무척이나 홀쭉했는데, 퀭한 눈가와 생기 없는 피부는 흡사 시체를 연상케 할 정도였다.

유령신마라 불리는 자가 복면을 벗자, 뒤이어 다른 둘 또한 마찬가지로 얼굴을 덮고 있던 천을 풀어 버렸다. 신기하게도 둘 또한 유령신마와 왠지 모르게 비슷한 분위기를 풍겼다.

상대의 정체를 알게 되자 주기진은 실로 당황한 듯 중얼거렸다.

"어찌 유령신마 네놈이 이곳에 있단 말이냐?"

"후후, 이십 년 만인가?"

유령신마가 웃음을 흘렸다.

웃고 있는 그를 향해 주기진이 믿기 힘들다는 듯이 물었다.

"이번 일에 북황련(北皇聯)까지 개입되어 있는 것이냐?"

주기진은 실로 충격을 받은 얼굴이었다.

북황련은 엽무강이 이끄는 신무련과, 아운이 속해 있는 흑천련과 더불어 사파를 대표하는 세 개의 세력 중 하나다.

이번 일을 반맹주파의 소행이라 생각하는 주기진이다. 그런데 무림맹의 일에 북황련이 개입되어 있다니! 이건 단순히 넘어갈 수 있는 문제가 아니다.

주기진은 노한 얼굴로 유령신마를 응시했다.

유령신마가 누구인가.

북황련 내에서도 련주를 제외하고는 그 적수를 찾기 어려운 인물이다. 그런 그가 이곳에 왔다는 건 율무천의 실종에 북황련 또한 깊숙이 관여하고 있다는 걸 의미했다.

주기진은 그림자회에게 분통을 터트렸다.

'대체 네놈들은 어디까지 갈 생각인 게냐! 맹주의 자리를 노린 걸로도 모자라 그런 일에 사파의 힘까지 빌리다니……!'

그들은 용서받을 수 없는 일을 벌였다.

돌아가는 그 즉시 이 일에 대해 고하고, 그 증거를 찾아 이번 일에 대해 엄히 문초해야만 할 것이다.

주기진의 질문에 대답할 생각이 없었는지 유령신마는 뒤편에 있는 수하들에게 손짓했다. 그들은 유령신마를 호위하는 유령쌍귀라는 자들이었다.

일귀와 이귀라 불리는 그들은 아주 오래전부터 유령신마와 함께한 자들이다.

움직이는 유령신마를 보며 잠시 둘의 대화를 보고만 있던 백호가 입을 열었다.

"회포들 다 풀었으면 다시 시작해도 되지?"

변함없이 자신감 가득한 백호의 모습에 유령신마는 기

분이 상했다. 자신의 이름을 듣고도 저렇게 거침없이 구니 얕보인다는 느낌마저 든다.

유령신마가 이해가 안 간다는 듯 바라보고 있을 때였다. 백호가 빠르게 적개를 향해 소리쳤다.

"네가 저 두 놈을 상대하면서 잠시 시간만 좀 끌고 있어. 저 괴상하게 생긴 놈 박살 내고 바로 도와줄 테니까."

"야, 바로 박살 내고 말고 할 상대가 아니란 말이야!"

적개가 버럭 소리쳤다.

백호가 상대할 자가 유령신마라면 절대 이기지 못할 거라는 생각이 들었다. 그리고 자신 혼자서 감당하기에는 유령쌍귀는 너무나 벅찬 상대들이었다.

둘 중 하나와 싸워도 승산은 오 대 오.

그런데 둘을 막고 있으라니…… 하지만 백호의 귀에는 이미 적개의 목소리는 들리지 않았다.

검을 뽑아 든 백호가 이미 유령신마와 싸움을 벌이기 시작했다.

그런 백호를 보며 적개가 곤란한 표정을 지어 보일 때였다. 주기진의 전음이 빠르게 날아들었다.

『우선은 백호의 말대로 하게. 상황을 보고 있다가 내가 은밀히 움직이는 게 더 승산이 있을 것 같아. 유령신마라면 정면으로 붙어선 승리를 장담할 수 없네. 자네가 틈을 만들어 주게나.』

적개는 고개를 끄덕였다.

차앙!

날아드는 백호의 검을 쳐 낸 유령신마는 반대편 손을 움직였다. 오른손과 왼손이 거의 동시에 움직이며 백호를 노리고 날아들었다.

유령살초 이초식 구륜필살(九侖必殺).

아주 짧은 순간이었지만 유령신마의 손에 들린 검에서는 놀라운 변화가 일어났다. 아홉 개의 고리가 검 끝에 무리지어 모이더니, 이내 그것들이 검을 떠나 아래로 파고들었다.

귀신처럼 다가오는 그 검환에 수많은 이들이 목숨을 잃었다. 막대한 내공이 소모되는 이 초식은 닿는 것만으로도 신체를 갈가리 찢어 버릴 정도의 파괴력을 지녔다.

무서울 정도로 회전하는 탓에 빨려 들어가는 순간 이미 사지는 넝마가 되어 버린다.

파르르르르!

맹렬하게 도는 아홉 개의 고리가 사방에서 백호를 노리고 날아들었다.

백호는 그 공격을 받아내기 위해 손바닥을 움직였다. 그 순간 놀란 주기진이 소리쳤다.

제2장. 복면인 – 너 생각보다 강한데

"안 돼! 그건……!"

파치치칙!

날카로운 소리와 함께 백호의 손에서 뿜어져 나간 기운들이 터져 나갔다. 생각지도 못한 상황에 백호가 눈을 크게 치켜떴고, 그 순간 고리는 치명적인 위력을 발휘했다.

회전하는 고리의 힘에 오히려 백호가 빨려 들어가는 듯이 휘청였고, 이내 검환이 백호의 손 어귀에서 돌며 맹렬한 기운을 뿜어냈다. 순간 백호의 손바닥이 터져 나가며 피가 사방으로 쏟아졌다.

그 모습에 월하린이 놀라 입을 손으로 가렸을 때다.

번쩍! 쿠콰콰콰콰콰쾅!

검환은 그것에서 끝이 아니었다. 백호의 근처에 도달하는 순간 강렬한 폭음과 함께 터져 버렸다. 일순 주변의 모든 것들이 흙먼지에 휩싸였고, 멀리에 있던 이들조차 뒷걸음질 치고야 말았다.

이렇게 멀리 있는 자들조차 뒷걸음질 치게 만들 위력. 그렇다면 지척에 있던 백호는 어찌 되었겠는가.

월하린이 황급히 먼지 속으로 뛰어들려고 할 때였다. 옆에 서 있던 전우신이 그녀의 앞을 막아섰다.

"안 됩니다. 궁주님!"

"비켜요! 백호가……!"

"이 정도에 당하실 분이 아닙니다. 궁주님!"

전우신이 진정하라는 듯 소리쳤다.

그런 전우신의 외침과 함께 흙먼지 사이에서 소름 돋는 웃음소리가 흘러나왔다.

"이 정도라?"

비웃음과 함께 유령신마가 흙먼지 속에서 성큼 걸어 나왔다. 그가 쌍검을 든 채로 주기진을 바라보고 있었다.

"몸풀기는 이 정도면 된 거 아닌가? 이제 나오시지, 주기진. 이십 년 전에는 그쪽이 나보다 강했는데 이젠 어떨까?"

"……."

주기진이 표정을 구긴 채로 유령신마를 바라봤다.

그의 도발 때문이 아니다. 만약의 사태를 대비하다 혹여나 위험해진다면 바로 뛰어들려 했다. 그렇지만 채 뭔가를 하기도 전에 백호가 당하고야 만 것이다.

백호를 마음에 들어 했던 주기진으로서는 이런 상황이 너무나 괴로웠다.

주기진이 손으로 얼굴을 감싸며 괴로워하고 있을 때였다. 그런 그를 노리고 유령신마가 성큼 다가서는 걸 확인한 적개가 퍼뜩 정신을 차렸다.

백호의 죽음으로 인해 잠시 정신을 놓은 주기진을 노리

고 유령신마가 살초를 펼치려 하고 있었다.

'안 돼!'

우우우우웅!

순식간이었다. 적개의 손바닥에 새하얀 기운이 순식간에 모여들었다. 그것은 일전에 백호도 궁금해하던 개방이 자랑하는 최고의 장법, 강룡십팔장이었다.

번쩍!

적개가 강룡십팔장을 쏘아 냈다.

쿠콰콰쾅!

적개의 손에서 하얀 기운이 쏟아지는 순간, 땅이 갈라져 나갔다. 양쪽으로 땅이 터져 나갔고, 그 깊이는 장정 사내가 쏙 들어가고도 남을 정도로 깊었다.

엄청난 내공 소모가 있는 만큼 강기에 버금가는 장력이 바로 강룡십팔장이다.

하지만…….

강룡십팔장은 꽤나 범위가 넓었다. 그렇지만 거리가 너무 멀었고, 상대는 적개보다 몇 수 위의 고수였다. 그가 펼친 강룡십팔장을 유령신마는 아무렇지 않게 피해 냈다.

'젠장……!'

음산한 얼굴의 유령신마가 적개를 힐끔 바라봤다. 그런 그의 시선이 무척이나 따가웠지만, 적개는 애써 모른 척하며 주기진에게 소리쳤다.

"장문인! 놈이 다시 움직일 겁니다. 그러니……!"

"이야! 그게 강룡십팔장이야?"

적개는 자신의 말을 끊는 목소리에 놀라서는 그 소리가 난 근원지를 바라봤다. 아직 흙먼지가 채 가시지 않은 어딘가에서 백호가 걸어 나오고 있었다.

히죽 웃으며 모습을 드러낸 백호를 보는 순간 모두의 얼굴에 안도의 빛이 서렸다. 비록 한쪽 손이 손바닥에서 팔꿈치까지 피투성이가 되어 있긴 했지만 얼굴에는 여유가 가득했다.

유령신마와 그의 수하들인 유령쌍귀만이 멀쩡한 백호를 보고 놀란 듯이 서 있었다.

어떻게 검환에 제대로 적중당하고 저토록 멀쩡하게 걸어 나올 수 있단 말인가.

백호가 피가 뚝뚝 떨어지는 오른손을 늘어트린 채로 강룡십팔장으로 인해 박살이 난 바닥을 유심히 바라봤다. 그의 두 눈동자가 신기한 장난감을 발견한 어린아이처럼 호기심으로 빛났다.

"강룡십팔장이라……."

뭔가 알 수 없는 묘한 미소를 머금은 백호가 이내 크게 고개를 끄덕이더니 유령신마를 향해 시선을 돌렸다.

"뭐하냐? 다시 시작해야지."

백호의 말에 유령신마가 어처구니없다는 듯 말을 받았다.

"계속하자고? 아직도 모르겠나? 너와 나의 차이를?"

"모르겠는데."

백호의 시큰둥한 말투에 유령신마는 표정을 구겼다. 그가 이를 갈며 짧게 중얼거렸다.

"원한다면 먼저 죽여 주지."

유령신마는 주기진에게 향했던 몸을 돌려세웠다.

당장이라도 백호에게 달려들려는 그를 본 주기진이 황급히 전음을 날렸다.

『이제 내가 나서지. 자네는 부상이 너무 커.』

『아니, 내가 할게, 영감. 영감은 부탁대로 월하린만 잘 지켜 줘.』

『우길 때가 아닐세! 자네의 마음은 알지만 그렇게 다친 몸으로 어찌……』

『다섯 초식. 다섯 초식 안에 끝내 줄게.』

『뭐?』

주기진이 당황한 듯이 전음을 날렸지만 백호는 더 이상 길게 이야기를 나눌 생각이 없어 보였다. 자신에 찬 전음과 함께 백호가 검을 왼손으로 쥔 채로 다가섰다.

방금 전 일격을 허용하며 한쪽 팔에 큰 부상을 입은 백호의 호언장담이 쉬이 믿기 어려웠다.

그런데 왜일까?

가볍게 웃는 표정과 걸어가는 뒷모습을 보고 있자니, 정말로 다섯 초식 안에 북황련이 자랑하는 고수를 꺾는 게 아닌가 하는, 말도 안 되는 생각이 들었다.

유령신마는 다가오는 백호를 막아서려는 유령쌍귀를 손을 들어 저지하고는 짧게 명령을 내렸다.

"너희 둘은 그 귀찮은 개방도를 정리해라. 이놈의 마무리는 내가 하지."

"알겠습니다. 주인님."

일귀가 짧게 대답하고는 곧바로 이귀와 함께 방향을 바꿨다. 강룡십팔장을 쏘며 막대한 내력을 소모한 적개의 얼굴은 살짝 달아올라 있었다.

혼자서 백호를 처리하겠다 말한 유령신마가 다가오는 백호를 향해 자신의 쌍검을 치켜들었다. 일격을 당하고도 아직까지도 겁 없이 구는 저 행동이 우습다. 그리고 또 주기진의 행동이 이해도 되지 않는다. 이런 자에게 싸움을 맡기고 뒤에서 보고만 있는 저의는 무엇일까?

정말로 이런 햇병아리가 자신을 상대할 수 있다 생각하는 것일까?

생각할 수 있는 결론은 하나뿐이었다.

'힘이라도 빼게 할 속셈인가 본데…… 틀렸다, 주기진.'

이 백호라는 자를 이용해 자신의 힘을 빼게 한 후에, 일대일로 자신을 이기려는 것이라고 유령신마는 판단했다. 그렇지 않고서야 지금 이 싸움을 그냥 구경만 하고 있는 주기진의 행동은 납득이 가지 않았으니까 말이다.

하지만 그 모든 계획은 틀어질 게다.

곧바로 이 백호라는 놈을 죽이고, 그다음엔 주기진의 목을 취하고야 말 것이다.

왼손으로 검을 쥔 백호의 모습은 아까보다 뭔가 엉성해 보였다. 부상을 당해 억지로 왼손에 검을 쥔 모습을 보니 절로 비웃음이 나온다.

뭐 제법 한 방의 파괴력이 있긴 했지만 그뿐이다.

자신이 이길 거라는 확신을 가진 유령신마가 망설임 없이 움직였다.

손에 들린 두 자루의 쌍검이 유령신마라는 별호에 어울리게 귀신처럼 휘둘렸다.

휘리릭!

빠르면서도 은밀하게 두 자루의 검이 백호를 노리고 날아들었다. 그리고 그 공격을 백호는 왼손에 든 검을 휘둘러 받아쳤다.

캉캉!

쌍검을 연달아 밀쳐 낸 백호가 눈초리가 슬며시 올라갔다. 그 순간 백호의 오른손이 다친 걸 이용하려는 유령신마의 계책이 벌어졌다.

어차피 손은 하나다. 그렇다면…….

유령신마는 적당히 거리를 벌리고 싸우던 평소의 모습을 버리고, 접근전을 벌이기로 마음먹었다. 그가 한쪽 손에 들린 검으로 백호를 밀어붙였다.

백호가 밀려났다.

"크윽."

"크큭, 이제 어떻게 할 생각이냐?"

바짝 검을 맞댄 채로 유령신마가 웃었다. 백호의 멀쩡한 왼손은 유령신마가 밀어붙이는 검을 막기 위해 막혀 있었다. 그리고 내공이 실린 자신의 검에 밀려나는 백호의 모습에 유령신마는 그저 웃음만 흘러나왔다.

놈은 한 손을 쓸 수 없는 상태.

그렇지만 자신은?

'끝났군!'

득의만만한 미소를 지은 채로 반대편 손을 들어 올렸다. 더는 참지 못하고 주기진이 한 발 내디디려고 할 때였다.

밀린 듯이 고통스러운 표정을 짓고 있던 백호의 표정이

돌변했다. 힘에서 밀린다는 듯 계속해서 뒤로 밀려 나가던 백호의 발도 갑자기 굳건하게 버티고 섰다.

처음부터 힘으로 밀릴 상대가 아니었다.

괜히 밀리는 척하며 상대를 더 끌어들이기 위한 백호의 함정이었을 뿐이다. 유령신마는 그것도 모르고 그저 신이 나서 백호의 속임수에 넘어간 것뿐이었다.

백호가 검을 맞댄 채로 히죽 웃으며 중얼거렸다.

"옛날부터 해 보고 싶은 게 있었는데 말이야. 오늘이 그 날인가 보네."

"뭐라는 게냐?"

잠시 당황하긴 했지만 유령신마는 곧바로 냉정을 되찾았다. 일부러 끌어들인 건 눈치챘지만 그러면 어쩔 것인가. 변하는 건 없는데. 이미 반대편 손은 천천히 움직이고 있었다.

그 순간이었다. 움직이던 유령신마의 검이 멈칫하고야 말았다. 그건 다름 아닌 백호의 검 끝에 맺히기 시작한 하얀 기운 때문이었다.

그 기운을 확인한 유령신마의 눈동자가 터져 나올 것처럼 커졌다.

"너, 너?"

그는 믿을 수 없는지 더듬거렸다.

백호의 검 끝에 아홉 개에 달하는 고리 모양이 수놓아지고 있었다. 그냥 단순한 검환이 아니다. 미칠 듯이 회전하는 힘이 주변의 모든 것을 빨아들인다.

 이건…… 방금 전 자신이 백호에게 펼쳤던 구륜필살이다.

 어떻게 이게 가능하단 말인가.

 유령살초의 대미를 장식하는 구륜필살의 초식은 완성하는 데만 해도 무려 십 년에 가까운 시간이 걸린 그의 독문 무공이다. 그런 걸 단번에 눈으로만 보고 훔친다는 게 말이나 된단 말인가.

 유령신마는 소름이 오싹 돋았다.

 순식간에 자신의 무공을 따라 하는 백호의 모습에 놀랐던 유령신마는 황급히 정신을 추슬렀다.

 '이대로 있다가는 당한다!'

 그 또한 지지 않고 내력을 끌어모아 마찬가지로 검환을 만들어 냈다. 이놈이 무공을 보고 따라 하는 데 귀신같은 재주를 지녔다 해도 결국 가짜다.

 가짜가 진짜를 이길 수는 없는 법.

 유령신마는 애써 감정을 다잡으며 마찬가지로 구륜필살의 초식을 펼쳤다. 백호의 한쪽 팔을 너덜거리게 만든 그의 검환들이 다시금 맹렬하게 움직였다.

검환은 아까보다 더 컸고, 또 빠르게 회전했다.

이번에 죽이지 않으면 안 된다고 무인의 감각이 계속해서 말하고 있었다.

하지만…….

우우우우웅!

맹렬하게 모여드는 또 다른 내력을 감지한 유령신마는 놀란 듯 고개를 숙였다. 피투성이가 되어 있는 백호의 오른손에 내력이 몰려들고 있었다.

놀란 유령신마가 고개를 치켜들어 백호의 얼굴을 마주했을 때다.

너무 놀란 유령신마는 눈조차 깜빡이지 못하고 중얼거렸다.

"이건……."

어찌 이 기운을 모르겠는가.

방금 전에 느꼈던 바로 그 강렬한 힘. 아니, 아까 본 것보다는 몇 배에 달하는 파괴력이 느껴진다.

그리고 이렇게 가까운 곳이라면 피하는 것도 불가능하다.

유령신마의 얼굴색이 평소보다 더욱 새하얗게 질렸다.

백호의 검에 걸린 검환이, 그리고 부상당했던 오른손에 몰려든 장력이 동시에 터져 나왔다.

파아아악!

검환이 그의 균형을 무너트렸고, 장력이 자신을 덮쳐 왔다. 막으려고 황급히 손은 뻗었지만, 그 순간 온몸의 뼈가 뭉그러졌다.

으드드득!

팔부터 시작해서 순식간에 어깨까지 찢겨져 나갔다.

그리고 백호의 손에서 쏟아진 장력이 단번에 가슴팍을 파고들었다.

"으아아악!"

처절한 비명, 그리고 동시에 새하얀 빛이 주변을 잡아 삼켰고, 그 하얀 광채가 사라지는 순간 그곳에는 유령신마의 시신조차 남지 않았다.

그저 그의 손에 들려 있던 두 자루의 쌍검만이 바닥에 널브러진 채로 이 싸움의 결과를 말해 주고 있었다.

순식간에 유령신마를 죽인 백호는 피가 뚝뚝 떨어지는 오른손을 늘어트린 채 만족스러운 웃음을 지어 보였다.

파괴적인 힘이 썩 마음에 들어서다.

두 가지 모두 파괴적인 특성을 지녔다는 것이 백호의 취향과 잘 맞아 떨어졌다.

그는 웃고 있었지만 그 장면을 본 이들의 얼굴에는 경악만이 맴돌았다.

유령신마 같은 초절정 고수의 죽음치고는 너무나 간단했다. 하지만 그건 결코 유령신마가 약해서가 아니었다.

백호가 정말 말도 안 되는 짓을 벌인 탓이다.

주기진이 고개를 저었다.

'믿을 수가 없군. 두 개의 무공을 한 번에 쓰다니.'

양손으로 장법과 지법을 동시에 쏟아 내는 경우는 종종 있다. 물론 그것도 엄청난 양의 내력과 집중력이 소모되고, 보통의 무인들은 할 수 없는 정교한 조절이 필요하다.

몸 안에서 흐르는 내공을 적당히 분배하고, 서로의 기운이 얽히지 않게 조절한다는 것이 싸움 중에 그리 쉬울 리가 없다.

문제는 백호가 펼친 무공이다.

한쪽은 검환, 그리고 다른 한쪽은 강기를 넘어서는 장력이었다.

그건 장법과 지법을 동시에 쏟아 내는 것과는 비교할 수조차 없는 것이다. 하나만으로도 엄청난 내력이 소모되는 무공을 어찌 같이 사용한단 말인가.

많은 내공이 소모되는 만큼 보통 무공 두 개를 같이 사용하는 것보다 수십 배가 넘는 정교함과 집중력이 필요하다. 까딱 잘못했다가는 온몸의 혈관이 터져 버리거나, 그대로 몸 안에서 그 기운이 폭발할지도 모른다.

그리고 그걸 떠나 저 두 개의 무공을 동시에 사용할 정도라면 대체 어느 정도의 내력을 지녔단 말인가?

화산파의 장문인인 주기진조차 모든 내력을 써도 불가능할 게다. 그런데 백호는 그런 말도 안 되는 무공을 사용하고도 너무나 멀쩡해 보였다.

그리고 또 하나의 의문점.

그건 바로 백호가 쓴 장력이다.

누가 봐도 알 수 있었다. 그건 분명 적개가 사용했던 개방의 무공인 강룡십팔장이었다. 개방의 문도가 아닌 그가 어찌 저렇게 완벽하게, 아니 오히려 적개를 뛰어넘을 정도로 강인한 강룡십팔장을 구사할 수 있단 말인가.

주기진이 놀라 있을 때 천천히 다가온 백호가 그의 앞에 섰다.

"영감, 이제 월하린은 내가 지키고 있을 테니, 가서 저거지 좀 도와줘. 당장이라도 숨넘어가겠네."

"……그러지."

묻고 싶은 게 너무나 많았다.

방금 전에 어떻게 두 개의 무공을 동시에 사용한 것이냐고. 그리고 동시에 쓴 그 두 개의 무공이 유령신마의 구륜필살과 개방의 강룡십팔장이 맞냐고 당장이라도 캐묻고 싶었다.

하지만 그보다 먼저 일방적으로 밀리면서 버티고 있는 적개를 돕는 게 우선이다. 궁금증을 뒤로한 채로 주기진이 적개를 돕기 위해 뛰어들었다.

주기진이 비켜서자 월하린이 황급히 백호에게 다가왔다. 피투성이가 된 오른손을 보고 있자니 마음이 아프다.

월하린의 시선이 다친 자신의 팔로 향하고 있다는 걸 눈치챈 백호가 걱정 말라는 듯이 말했다.

"이 정도 다친 건 하루면 나으니까 걱정 안 해도 돼. 전에도 말했지만 그냥 침만 발라도 나을 정도니까……."

월하린을 안심시키기 위해 백호가 신나게 이야기할 때였다. 가까이 다가오던 그녀가 백호의 품에 폭 하고 안겼다.

갑작스러운 그녀의 행동에 백호는 들어 올렸던 손을 어찌할지 모른 채 그대로 굳어 버렸다.

백호의 가슴팍에 얼굴을 묻은 월하린이 중얼거렸다.

"돌아가는 대로 바로 치료 받아요. 하여튼 맨날 다치기만 하고."

양손을 들어 올린 채로 어정쩡한 자세로 서 있던 백호가, 천천히 손을 내려 그녀의 등을 감쌌다.

자신을 걱정하는 월하린의 마음이 심장까지 와서 박히는 기분이다. 신기하게도 피가 나는데도 불구하고 전혀 아프지 않다.

아마도 이 여자 때문이겠지.

백호는 자신에게 기대어 있는 월하린을 더욱 꼭 껴안았다.

이 여자를 놓치고 싶지 않다.

그런 둘의 모습을 보고 있는 전우신과 아운은 고개를 끄덕거렸다. 아까 전부터 혹시나 하고 있었는데 묘한 분위기의 정체가 뭔지 이제는 확실하게 알 것 같았다.

아운이 작은 목소리로 전우신에게 물었다.

"이거 박수라도 쳐야 되는 거 아냐?"

"멍청아, 그랬다가 어떻게 될지 정말 몰라서 묻는 거야?"

전우신이 미쳤냐는 듯이 반문했다.

만약 그런 짓을 벌였다가는…… 분위기가 깨져서 화가 난 백호에게 신나게 얻어맞을 게 분명했으니까.

제3장. 단서
― 북황련이 배후에 있네

 무림맹 내부에 있는 정월루(正月樓)는 오백 명이 넘는 이들이 자리해도 될 정도로 커다란 주루였다. 술과 음식을 제공하는 이곳은 무림맹 휘하에 있는 곳으로, 보통의 주루와는 달랐다.

 저녁 식사를 할 때까지는 식당으로 이용되다가, 그 이후부터는 술을 팔기 시작하는 정월루는 항상 사람들로 붐볐다.

 그리고 오늘 이곳 정월루를 가득 채운 건 다름 아닌 반맹주파에 속한 무인들이었다.

 은설란을 위시한 백 명에 달하는 무인들이 정월루에 모여서 술잔을 기울이고 있었다. 그들이 이곳에 있자 정월루를 찾던 많은 이들이 안을 한 번 보고는 이내 몸을 돌려 돌아가야만 했다.

먼저 온 이들도 불편한 듯 자리를 뜨고 정월루는 이내 반맹주파 무인들로만 가득해졌다.

정월루 내부는 시끄러웠다.

커다란 웃음소리와 술을 마시며 떠들어 대는 잡담들이 귀청을 울린다. 최근 들어 생긴 수많은 사건들 때문에 무림맹의 분위기는 침울했지만, 이곳만큼은 그렇지 않은 듯했다.

은설란은 가운데에 있는 탁자에 앉아 조용히 눈을 감은 채 술잔을 기울이고 있었다. 그런 그녀와 함께 자리하고 있는 것은 현무와 소림의 우현, 그리고 제갈세가의 제갈윤천과 쌍조권(雙爪拳)이라 불리는 뇌명이라는 사내였다.

은설란과 마찬가지로 현무 또한 팔짱을 낀 채로 그저 자리만 지키고 있었다.

나머지 세 사람이 두런두런 대화를 나누며 앞으로의 일에 대해 간단한 계획을 세울 때였다.

무림맹의 실세들이 자리한 곳이다 보니 아무도 들어오지 않던 정월루의 문이 거칠게 열렸다.

타앙!

문이 벽에 부닥치며 큰 소리를 내자 자연스레 모두의 시선이 그쪽으로 향했다. 처음엔 건방지게 누구냐는 듯 고개를 돌렸던 이들은 이내 상대의 정체를 확인하고는 갑자기 입을 닫고 시선을 돌렸다.

시끄럽던 정월루가 침묵에 감싸였다.

그러자 눈을 감고 있던 은설란이 슬며시 눈꺼풀을 들어 올렸다.

소란스러웠던 정월루를 이토록 고요하게 만든 장본인은 다름 아닌 주기진이었다. 그는 주변을 스윽 둘러보며 큰 소리로 말했다.

"허허, 이거야 무슨 잔칫집에 온 줄 알았군그래. 맹 내부가 아주 시끌벅적하이. 맹주님이 실종되고 괴상한 살인 사건들이 벌어지는 이때 아주 잘들 하고 있어."

비꼬는 주기진의 말투에 그 누구도 쉽사리 입을 열지 못했다. 신분도 신분이지만, 그가 내뱉은 말이 하나도 틀리지 않았으니까.

은설란이 웃으며 자리에서 일어났다.

"돌아오셨군요. 맹주님은 찾으셨나요?"

"못 찾았네."

"어머, 어쩌나. 반드시 찾으셨으면 했는데 너무 안타깝게 되었군요. 어떻게든 율무천 맹주님을 찾겠다고 별동대까지 끌고 나가셨는데 헛수고를 하셨네요."

"헛수고는 아니었네. 중요한 단서를 하나 얻었거든."

주기진의 그 말에 웃고 있던 은설란의 입가가 꿈틀했다. 하지만 그녀는 자연스레 궁금하다는 듯이 표정을 바꾸며 물었다.

"단서요?"

"왜? 궁금한가?"

"물론이죠."

단서가 뭐냐고 묻는 은설란을 향해 주기진이 다가갔다. 그러고는 등 뒤에 차고 있던 두 자루의 쌍검을 그대로 탁자 위에 소리 나게 올렸다.

타앙!

탁자를 가득 채우고 있던 접시들과 술병이 바닥을 나뒹굴었다. 그 탓에 그곳에 자리하고 있던 이들의 무릎으로 온갖 음식들과 술이 쏟아졌다.

은설란 또한 술에 옷이 젖었지만, 그녀는 전혀 개의치 않고 검을 힐끔 바라봤다.

그러곤 물었다.

"이게 뭐죠?"

"자네가 모를 리가 없을 텐데?"

"아뇨, 모르겠는데요."

"그래? 정 모르겠다면 말해 주지. 이건 바로 유령신마의 병기로 알려진 자미쌍검(紫薇雙劍)일세."

주기진이 최대한 무덤덤하게 말을 내뱉었다. 자리에 앉은 채로 올려다보던 은설란이 검을 향해 손을 뻗었다. 그녀가 손가락으로 검을 툭툭 쳐보더니 이내 고개를 끄덕였다.

"그러게요. 자미쌍검이네요. 그런데 유령신마의 병기를 내밀고 무슨 말을 하시려는 건가요?"

"맹주님이 마지막으로 향했던 곳은 알아냈지. 그리고 그곳에 갔더니 유령신마가 있더군. 그는 맹주님이 당한 흔적을 지우려다가 별동대에게 덜미가 잡혔네."

"유령신마가 그곳에 있었다고요?"

"그래. 그 말이 무엇을 의미하겠는가?"

주기진의 말에는 뼈가 담겨 있었다. 가만히 이야기를 듣고만 있던 은설란이 슬쩍 주변을 둘러봤다. 많은 이들이 고개를 숙이곤 있지만, 모두의 귀가 이곳으로 향해 있는 걸 모를 리가 없었다.

은설란이 가볍게 손가락을 퉁겼다.

그러자 자리에 있던 이들이 모두 일어섰다.

그건 은설란이 있던 탁자도 마찬가지였다. 현무를 제외한 나머지 인원들이 모두 일어났고, 그들은 약속이라도 한 것처럼 동시에 바깥으로 걸어 나갔다.

그런 모습을 바라보며 주기진이 혀를 찼다.

"대단하군. 비각주의 위세가 하늘을 찌르겠어."

"그런 이야기는 나중에 하고, 장문인께서 하시고 싶은 말이 뭐죠? 이 일에 유령신마가 개입되어 있다는 건가요?"

"정확히 말하자면 북황련이 개입되어 있다는 거지. 유령신마가 누구인가. 북황련 련주의 오른팔과 다름없는 자네. 그런 그가 혼자 움직였다? 그게 말이 된다 생각되는가?"

은설란이 가볍게 웃으며 말을 받았다.

"재미있는 추리네요. 이 일의 배후에 북황련이 있다라……."

"더 재미있는 추리를 하나 해 볼까?"

"궁금하네요. 또 어떤 추리를 저한테 보여주실지."

은설란이 고개를 치켜든 채로 주기진의 시선을 똑바로 응시했다. 둘은 서로 강렬한 빛을 뿜어내며 한 치의 물러섬도 보이지 않았다.

그러는 와중에 주기진이 입을 열었다.

"맹주님의 실종도, 북황련과 손잡은 것도 모두 자네의 작품이 아닐까 하는 아주 재미있는 생각이 드는군그래."

"……이번 건 별로 재미없네요."

은설란이 말을 마치고는 자리에서 벌떡 일어났다.

그녀는 옆에 서 있는 주기진을 힐끔 바라보며 현무에게 들으라는 듯이 말했다.

"이상한 말을 들었더니 술맛이 확 떨어졌어요. 이만 가죠."

말을 마친 은설란이 자리를 뜨려 할 때였다.

주기진이 검으로 그녀의 앞을 막았다. 그런 주기진의 행동에 은설란이 표정을 살짝 찌푸리며 물었다.

"이게 무슨 짓이죠?"

"피하는 겐가?"

"피해요? 호호, 아뇨. 그럴 리가 있나요. 이 일에 대해 누구보다 엄하게 조사를 하도록 하죠. 정말 북황련이 개입한 일이라면 비각주로서 저도 그냥 넘길 순 없지 않겠어요?"

"이번 일을 어찌 처리하나 지켜보겠네. 만약 유야무야 이 일을 넘기려 한다면……."

스르릉.

주기진이 검집에서 슬쩍 검을 뽑았다. 더 길게 말하지 않아도 그가 하고자 하는 말이 무엇인지 알 수 있었다.

은설란이 입을 열었다.

"걱정하지 말고 기다리세요."

살기등등한 그의 모습에도 은설란은 전혀 흔들림이 없었다. 그녀는 주기진의 검을 손바닥으로 슬며시 밀며 똑 부러지게 말을 이었다.

"아주 확실하게 처리해 드릴 테니까요."

말을 마친 은설란은 더는 길게 이야기할 생각이 없다는 듯 주기진을 지나쳐 바깥으로 걸어 나왔다. 은설란은 고개를 돌려 정월루를 한번 바라보더니 이내 걸음을 옮겼다.

 그녀는 현무와 나란히 선 채로 걷다가 거리가 제법 멀어지자 작게 입을 열었다.

 "대체 어떻게 된 일이에요? 어떻게 저자가 그곳을 안 거죠?"

 "모르겠군. 분명 은밀하게 행동해서 아무한테도 들키지 않았다고 들었는데."

 "아무한테도 들키지 않았는데 맹주의 마지막 장소가 발각돼요? 이 일을 어떻게 할 생각이에요. 화산파 장문인이 북황련까지 물었어요. 이대로 두다가는 분명……."

 "해결하지."

 "그 말 믿어도 되겠죠? 이번 같은 일이 또 벌어진다면 저도 믿고 움직이기 힘들어요."

 "알겠다. 이번 일에 대해서도 한번 알아보지. 어떻게 저들이 그 장소를 알아냈는지도."

 "알겠어요. 당신이 그리 말한다니 믿어 보죠."

 말을 마치며 은설란은 빠른 걸음으로 계속해서 걸었다.

 * * *

무림맹에 도착한 백호 일행은 자신의 거처로 돌아가 휴식을 취했다. 짐을 풀기 무섭게 은설란이 있는 정월루로 쳐들어간 주기진과 다르게 이들은 여유가 있었다.

그래서 이렇게 한방에 모인 채 떠들어 대고 있었던 것이다.

아운이 백호를 향해 대단하다는 듯 물었다.

"마지막에 그거 강룡십팔장 맞죠?"

주기진에게는 아니라고 둘러댔고, 강룡십팔장 같은 엄청난 무공을 그저 한 번 보고 따라 하는 게 말도 안 된다 생각한 그는 백호의 말을 믿었다.

그렇지만 백호를 잘 아는 이들은 달랐다.

아운의 말에 백호는 벽에 기댄 채로 시큰둥하게 고개를 끄덕였다.

백호의 대답을 기다리고 있던 전우신과 아운은 자신들의 생각이 맞았음을 알 수 있었다.

아운이 실실 웃으며 말했다.

"저도 가르쳐 주시면 안 됩니까? 제법 탐나던데."

"네놈 내력이면 한 번 쏘기가 무섭게 기진맥진해서 바닥을 굴러다닐걸. 그리고 남의 무공을 그렇게 훔쳐서 배우는 건……."

전우신의 잔소리가 곧바로 쏟아졌다.

아운은 듣기 싫다는 듯 양손으로 귀를 틀어막았다. 그런 둘의 모습을 가만히 바라보며 웃고 있던 월하린이 이내 자리에서 일어났다.

갑자기 월하린이 나가려 하자 놀란 백호가 물었다.

"어디 가?"

"의원 모셔 오려고요."

"팔 때문이면 괜찮다니까. 그냥······."

다친 팔을 치료해 줄 의원보다는 월하린과 더 있고 싶었는지 백호가 방을 나가려는 그녀를 잡았다. 하지만 월하린 또한 지지 않겠다는 듯 백호에게 말했다.

"약속했죠? 오면 바로 치료 받기로."

"끄응, 그러면 나도 같이······."

"환자가 오긴 어딜 와요. 바로 근처에 약방이 있으니 가서 모셔 올게요. 편하게 누워서 좀 쉬고 있어요. 아무리 회복력이 빨라도 그냥 뒀다가 덧나면 어쩌려고 그래요."

누구의 말도 듣지 않는 백호였지만 그녀만큼은 달랐다. 월하린의 말에는 원래부터 꼼짝 못 하던 백호였지만, 자신의 마음을 고백하자 이상할 정도로 더 고분고분하게 변했다.

그녀의 강한 말에 백호는 알겠다는 듯 고개를 끄덕일 수밖에 없었다. 월하린이 잘했다는 듯 백호의 머리를 가볍게 두어 차례 쓰다듬었다.

흡사 강아지를 대하는 듯한 이 행동.

하지만 예전부터 백호는 월하린의 이런 행동이 싫지 않았다. 그는 오히려 히죽 웃으며 그녀를 향해 말했다.

"빨리 와."

"알았어요. 정말 화살처럼 다녀올 테니까 얌전히 있어요. 알았죠?"

백호는 다시금 고개를 끄덕거렸고, 그런 그의 모습을 보고 있던 전우신과 아운은 기가 막힌다는 표정을 짓고 있었다.

월하린은 곧바로 의원을 데리러 나갔고, 방 안에는 셋만 남게 됐다. 그러자 아운은 계속해서 참고 있던 걸 물었다.

"저 혹시…… 두 분 그렇고 그런 사이라도 되신 겁니까?"

아운의 질문에 백호는 히죽거리며 고개를 끄덕였다.

아까 전의 고백이 생각났는지 다시금 마음이 들떴다. 엄청난 싸움으로 부상을 입었지만 그런 것 따위는 기억에도 남지 않았다.

백호의 머리를 채우는 것은 월하린과의 입맞춤뿐이었다. 그때가 기억나서인지 백호는 계속해서 웃기만 했다.

전우신도 궁금했는지 조심스레 물었다.

"언제부터 그리되신 겁니까?"

"마음은 아까 확인했고, 좋아한지는 꽤 된 것 같더라."

백호가 솔직하니 말했다.

인정하기까지 오래 걸렸을 뿐이지, 자신의 마음을 확신하게 된 이상 더는 그것에 대해 거짓말을 하거나 부정하는 건 백호의 모습이 아니다.

백호의 대답을 듣기 무섭게 아운이 손바닥을 마주치며 말했다.

"하하! 사실 오래전부터 전 눈치채고 있었습니다. 역시 그러셨군요."

오래전부터 눈치채고 있었다는 말에 백호가 표정을 구겼다. 얼마나 눈치가 없으면 몇 번이고 쥐어 패고 싶었던 아운이 아니던가.

그래 놓고 자기가 눈치가 빠르다느니 어쨌느니 하는 아운을 보고 있자니, 백호는 그간의 일들이 생각나며 부아가 치밀었다.

반지를 주려고 할 때 방해하던 것도, 또 이번에 장신구를 사 왔을 때 번거롭게 하던 것들도 기억이 난다.

한 대 때려 줘야 속이 시원하겠다 생각한 백호가 자리에서 일어날 때였다.

"그럼 앞으로 어떻게 불러야 합니까? 궁주님과 혼인하시면 부군이 되시는 건데 말이죠."

얼굴을 잔뜩 찡그리고 아운에게 다가가던 백호는 그 말에 표정을 풀었다. 아운이 내뱉은 말에 자기도 모르게 기분이 확 풀린 모양이다. 혼인이라는 말에 백호가 크게 웃음을 터트렸다.

"하하! 너무 앞서 가는 거 아냐? 혼인은 무슨."

백호가 쑥스러웠는지 팡팡 소리가 날 정도로 세게 아운의 등을 두드렸다. 백호의 커다란 손바닥에 등짝을 두드려 맞자 엄청나게 아팠던 아운이지만 그는 애써 웃었다.

누가 봐도 알 정도로 기분 좋은 표정을 한 백호는 아운의 어깨에 손을 두른 채로 콧노래를 불러 댔다.

전우신은 그런 백호의 모습을 보며 피식하고 웃음을 흘렸다.

'좋긴 좋으신 모양이군.'

평소답지 않게 부끄러워하면서도 감정을 감출 줄 몰라하는 모습을 보아하니 어지간히 기분이 좋은 모양이다.

그렇게 좋아하는 백호를 향해 아운이 물었다.

"그런데 궁주님의 아버지하고 사이가 좀 껄끄러우신 거 같던데."

"아, 월하린 아버지? 듣던 것하고는 많이 다르고 뭔가 하는 것도 완전 맘에 안 들어. 아마 그쪽도 나 별로 안 좋아할걸?"

"그렇다면 좀…… 그렇지 않겠습니까?"

"뭐가?"

"인간들은 원래 혼인하기 전에 부모님의 허락도 받고 그러거든요. 그런데 두 분 사이가 영 안 좋으신 것 같아서…… 궁주님과 만나시려면 그분께도 잘 보여야 하지 않을까요?"

"참내. 그게 말이나 되는 소리냐? 내가 좋아하는 게 월하린이지 그자는 아니잖아?"

"그렇긴 합니다만…… 혹시 그분이 반대라도 하면 이래저래 힘들어지실 것 같은데……."

아운이 말을 끝자 백호는 그에게서 떨어져 침대로 돌아가 걸터앉았다. 그러고는 전혀 상관없다는 듯이 자신의 말을 이어 나갔다.

"인간들은 참 웃겨. 대체 그게 뭐가 중요해? 그냥 내가 좋아하면 그만이지. 안 그래?"

말을 하며 백호는 자신의 말에 동조라도 구하는 듯이 둘을 번갈아 바라봤다. 그런 백호의 시선에 둘은 어색한 미소만 지어 보였다.

백호는 이해가 안 간다는 듯 고개를 저었다.

그런 인간의 관습이나 예법 따위 전혀 이해도 가지 않고, 따를 생각도 없었다. 대체 그런 게 뭐가 중요하단 말인가.

그렇게 잠시의 시간이 지났을 때다. 그런 것 따위 전혀 신경 쓰지 않는다고 호언장담했던 백호가 눈치를 보다 슬며시 자리에서 일어났다.

　백호가 조심스레 입을 열었다.

　"……아버님 어디 계시냐?"

*　　*　　*

　"들켰다고?"

　청룡의 표정이 기묘하게 변했다.

　이건 생각지도 못한 상황이었다. 율무천의 마지막을 장식한 자리가 새어 나갈 거라고는 생각도 하지 못했다. 분명 그건 청룡이 맡아서 진행한 일이었다.

　치밀하기로는 둘째가라면 서러운 그다.

　그런 자신이 진행한 일에 오점이 생기다니…….

　믿을 수 없다는 듯이 되묻는 청룡을 향해 현무가 중얼거렸다.

　"잘난 척하더니 꼴이 우습군."

　"뭐라고?"

　청룡이 자리에서 일어났다. 갑자기 분위기가 험악해지자 가만히 있던 주작이 입을 열었다.

　"지금 싸우려고 모인 거야? 그럼 난 이만 가고."

　"……."

주작의 말에 청룡은 다시금 자리에 앉았다.

그녀의 말대로다. 이미 일은 벌어졌고, 지금은 그 수습을 하는 게 중요했다.

청룡이 현무에게 자초지종을 물었다.

"대체 어떻게 된 거야?"

"사라진 맹주를 찾는 별동대가 움직였다는 말에 혹시 모를 증거를 인멸하러 북황련이 움직였다. 그런데 마치 기다렸다는 듯이 그때 별동대가 들이닥쳤다더군."

"정보가 샌 건가?"

"아무래도. 그렇지 않고서야 그러기는 힘들겠지."

"누군지 짐작 가는 자는?"

"아직은. 알아보고 있으니 곧 꼬리를 잡을 수 있을 거다."

현무의 말에 청룡은 고개를 끄덕였다.

누군지 모를 간자가 계속해서 내부의 정보를 흘려대고 있다. 그리고 이번 건은 그중에서도 가장 타격이 가는 일이면서도, 또 자존심에 흠집을 내는 일이기도 했다.

청룡이 자신의 계획에 오점이 생긴 것에 대해 내심 기분 나빠하고 있을 때였다.

현무가 말했다.

"하나 해 줘야 할 일이 있다."

"해 줘야 할 일?"

"북황련의 인물이 들통 나면서 화산파의 장문인이 이번 일에 대한 확실한 조사를 촉구했다. 어떻게든 해결할 방도를 만들어야 할 것 같다. 대충 시간만 벌려고 하다가는 귀찮은 일이 벌어질지도 몰라."

"건방진 인간 놈이!"

청룡이 짜증 가득한 목소리로 소리쳤다.

마음 같아서는 당장이라도 화산파 장문인이라는 작자를 죽여야 속이 풀릴 것만 같다. 그렇지만 앞으로를 위해서는 아직 그를 죽여선 안 됐다.

그랬기에 청룡은 주기진을 번거롭게 생각하면서도 살려 두고 있는 것이다.

청룡은 생각에 잠겼다.

현무의 말대로 그곳에서 북황련 무인이 발견된 것은 보통 일이 아니다. 만약 이 일이 공론화되어 조사에 들어가게 된다면 앞으로의 계획에 큰 차질이 빚어진다.

사전에 이 일을 별거 아닌 걸로 마무리 지어야 하는데, 문제는 그런 방법이 쉽게 찾아질 리 없다는 것이다.

북황련은 버릴 수 없는 패다.

그들을 버리지 않고 이 일을 해결할 만한 방도가 어디 있을까. 모든 의심을 풀고, 이번 맹주 실종에 그들이 관련되지 않았다는 걸 설득할 수 있는 그런 방법이.

쉽지 않은 고민.

하지만…….

고민하던 청룡이 자신도 모르게 앞에 놓여 있는 탁자를 손바닥으로 팍 소리가 나게 쳤다. 그 탓에 모두의 시선이 청룡에게로 향했다. 청룡은 희열에 가득 찬 표정을 짓고 있었다.

참지 못한 그가 웃음을 터트렸다.

"하하하!"

엄청난 계획이 떠올랐다.

단순히 북황련을 지키는 것만이 아니라 가장 귀찮은 일도 해결할 수 있는 그런 계획이.

"뭘 그렇게 웃어?"

실성한 듯 웃어 대는 청룡을 향해 주작이 의아하다는 듯 물었다. 그러자 청룡이 눈에 맺힌 눈물까지 닦아 내며 말했다.

"인간들 말 중에 그런 게 있잖아. 전화위복(轉禍爲福)이라는 거."

화가 오히려 복이 된다.

지금 상황이 딱 그러했다.

이번에 벌어진 일로 무척이나 골치가 아팠는데, 오히려 그로 인해 오랫동안 고민하던 일까지 해결할 수 있는 방책이 떠오른 것이다.

생각지도 못했던 방법을 떠올린 청룡은 무척이나 유쾌한 모습이었다.

궁금했는지 주작이 물었다.

"대체 뭔데 그래?"

주작의 질문에 그가 가볍게 웃으며 모두에게 손짓했다. 모여 보라는 듯한 청룡의 행동에 셋이 머리를 맞댔을 때였다.

청룡은 자신이 생각한 계획을 나머지 둘에게 밝혔다. 모든 이야기가 끝났을 무렵 주작과 현무는 제각기 다른 표정을 지은 채로 고개를 뗐다.

청룡이 웃음 가득한 얼굴로 입을 열었다.

"어때?"

"나쁘지 않은 것 같군."

현무가 고개를 끄덕였다.

하지만 이야기를 다 들은 주작은 뭔가 불편한 듯한 표정이었다. 그런 주작을 향해 청룡이 물었다.

"뭐가 맘에 안 드냐?"

"꼭 그렇게까지 해야 돼?"

"왜? 나쁘지 않잖아. 이 계획이라면 네가 그토록 바라던 것도 이루어질 거야. 그리고 북황련 또한 완전히 의심에서 벗어나게 되겠지. 이처럼 완벽한 계획이 또 있나?"

"그건 알지만……."

청룡의 말이 맞다. 그의 계획은 생각지도 못할 만큼 기발했고, 이 모든 상황을 타개할 수 있는 것이었다.

그리고 청룡의 말대로 이 계획이 성공한다면 주작 또한 나쁘지 않았다.

그 모든 게 나쁘지 않다는 건 알고 있지만 주작이 이토록 마음에 걸려 하는 건 이 행동이 백호의 기분을 상하게 할 거라는 걸 알아서다.

그녀는 눈을 질끈 감았다.

'미안해, 백호.'

마음을 정한 주작이 고개를 끄덕이며 말했다.

"그 계획, 실행하자."

"좋아, 세 명이 뜻을 모았으니 곧바로 시작하도록 하지. 북황련의 련주는 내가 만나고 오지. 그리고 유강."

청룡의 부름에 뒤편에 서 있던 유강이 앞으로 걸어왔다. 그가 짧게 고개를 숙이며 예를 갖출 때였다. 청룡은 벽에 걸려 있는 지도 한 장을 떼어 내고는 그걸 탁자 위에 올려놨다.

그러고는 지도를 뚫어져라 응시하던 그가 옆에 있는 붓을 들었다.

청룡의 손이 빠르게 움직였다.

"여기, 그리고 여기."

청룡은 지도 위에 있는 지점들에 동그랗게 원을 그렸다. 몇 군데에 동그라미를 그린 청룡은 이내 한 곳을 시작으로 해서 주욱 선을 그었다.

청룡이 옆에서 자신의 행동을 보고 있는 유강을 향해 말했다.

"지금 내가 그린 순서는 다 봤지?"

"예. 봤습니다."

"이 순서대로 움직여. 하루에 한 곳씩이야. 사람들 눈을 피해서 최대한 은밀하게 행동해."

"알겠습니다. 그런데 그곳에 가서 제가 뭘 하면 됩니까?"

유강의 질문에 청룡이 지도를 둘둘 말아 그에게 툭 내던지며 씩 웃었다.

"당연한 걸 뭘 묻고 그래. 다 죽여. 어린애고 여자고 가리지 말고 싹 다."

* * *

침상에 기대어 앉은 백호는 길게 하품을 했다.

저녁 식사를 하니 살짝 졸음이 밀려오기까지 한다.

사실 백호는 어제부터 무척이나 몸이 근질거렸다. 새로

익힌 두 개의 무공은 백호의 취향에 무척이나 잘 맞았다. 월하린에게 배우는 대부분의 무공들은 파괴적이기보다는 부드럽고 유한 기운을 가졌다.

그에 반해 어제 배운 두 가지의 무공은 엄청난 파괴력으로 모든 걸 부숴 버리는 게 딱 마음에 들었다.

유령신마의 무공과 개방의 강룡십팔장을 조금 더 펼쳐 보고 싶었지만 백호는 그러지 못했다.

그건 전부 이 손을 감싼 붕대 때문이었다.

백호는 자신의 오른손을 감싸고 있는 붕대를 가만히 바라봤다. 귀찮아서 하지 않겠다고 우겼지만, 결국 백호는 월하린을 이기지 못했다.

그녀의 부탁에 백호는 붕대를 한 채로 하루를 보냈다. 손바닥과 손목 정도만 붕대로 감싸고 있었음에도 불구하고 백호는 무척이나 불편한 모양이었다.

마음 같아서야 당장이라도 이 붕대를 풀고 연무장으로 달려가고 싶었지만, 백호는 그러지 않았다. 그는 자신의 방에서 월하린을 기다리고 있었다.

잠시 주기진을 만나러 갔던 그녀가 백호에게 어디 가지 말고 꼭 여기서 기다리라고 신신당부를 하고 갔었다. 그랬기에 백호는 하염없이 자신의 방에서 월하린을 기다리고 있었다.

익숙한 발걸음 소리가 백호의 기분을 갑자기 좋게 만들었다.

다급한 발걸음 소리가 이곳으로 향하고 있었다.

그리고 그 발걸음 소리의 주인공은 백호를 보기 위해 달려온 월하린이었다. 그녀가 문을 통해 모습을 드러내며 환하게 웃었다.

"백호! 기다렸어요?"

"왜 이렇게 늦어. 기다리느라고 혼났네."

백호는 그런 그녀를 향해 히죽 웃어 보이며 화답했다. 월하린이 모습을 드러내자 침상에 누워 있던 백호가 자리에서 일어나 그녀에게 다가갔다.

월하린의 코앞까지 다가간 백호가 물었다.

"그런데 왜 기다리라고 한 거야?"

"아, 그게 괜찮으면 둘이 나가서 맛있는 것도 좀 먹고 하고 싶어서요. 뭐 별거 아닐 수도 있긴 한데 그래도……."

말을 하면서도 뭔가 부끄러운지 월하린은 손가락을 꼼지락거리며 웃었다. 그런 월하린의 모습에 백호는 다시금 깨물어 버리고 싶은 충동에 휩싸였다.

근질거리는 이빨을 애써 달래며 백호가 크게 고개를 끄덕였다.

"맛있는 거라면 대환영이지. 어서 가자고."

백호가 월하린의 옆에 서더니 이내 발을 옮길 때였다. 그녀가 황급히 백호를 불렀다.

"잠깐만요."

"응?"

백호가 고개를 돌리자 월하린이 손을 내밀며 배시시 웃었다. 손을 잡아 달라는 그녀의 행동에 백호는 참지 못하고 그녀의 볼을 가볍게 꼬집었다.

그러고는 이내 볼을 잡았던 손가락을 떼고는 천천히 월하린의 내민 손을 맞잡았다.

월하린의 손을 잡은 채로 백호가 그녀를 향해 웃으며 말했다.

"근데 너 은근 적극적이다?"

"무슨 소리예요. 제가 얼마나 용기 내서 한 행동들인데."

월하린이 억울하다는 듯이 말했고, 백호가 웃고만 있자 심통 난 듯 그녀는 손을 빼려 했다. 하지만 한번 잡은 손을 백호는 절대 놓지 않았다.

오히려 백호는 손을 꽉 잡은 채로 월하린을 재촉했다.

"가자! 가게들 다 닫겠다."

신이 난 듯 말하는 백호의 모습에 월하린은 웃지 않을 수 없었다.

손을 꼭 잡은 두 사람은 그렇게 무림맹의 입구로 향했

고, 이내 이제는 많이 익숙해진 무한의 거리로 나섰다. 시간이 늦었지만 아직까지는 제법 많은 사람들로 붐볐다.

둘은 인적이 드문 길로 들어서서 도란도란 대화를 나누며 걸었다.

둘의 이야기는 별 내용이 없었다. 그저 요즘 있었던 일들에 대해 수다도 떨었고, 우스운 이야기를 하며 웃기도 했다.

그러던 중 월하린이 문득 생각난 듯이 이야기를 꺼냈다.

"그나저나 그 나비 문양은 진짜 누굴까요? 여태까지는 계속 도움을 주긴 했지만, 같은 편이라고 믿기엔 조금 어렵고 그래요."

"흐음."

백호 또한 마찬가지였다.

정체는 모르지만 그 나비 문양이 박힌 서찰을 보내는 자에게 계속해서 도움을 받고 있다. 이번 맹주의 실종 건만 해도 그렇다.

서찰에는 당장에 그곳으로 가라고 적혀 있었고, 그 이유는 바로 그곳에 유령신마가 있다는 걸 알고 있었기 때문이리라.

율무천이 당했던 장소, 그리고 추후에 일어날 모든 것들을 알았기에 그때 서찰을 보냈고 또 움직이게 했다. 정말 완벽하게 그들에 대해 파악하지 않았다면 불가능했을 일.

머리를 긁적거렸지만 답이 나올 만한 문제가 아니었다. 이내 백호는 생각하기 귀찮다는 듯이 훌훌 털어 버리고는 말했다.

"머리 아프니까 그건 나중에 생각하고, 놀려고 나온 거니까 신나게 놀자고."

백호의 말에 월하린 또한 잠시 머릿속에서 나비 문양에 대해 지우고는 그의 손에 이끌려 사람들 사이로 파고들었다.

익숙한 걸음걸이로 백호가 향한 곳은, 역시나 그가 좋아하는 고기로 만드는 꼬치를 파는 가게 앞이었다.

자리를 잡은 백호가 말했다.

"전에 먹어 봤는데 맛이 괜찮더라고."

노점에 꽂혀 있는 많은 꼬치들을 바라보던 백호가 이내 하나를 정하더니, 그걸 뽑아 월하린에게 건넸다. 백호가 골라 준 꼬치를 받아 든 월하린은 가볍게 한입 물더니 이내 눈을 크게 떴다.

"어? 정말 맛있는데요?"

"내가 골라준 건데 당연하지."

맛있어 하는 월하린의 얼굴을 보고 있자니 백호는 이상하게 뿌듯한 마음이 들었다. 이게 뭐가 그리 대수라고 이런 기분이 드는 건지 모르겠지만, 그래도 백호는 즐거웠다.

그렇게 웃고 있는 월하린의 얼굴에서 시선을 떼지 못하고 있을 때였다.

백호가 갑자기 웃음기를 거두고는 뒤편으로 시선을 돌렸다.

그와 마주 보고 있던 월하린이었기에 백호의 표정 변화를 그녀는 빠르게 알아차릴 수 있었다. 그녀가 놀란 듯 물었다.

"왜 그래요?"

"이상하네. 누군가가 보고 있는 것 같았는데."

백호가 나지막이 중얼거렸다.

아주 잠깐이지만 누군가의 시선이 자신들에게로 향해 있는 것만 같았다. 시선을 느끼고 재빠르게 고개를 돌렸지만, 수상한 자의 모습은 보이지 않았다.

백호의 말에 월하린이 걱정스러운 표정으로 뒤편을 바라봤다. 그런 그녀의 모습에 백호가 괜찮다는 듯이 웃어 보이며 말했다.

"잘못 느낀 것 같아. 아무도 없더라고. 아니면 누가 널 곁눈질한 걸 수도 있고."

어딜 가나 그 아름다움만으로 모두의 시선을 잡아끄는 월하린이다. 그런 그녀다 보니 누군가가 지나쳐 가다 가볍게 힐끔 본 것일지도 모른다.

걱정 말라는 듯 월하린을 다독이며 백호 또한 놓여 있는 꼬치 중 하나를 뽑아 들었다. 꼬치에 꺼져 있는 고기 하나를 빼어 물며 백호는 속으로 중얼거렸다.

'흐음, 내가 너무 민감하게 반응했나?'

아주 잠깐의 시선. 그냥 잊을 수도 있었지만, 이상할 정도로 백호의 기분은 찝찝했다.

백호는 애써 찝찝한 기분을 떨쳐내며 웃고 있는 월하린을 마주 보며 미소 지었다.

그때까지 백호는 알지 못했다.

이렇게 평범하고 행복한 일상이 얼마 남지 않았다는 것을.

제4장. 단합
— 다시 한 번 고마워요

 아침 일찍부터 은설란의 집무실에 손님이 찾아왔다. 의자에 앉은 채로 뭔가를 생각하고 있던 그녀가 방문객을 보고는 자리에서 일어났다.

 방문객의 정체는 주기진이었다.

 은설란이 웃으며 그를 향해 반갑다는 듯이 말했다.

 "요즘 너무 자주 뵙는 거 아닌가요? 이러다가 정 들겠어요."

 웃으며 말은 내뱉고 있었지만, 무림에 몸담고 있는 이라면 그 누구나 알 정도로 이들은 최악의 관계다. 그런 관계에 있는 둘이지만 겉으로 보기에는 무척이나 친밀해 보였다.

주기진 또한 웃으며 안으로 걸어 들어왔다.

"앉아도 되겠는가?"

"물론이죠. 앉으세요."

말을 마친 은설란은 주기진이 앉은 의자 건너편으로 걸어갔다. 그녀가 의자를 뒤로 잡아당기며 자리에 앉았다.

주기진을 슬쩍 바라본 은설란이 물었다.

"이런 대낮부터 어쩐 일이시죠?"

"어떻게 조사가 진행되고 있는지 궁금해서 왔네."

"북황련과 관련된 그 건을 이야기하시는 건가요?"

"그렇다네. 비각주가 잘 해결한다고는 했지만…… 알잖은가. 나이 먹으니 이상한 걱정만 느는군그래. 어떻게 진행되고 있는지 듣고 싶군."

날카로운 주기진의 시선을 받으면서도 은설란은 시종일관 여유가 있었다. 그녀가 턱에 손을 괴며 웃음 가득한 얼굴로 입을 열었다.

"그냥 잘되고 있으니 조금만 더 기다려달라 말씀드리면…… 안 가실 생각이죠?"

"허허, 비각주는 다른 건 몰라도 이런 거 하난 참 맘에 든단 말이야. 내 속마음을 너무 잘 알아."

서로 웃으며 말을 주고받고 있지만, 그 안에는 너무 많은 것들이 내포되어 있었다.

주기진은 은설란에게 일의 진행을 캐물음과 동시에, 혹시나 제대로 조사가 되고 있지 않다면 이번 일을 더욱 크게 만들 생각이었다.

그리고 그런 주기진의 속내를 은설란은 잘 알았다.

그녀가 턱을 괸 손을 풀었다.

"해명하기로 했어요."

"해명? 누가 말인가?"

"누구긴요. 유령신마와 관련된 건인데 그걸 해명할 사람이라면 하나밖에 더 있겠어요?"

주기진이 잠시 침묵하다 혹시나 하는 얼굴로 한 명을 지목했다.

"……북황련주?"

"네, 맞아요. 북황련주가 직접 와서 해명하겠다고 하네요. 오늘 중으로 보고 드리려고 했는데 귀찮은 발걸음 하셨네요. 조금만 기다리셨으면 제가 알아서 보고 드렸을 텐데 말이죠."

"북황련주가 직접 온단 말인가?"

"예. 저도 놀랐는데, 그런다고 하네요? 무림맹으로 직접 오겠다고 하더군요."

주기진은 놀란 감정을 감추기 어려웠다.

북황련주가 누구인가. 사파를 이루는 세 개의 단체 중 하나의 수장이다. 물론 그 크기 면에서는 무림맹을 따라올 순 없지만, 신분으로만 따진다면 무림맹주와 비슷한 급이라 해도 과언이 아니다.

그런 그가 직접 움직인다?

그것도 사파의 무인이 이곳 무림맹으로?

오랜 중원의 역사상 북황련주가 직접 무림맹에 찾아온 기록은 전무했다. 그런 말도 안 되는 일이 벌어진다는 사실에 주기진이 입을 꾹 닫고 있다가 말했다.

"비각주, 정말 대단하군. 대체 어떻게 하면 북황련주를 움직일 수 있는 거지?"

"전 아무것도 안 했어요. 그쪽에서 오겠다고 한 거죠. 아무리 저라도 북황련주까지 막 움직이고 그런 게 가능하겠어요? 뭐 어찌 됐든 간에 그는 사파 측 인물이고 전 무림맹의 비각을 이끄는 수장인데 교류할 이유가 있나요."

"글쎄. 나도 얼마 전이라면 그렇게 생각했겠지만 요즘 들어 이런 생각이 드는군. 대체 비각주가 하지 못하는 게 뭘까? 비각주가 마음만 먹는다면 무림맹주를 바꾸는 것도 가능하지 않을까, 뭐 이런 생각?"

"호호, 재미있는 농담이시네요. 제깟 게 뭐라고요."

자신은 아무것도 아니라는 듯 낮추는 은설란, 그렇지만

주기진 또한 농담을 한 게 아니었다. 최근 그녀가 해내는 모든 걸 보고 있노라면, 과연 이 여자에게 불가능이란 게 있는가 싶을 정도다.

주기진은 자리에서 일어났다.

더는 이곳에서 길게 이야기할 거리도 남지 않았다.

"북황련주가 직접 오고 있다니 그럼 해명은 그때 듣도록 하지."

"그러세요. 아, 거리가 좀 있다 보니 오는 데 조금 시간이 걸릴 것 같다고 하더군요."

"알겠네. 그럼."

말을 마친 주기진은 곧바로 일어나 성큼 바깥으로 걸어 나갔다. 그리고 그가 떠나고도 한참을 혼자 앉아 웃음 짓고 있던 은설란의 얼굴에서 미소가 사라졌다.

그녀가 웃음기 하나 없는 얼굴로 중얼거렸다.

"이번엔 진짜로 아무것도 안 했다고요."

은설란과 헤어진 주기진은 곧바로 자신의 거처로 향했다. 그는 자신의 수하들에게 황급히 집무실로 모이라는 명을 내리고 먼저 그곳에 자리했다.

자리에 앉은 주기진이 지그시 눈을 감았다.

수많은 생각들이 머리를 오간다.

이런 시기에 북황련주가 온다? 주기진이 보았을 때 북황련주는 분명 반맹주파와 관련이 있다. 그들이 무림맹 내부로 들어오는 것이 과연 어떤 의미일까.

정말로 해명을 하러 오는 것일까 아니면······.

'만약 북황련주가 무림맹 내부에서 무력을 펼칠 계획이라면?'

그럴 가능성은 무척이나 희박했지만 반맹주파와 북황련이 대놓고 손을 잡는다면 피바람이 불 게다. 정말 아주 조금의 가능성밖에 없는 일이지만 주기진은 그러한 것조차 좌시할 수 없었다.

고민에 잠겨 있던 주기진의 집무실에 수하들이 들어섰을 때다.

주기진이 그들을 향해 곧바로 명을 내렸다.

"최대한 많은 인원을 무림맹으로 모으게."

"예? 갑자기 그게 무슨 말씀이십니까? 무슨 일이라도 있는 겁니까?"

수하의 질문에 주기진이 침통한 표정으로 말했다.

"전쟁이 벌어질지도 모르겠군."

*   *   *

시끌벅적하니 떠들며 백하궁의 인원들이 어딘가를 향해 가고 있었다. 언제나처럼 백하궁에서 말이 제일 많은 아운이 선두에 선 채로 떠들어 댔다.

"으, 춥다 추워. 날씨 너무 춥지 않습니까?"

"넌 그렇게 떠드는데도 춥냐?"

자연스레 따라오는 전우신의 핀잔.

둘의 투덕거림은 이제 너무나 익숙한 장면이었다. 시끄럽게 몇 차례 말을 주고받던 중 아운이 궁금하다는 듯 물었다.

"그런데 지금 어디 가는 겁니까?"

"다 왔으니까 그냥 가서 눈으로 확인해."

백호가 귀찮다는 듯이 말했다.

구구절절 설명하기보다는 우선 목적지에 도착해서 이야기하려는 백호였다. 그렇게 네 명은 호북성 무한의 길을 가로지르며 어딘가로 향했다.

어느 정도 걷던 중 월하린이 한 건물을 가리켰다.

"저기예요."

그곳은 제법 화려해 보이는 객잔이었다. 사 층으로 이루어진 그 객잔은 입구부터 손님들이 바글거리는 인기 있는 곳이었다.

왜 이곳에 왔냐고 묻기도 전에 월하린은 백호와 함께 입구로 다가갔다. 그녀가 안으로 들어서기 무섭게 점소이에게 말했다.

"월하린이라는 이름으로 미리 말씀드려 놨는데요."

"아, 예. 사 층으로 모시겠습니다."

사전에 이야기를 해 둔 탓에 백호 일행은 전혀 기다리지 않고 곧바로 사 층으로 올라갔다. 탁자와 의자로 이루어진 일 층과는 달리 이 층부터는 방으로 이루어진 객잔이었다.

사 층에 오르자 점소이는 준비된 방으로 이들을 안내했다.

그가 문 옆에 서서 조심스레 닫힌 문을 열었다.

드르륵.

문을 연 점소이가 고개를 조아리며 말했다.

"준비는 다 해 두었습니다. 혹시 더 필요하신 게 있으시면 불러 주십시오."

"그럴게요."

월하린의 대답을 들은 점소이가 고개를 숙인 채로 올라온 계단을 통해 아래로 내려갔다. 백호와 함께 안으로 들어선 그녀가 뒤편에 서 있는 둘을 향해 손짓했다.

"들어오세요."

"아, 예."

전우신이 고개를 끄덕이며 방 안으로 들어섰다.

점소이가 말한 대로 이미 방 안에는 갖가지 음식들과 술들이 준비되어 있었다.

갑작스러운 상황에 잠시 멍하니 있던 아운은 곧 정신을 차렸다. 그가 잔뜩 쌓여 있는 음식들을 보며 눈을 빛냈다.

"우와, 엄청난데요."

한눈에 봐도 침이 꼴깍꼴깍 넘어가는 산해진미들이 가득했다. 이게 웬 떡이냐는 듯이 아운도 들어와 먼저 자리에 앉은 이들의 건너편에 가서 앉았다.

우선 자리에 앉긴 했지만 갑작스러운 상황이 이해가 안 가는지 전우신이 물었다.

"그런데 갑자기 이게 무슨 자리입니까?"

"아, 그게…… 이래저래 고마워서요."

"그게 무슨 말씀이십니까?"

"저희가 만난 지 꽤 됐죠?"

월하린의 질문에 가만히 앉아 있던 전우신도, 음식을 손으로 잡고 뜯어먹던 아운도 힐끔 그녀를 바라봤다. 잠시 생각하는 듯하더니 이내 둘 중 아운이 대답했다.

"그러게요. 하도 정신없이 지내 와서 몰랐는데, 그새 시간이 제법 지난 것 같은데요?"

"네. 제법 지났는데 생각해 보니 이렇게 따로 자리를 만들어서 뭘 한 적은 별로 없는 것 같아서요. 그래서 한번 이렇게 만들었어요."

"이야! 역시 궁주님."

웃으며 말하는 월하린에게 아운이 감탄스럽다는 듯이 소리쳤다.

그런 아운을 잠시 바라보던 월하린이 갑자기 포권을 취했다. 그런 그녀의 행동에 아운이 바쁘게 움직이던 손을 멈추고 당황한 듯 바라봤다.

월하린이 입을 열었다.

"감사 인사를 제대로 못 한 것 같아요. 일전에 진법에서 절 구하려다가 크게 다치셨는데 정말 고마웠어요. 아운 소협 덕분에 제가 살았어요."

"하하, 뭘 그걸 가지고요."

아운이 아무것도 아니라는 듯이 손을 저었다.

하지만 그 누구도 그렇게 생각하지 않았다. 아운은 당시 사경을 헤맬 정도로 큰 부상을 입었고, 한동안은 지팡이 신세를 지기도 했다.

부상을 입고 한참이 지난 며칠 전부터야 다시 무공을 사용할 수 있었을 정도였으니, 그 부상이 작았을 리가 없다.

이번엔 월하린의 시선이 전우신에게로 향했다.

"전 소협도 마찬가지예요. 그때 제가 독에 중독되었을 때 모든 내력을 쥐어짜며 백호가 올 때까지 버텨 주셨잖아요."

오래전 이야기에 전우신이 쑥스러운지 고개를 저으며 말했다.

"그 정도야 당연한 거였습니다. 이렇게 감사하실 필요는……."

"솔직히 말해서 당연한 건 아니었죠. 사실 저희 관계가 누가 누굴 지켜 주고 뭐하고 할 사이는 아니었잖아요?"

월하린의 말에 전우신도 아운도 픽 하고 웃음을 흘렸다. 그녀의 말대로 그건 그랬다. 감시자의 역할로 붙었고, 상대측에 진마멸천신공이 넘어가지 않으면 됐을 뿐 그 이상 뭔가를 해 줄 필요는 없었다.

그런데 왜일까?

자신들은 언제부터인가 목숨을 걸고 이들을 위해 싸우고 있었다.

처음 만났을 때 자신들이 이렇게 될 거라고 그 누가 생각했겠는가. 월하린도, 전우신과 아운 셋 모두 마찬가지였다.

월하린이 둘을 번갈아 바라보며 말했다.

"제대로 고맙다는 말도 하지 못한 것 같아서 이렇게 모셨어요. 이 자리를 빌려 다시 한 번 말씀드릴게요. 모두 다 진심으로…… 고마워요. 백호와 전우신 소협, 아운 소협을 만난 전 정말 운이 좋은 사람인 것 같아요."

월하린의 솔직한 말에 전우신과 아운은 그저 손가락만 만지작거렸다. 쑥스러우면서도 기분은 좋지만, 그렇다고 무슨 말을 해야 할지 쉽사리 떠오르지가 않는다.

그런 둘에게 월하린이 술을 채운 잔을 하나씩 밀었다.

"한 잔씩 받아요."

"⋯⋯감사히 받겠습니다."

"그럼 저도 한 잔."

전우신의 뒤를 이어 아운이 실실 웃으며 재빠르게 잔을 들어 올렸다. 월하린 또한 마찬가지로 잔을 들어 올리자, 모두의 시선이 한 명에게 쏠렸다.

벽에 기댄 채로 멀뚱멀뚱 앉아 있는 백호였다.

백호는 모두의 시선이 자신에게 쏠리자 왜 그러냐는 듯 두리번거렸다.

세 사람이 잔을 든 채로 웃어 보였다.

그제야 백호가 자신 앞에 놓인 잔을 보며 말했다.

"뭐야? 나도?"

"당연한 거 아닙니까! 이런 단합 때 백호님이 빠지시면 안 되죠!"

아운이 당연하다는 듯 소리쳤고, 그제야 백호도 어쩔 수 없다는 듯 잔을 들고는 꼼지락거렸다. 술은 몇 번 마셔 보긴 했지만 이런 분위기는 생소했다.

모두가 잔을 든 채로 백호를 기다리고 있었다.

옆구리를 가볍게 쿡쿡 찌르는 월하린의 손길에 백호도 술잔을 치켜들었다.

전우신이 잔을 든 채로 말했다.

"뭘 빌까요?"

전우신의 물음에 모두가 고민할 때였다. 아운이 좋은 게 생각났다는 듯이 입을 열었다.

"두 분의 영원한 행복을 위하여 어때?"

아운의 말에 월하린은 당황한 듯 얼굴이 붉어졌다.

그리고 그런 아운의 제안에 전우신이 맘에 든다는 듯 고개를 끄덕였다.

전우신이 잔 옆에 손을 가져다 댄 채로 예를 갖추며 말했다.

"그럼 이 첫 잔은 두 분의 행복을 빌며 마시겠습니다."

말을 마친 전우신이 아운과 함께 단번에 술을 들이켰다. 백호는 다시금 술잔에 술을 채우며 즐겁게 떠드는 전우신과 아운을 바라보며 중얼거렸다.

"자기들 거나 빌지…… 하여튼 웃기는 놈들이라니까."

백호는 피식 웃으며 조용히 술잔을 입에 가져다 댔다. 독한 술을 마신 백호가 잔을 탁 하고 내려놓더니 당과 하나를 꺼내어 물었다.

"하, 더럽게 쓰네."

술은 무척이나 썼지만……

웃고 있는 두 사람, 그리고 그런 그 둘과 함께하고 있는 너무나 사랑스러운 한 여인.

셋과 함께한 이 자리가 무척이나 유쾌했다.

'나쁘지 않네.'

백호의 입가에 절로 미소가 새겨졌다.

너무나 행복했으니까.

*   *   *

월천후가 개최한 회의에 많은 이들이 자리했다.

맹주파와, 반맹주파가 뒤섞인 자리. 묘한 분위기에 이런저런 이야기로 시끄럽긴 했지만 서로 간의 다툼은 없었다. 그 이유는 단상 위에 자리하고 있는 월천후의 존재감 때문이었다.

그가 무림맹주의 자리에 오른 이후 공적인 자리에서 대놓고 싸움이 벌어지는 일은 없었다. 그 누구도 쉽사리 월천후 앞에서 그런 행동을 취하긴 힘들었으니까.

그리고 맹주파를 대표하는 주기진과, 반맹주파를 대표

하는 은설란 둘이 입을 닫고 있는 이유도 컸다.

둘은 가만히 선 채로 그저 회의가 흘러가는 걸 듣고만 있었다.

월천후가 맹주직에 오른 지 벌써 한 달 가까이의 시간이 지났다. 그 시간 동안 무림맹에는 여러 가지 일들이 있었다. 우선은 무림맹 안팎으로 시끄럽던 일들을 일사천리로 정리해 나갔다.

그 모든 것이 예상했던 것보다 빠르게 처리되는 게 가능했던 이유는 월천후 때문이다. 그가 맹주직에 오르며 지지부진하던 많은 일들이 생각보다 쉽게 정리됐다.

월천후라는 이름만으로 대부분의 것들은 해결이 될 수 있었다.

천하제일인이란 그런 것이다.

그렇지만 아직까지 해결되지 않은 중요한 몇 가지가 있었고, 그것이 지금 회의 안건이었다.

전 맹주인 율무천의 실종과, 최근 벌어진 괴이한 살인사건들이 가장 중요한 이야깃거리였다.

율무천에 대한 이야기는 잠시 오가긴 했지만, 그건 곧 다음에 다시 이야기를 나누는 방향으로 진행됐다. 별동대를 조직하고 나섰던 주기진이 결정적인 단서들을 찾았고, 그걸 확인하기 위해서는 우선 북황련주와 만나야만 했다.

그랬기에 이 일은 그를 만난 이후에 다시금 거론해야 할 사안이었다.

그리고 두 번째 안건인 괴사에 관련된 일이었다.

맹주파와 반맹주파의 의견이 유일하게 일치하는 사건이 바로 이것이었다. 처음엔 그저 미친 살인마 하나가 날뛰는 정도로 생각했지만, 그러던 것이 이제는 도를 넘어섰다.

처음엔 조그마한 부락을 급습하는 듯하더니 급기야는 커다란 마을, 그리고 심지어 무림 문파까지 싹 전멸시켰다. 죽이는 것만으로도 끔찍하거늘 그 살해 방법 또한 들어 본 적 없을 정도로 잔인하다.

그 정체불명의 살인마는 상대의 심장을 뽑아 버리는 방식으로, 가는 곳곳마다 단 하나도 남기지 않고 무차별적으로 도륙했다.

그리고 점점 주기가 빨라진다 싶더니 얼마 전부터는 하루마다 모습을 드러내며 사람들을 죽이고 있었다. 처음엔 소수의 사람들 사이에서 퍼져 나가던 이야기가, 이제는 모두가 알 정도로 소문이 나 버렸다.

예전부터 조사는 하고 있었지만, 이제는 더욱 적극적으로 나서야 한다는 목소리가 높아지고 있었다.

많은 이들이 월천후의 앞에서 지금의 상황에 대해 조금 더 확실한 타개책이 필요하다고 이야기하기 시작했다.

"미치지 않고서야 이런 살인이라니. 이건 그냥 살인 자체를 즐기는 것으로 보입니다. 그것도 무림맹과 가까운 호북 지역에서 이 같은 살인이라뇨. 이건 저희를 우습게 보는 행위가 분명합니다."

"주기도 점점 짧아지고 있습니다. 서둘러 조치를 취하셔야 합니다."

"맞습니다. 저희가 나서지 않으면, 많은 이들이 저희 무림맹이 그냥 방관만 한다며 손가락질할 게 분명합니다. 맹주님."

맹주파든 반맹주파든 모두 한목소리로 말했다.

계속 되어지는 이 살인 사건은 결코 용서 받을 수 없는 끔찍한 행위였다.

수천 명이 넘는 이들이 죽었고, 이제는 이 일에 대해 황궁까지 나선 상황이다.

월천후가 나지막한 목소리로 물었다.

"어찌 되어 가시오?"

이 괴사에 대해 담당하고 있는 비각주 은설란은 고개를 숙이며 대답했다.

"백방으로 알아보고 있는데…… 몇 가지 의심스러운 정황만 발견했을 뿐 확실한 정보는 없어요. 조금만 더 알아보고 정리가 되면 곧바로 보고하도록 할게요."

"급한 일이니 서둘러 주시오."

"알겠습니다."

"엄중히 조사하시오. 그리고 만약 이 일을 벌인 자의 정체를 알게 된다면 그자가 누구라고 한들 그 즉시······."

월천후가 자리에서 일어났다. 그가 다부진 시선으로 아래에 있는 이들을 바라보며 힘 있게 말을 이었다.

"목을 베어도 좋소이다."

* * *

오후가 조금 지났을 무렵 낮잠에 빠져 있던 청룡이 게슴츠레 눈을 치켜떴다. 그의 시선이 문 쪽으로 향했다.

"쥐새끼처럼 숨어 있지 말고 왔으면 보고를 해야지?"

"역시 청룡님은 못 속이겠습니다."

웃으며 모습을 드러낸 건 다름 아닌 유강이었다. 그의 행색은 엉망이었다. 옷 곳곳은 피로 붉게 물들어 있었고, 두 눈은 살기로 번뜩였다.

청룡이 아무렇지 않게 말을 받았다.

"이렇게 피 냄새를 풀풀 풍기고 다니는데 모를 리가 있 겠느냐. 그래, 임무는?"

"시키신 대로 다 처리하고 왔습니다."

"그래?"

청룡이 천천히 침상에서 일어나 길게 기지개를 켰다. 그러고는 하품을 한 번 하더니 자리에서 벌떡 일어났다.

"어때? 할 만하더냐?"

"재밌더군요. 살려 달라고 비는 인간을 죽이는 게 이렇게 재밌는지 예전에는 왜 몰랐을까요?"

유강이 청룡의 질문에 키득키득 웃으며 대답했다.

요 며칠 동안 유강이 죽인 사람의 숫자는 천 명에 달했다. 그는 몇 개의 마을과, 몇몇 요양 시설들을 돌며 그곳에 있는 이들을 모두 죽였다.

무공도 모르는 약자들만 공격했으니, 그건 싸움이 아닌 그저 일방적인 도륙에 불과했다.

그토록 많은 이의 목숨을 취해 놓고도 유강의 얼굴에 죄책감은 느껴지지 않았다. 오히려 재미있었다는 말과 함께 웃는 그의 얼굴은 잔인하기 그지없었다.

아직까지도 심장을 터트리던 그 감촉이 잊히지 않는지 손가락을 꿈틀거리는 유강을 바라보던 청룡이 다음 계획을 진행시켰다.

"다음 일을 해야겠다."

"명령만 내리시지요."

"무림맹으로 가거라."

어떤 임무든 상관없다 생각하던 유강이었지만, 무림맹으로 가라는 말에 살짝 놀란 눈치였다. 물론 유강의 신분이 정파의 무인이긴 했지만, 그렇다 해서 모두가 무림맹에 드나들 수 있는 건 아니었다.

유강이 물었다.

"잠입입니까?"

"아니, 정식으로 들어가란 말이다. 내가 미리 손을 써두었으니 넌 그대로 무림맹으로 가기만 하면 된다. 이제부터는 무림맹 내에서 네가 내 수족처럼 움직여야 한다."

"하지만…… 그자가 있는데 그냥 들어가면 곤란하지 않을까요?"

유강이 말하는 그자가 백호임을 청룡은 알고 있었다. 분명 그가 말한 대로 유강이 무림맹에 모습을 드러낸다면 백호의 성격상 그냥 두지는 않을 게 자명했다. 하지만 상관없었다.

"어차피 백호가 무림맹에 있을 시간은 그리 남지 않았다. 그러니 며칠 정도만 놈의 눈을 피해서 지내. 그 정도는 할 수 있지?"

"알겠습니다. 그렇다면 언제 무림맹으로 갈까요?"

"바로 지금."

말을 내뱉었던 청룡이 이내 작게 고개를 저으며 말을 번

복했다.

"아 참, 꼭 씻고 가고. 네 몸에서 나는 피 냄새 아주 지독해."

청룡의 말에 유강은 킁킁거리며 냄새를 맡아 보고는 미소를 머금으며 받아쳤다.

"지독하다뇨? 달콤하기만 한 걸요?"

그 말을 마친 유강이 몸을 돌려 걸어 내려갔다. 그리고 그런 유강의 뒷모습을 바라보던 청룡이 나지막이 중얼거렸다.

"후후. 네놈도…… 점점 미쳐 가는구나."

유강이 미쳐 갈수록 청룡의 즐거움은 배가 되고 있었다.

청룡의 말대로 유강은 무림맹으로 찾아갔고, 이내 곧바로 안으로 들어갈 수 있었다. 최근 들어 벌어진 일로 감시는 삼엄했지만, 청룡이 준비해 준 소개장 하나로 그 경비망은 모래성처럼 무너지며 유강에게 길을 터줬다.

유강은 곧바로 서찰을 들고 청룡이 말해 준 장소로 향했다.

청룡이 말해 준 곳, 그곳에는 현무가 있었다.

현무는 자신을 찾아온 유강을 탐탁지 않은 시선으로 바라봤다. 그를 향해 다가온 유강이 먼저 예를 갖췄다.

"현무님을 뵙습니다."

"……."

아무 말 없이 유강을 바라보던 현무가 품 안에서 종이 하나를 꺼내 내밀었다. 현무가 내민 종이를 받아 든 유강은 그 안의 내용을 살폈다.

그건 다름 아닌 임명장이었다.

유강은 자신의 신분이 맘에 드는지 나지막이 중얼거렸다.

"은자각(隱者閣)의 각주라."

"이름뿐인 각주다. 다른 각주와 동급이라 생각하고 까불지 말거라. 만약 주제도 모르고 행동하다 귀찮은 일을 벌일 시에는……."

"걱정 안 하셔도 됩니다. 그럴 생각도 없거니와 전 지금 백호님의 눈에 띄어도 안 될 몸이거든요. 조용히 지낼 생각입니다."

걱정 말라는 듯 말하는 유강을 바라보던 현무가 이해가 안 간다는 듯 말했다.

"대체 왜 널 이곳에 밀어 넣는지 모르겠군. 무림맹 내부의 일이라면 어차피 내가 있는데 말이야."

"현무님은 바쁘지 않으십니까. 저야 어차피 할 일도 없는 은자각의 각주니 현무님의 심부름도 해 드리면서 보다 빠르게 연락을 주고받으실 수 있는 교두보 역할을 하면 그만 아니겠습니까?"

유강이 화려한 언변으로 현무의 마음을 풀려 했다.

그런 그를 유심히 바라보던 현무가 짧게 말했다.

"옛날부터 난 말만 번드르르하게 하는 놈을 가장 싫어했다. 네놈이 그렇고…… 또 청룡이 그렇지."

"심기를 어지럽혔다면 죄송합니다."

"됐다. 해야 할 일이 있으니 물러가라."

"예."

고개를 꾸벅하고 물러나려는 그에게 현무가 손에 쥐고 있던 명패를 휙 던졌다. 날아드는 명패를 유강이 빠르게 낚아챘다.

그건 다름 아닌 은자각의 각주라는 신분을 증명해 주는 것이었다.

"가지고 다녀. 그리고 절대 네가 여기 있는 걸 백호에게 들키지 마라. 시끄러운 일 만들지 않으려면."

현무 또한 유강이 백호에게 들켰다가는 모든 일이 귀찮아질 것을 잘 알았다. 그랬기에 다시금 그에게 경고하듯이 말해 준 것이고. 유강 또한 그러겠다는 듯 고개를 끄덕이고는 곧바로 현무와 함께 있던 곳을 벗어났다.

유강은 손에 쥔 명패를 보며 웃어 보였다.

제4장. 단합 - 다시 한 번 고마워요

"재미있군. 이런 자리가 이토록 쉽다니 말이야."

어릴 적부터 정체를 숨기고 월하린의 숙부였던 월양준의 양아들로 들어간 유강이다. 그랬기에 신분만큼은 철저하게 정파의 사람이지만 실질적으로 유강은 사파의 인물이다.

그랬기에 재밌었다.

사파인 자신이 이런 자리에 이리 쉽게 오를 수 있다니. 물론 이제는 정사를 떠나 그저 청룡을 따르며 자신의 목적을 이루는 것이 전부였지만.

한참 자신의 거처로 걸어가던 유강의 배에서 갑자기 자그마한 소리가 들려왔다.

꼬르륵.

허기가 졌는지 배에서 제법 큰 소리가 흘러나왔다.

어젯밤부터 아무것도 먹지 않았으니 배가 고파도 이상할 게 없었다. 유강이 잘됐다는 듯이 중얼거렸다.

"무림맹의 음식은 어떤지 구경이나 해 보면 되겠군."

유강은 저녁 식사를 하러 몰려가는 무리들을 발견하고는 곧바로 그들과 함께 무림맹 내부의 식당으로 향했다.

식당에는 이미 먼저 온 이들로 붐볐다.

유강은 익숙한 듯이 구석에 자리를 잡고 이것저것 음식을 시켰다. 그는 그 상태로 주변을 두리번거리며 무인들의 면면을 살폈다.

어느 정도 이름 있는 자들도, 전혀 누군지 모를 이들도 가득하다.

그저 얼굴을 보는 것뿐이거늘 유강은 재미있었다. 언제 이런 일을 상상이라도 해 봤겠는가. 자신이 무림맹에 들어앉아 이들과 식사를 할 것을 말이다.

잠시 사람 구경에 심취해 있을 때 유강이 주문한 음식이 도착했다.

음식을 가져다주는 사내는 낯선 유강의 모습에 접시를 내려놓으며 물었다.

"처음 보는 분이신 것 같은데 누구십니까?"

"아, 이번에 은자각을 맡게 된 유강이라 합니다."

유강이 사람 좋아 보이는 미소를 머금은 채로 예의 바르게 말했다. 오랫동안 사람들을 속여 온 유강의 가짜 미소는 그에게도 먹혔다.

사내는 젊은 나이에 어울리지 않는 높은 신분을 지닌 유강을 보며 놀랍다는 듯 말했다.

"오호, 무척이나 젊으신 분인데 그런 중책을 맡으시다니. 인상도 서글서글하시고, 능력이 좋으신가 봅니다?"

"하하, 그저 운이 좋았을 뿐이지요."

"이거 앞으로 오시면 잘 보여야겠습니다. 음식도 더 드리고 말이지요."

"그래 주신다면야 저야 감사하지요. 앞으로도 자주 찾을 테니……."

유강이 말을 내뱉을 때였다.

작은 웅성거림이 들려왔고, 사내 또한 그곳으로 시선을 돌렸다. 사내는 곧바로 유강에게 관심을 끊고는 자리를 이동하며 중얼거렸다.

"어이고, 저 사내가 왔으니 빨리 가서 고기 요리를 준비해야겠네."

유강은 자신과의 이야기를 뚝 끊고 가는 사내에게 살짝 불쾌감을 느낌과 동시에 대체 뭐 때문에 그러나 하고 시선을 돌렸다.

그리고 그곳엔 그가 있었다.

'백호…….'

백호가 백하궁 일행들과 함께 시끄럽게 떠들며 안으로 들어서고 있었다. 그들은 내부에 있는 널찍한 곳에 자리를 잡고는 뭐가 그리도 재미있는지 웃으며 떠들고 있었다.

유강은 자리를 피할까 하다 이내 생각을 바꿨다.

괜히 지금 움직였다가는 오히려 눈에 띄기 십상이다. 오히려 지금은 쥐 죽은 듯이 가만히 있는 게 낫다. 어차피 거리도 많이 떨어져 있었고, 백호라는 자는 애초부터 남에게 신경 쓰는 자가 아니었다.

그의 신경만 거슬리지 않는다면 이렇게 거리가 떨어져 있는 이상 알아차리지 못할 게다.

백호가 식당 안에 모습을 드러내자 많은 이들이 그를 힐끔거리며 바라봤다.

시선들에는 많은 감정들이 뒤섞여 있었다.

동경, 부러움, 시기…… 하지만 하나 분명한 게 있다.

'빛나고 있다.'

백호는 빛나고 있었다. 이 많은 인파들 중에서 그는 단연 눈에 띄었고, 또 가장 빛났다.

유강은 그런 백호를 조심히 바라봤다.

그는 자신이 가지고 싶었던 모든 걸 가지고 있었다.

뛰어난 무공, 좌중을 휘어잡을 정도의 독특한 분위기, 그리고 이제는 무림에서 모르는 이가 없을 정도로 알려진 위명. 또 아름다운 여인 월하린까지.

웃고 있는 월하린을 보고 있자니 속이 뒤틀린다.

유강은 조용히 찻잔을 입에 가져다 대며 속으로 중얼거렸다.

'네가 가진 모든 건 내 것이어야 했다.'

무공도, 위명도, 그리고 저 여인까지도.

저놈만 없었다면, 백호라는 저 말도 안 되는 놈만 없었다면 그 모든 것은 자신의 것이었을 게다. 백호가 나타나고 유강은 모든 걸 잃었다.

하지만······.

유강은 혹여나 백호가 알아차릴까 시선을 돌렸다.

찻잔에서 입을 떼지 않고 있는 유강의 두 눈동자가 슬며시 빛났다.

'지금을 마음껏 즐겨라. 곧 네가 품은 그 모든 빛을 전부 내가 가져가고야 말 테니까.'

제5장. 도악풍
― 내가 이곳에 온 이유는

"오늘 분위기 왜 이러냐?"

이른 새벽부터 일어나 홀로 무공 연습을 하던 백호는 이내 점심 식사를 하기 위해 일행들과 함께 움직이고 있었다.

걷던 도중 백호는 묘하게 긴장된 듯한 무림맹 내부의 분위기를 곧바로 알아차렸다.

백호의 질문에 월하린이 대답했다.

"오늘 무림맹에 북황련주가 온다고 했거든요."

"북황련주? 그자가 왜 오는데?"

"다 백호님 때문이죠."

뒤에서 쫓아오던 아운이 재빠르게 끼어들었다.

백호는 그런 아운을 바라보며 되물었다.

"나 때문이라고?"

"그 얼마 전에 박살 낸 유령신마라고 기억납니까? 백호님한테 무공 빼앗긴 그자요."

"아아."

유령신마라는 별호를 듣고 가만히 있던 백호는 이내 무공을 빼앗긴 자라는 말에 기억난다는 듯 고개를 끄덕였다.

아운이 말을 이었다.

"백호님이 그자를 잡은 탓에 북황련이 맹주님 실종 사건에 개입되었다는 의심을 받았거든요. 그걸 해명하겠다고 직접 온답니다."

"련주라면 그자가 북황련 우두머리 아냐? 우두머리라는 놈이 그것 때문에 직접 온다고?"

"이례적인 일이라 무림맹에서도 놀랐을걸요. 사실 저도 왜 직접 와서 해명하겠다고 나선지 잘 모르겠군요. 무림맹 측에서 그걸 원한 것도 아닐 텐데……."

"뭐, 더럽게 심심한가 보지."

백호가 무덤덤하게 말했다.

사실 백호는 북황련주가 오든 말든 크게 관심이 가지 않았다. 요새 그는 한시라도 빨리 백하궁으로 돌아갈 날만 손꼽아 기다렸다.

그리고 그건 백호뿐만이 아니었다.

백하궁으로 돌아가고 싶은 건 모두의 공통된 마음이었지만, 그러기에는 상황이 다소 여의치 않았다. 월하린 또한 백하궁으로 돌아가 밀린 일들을 처리하고 싶었지만 그 전에 월천후를 만나야만 했다.

문제는 요즘 월천후의 얼굴을 보는 건 거의 불가능한 일이라는 거다.

백호가 물었다.

"우리 백하궁으로 대체 언제 가냐?"

"아버지를 한번 뵙고 말씀을 드리고 가려고 하는데, 요즘 도통 시간이 안 나시나 봐요."

"바로 지척에 있는데 뭐가 그리 바빠?"

"저도 빨리 뵙고 가고 싶긴 한데…… 인근에서 벌어지는 괴이한 사건 때문이니, 저도 뭐라고 더 재촉은 못 하고 있어요."

"괴이한 사건은 또 뭐야?"

백호가 궁금하다는 듯이 물었다.

북황련주가 오는 일이나, 근래에 벌어지는 괴이한 살인 사건까지. 하나같이 무림을 뒤흔드는 화젯거리였지만 백호는 두 개 모두 알지 못했다.

백호가 묻자 어떻게 설명해야 하나 고민하던 월하린이

제5장. 도악풍 – 내가 이곳에 온 이유는

벌어지고 있는 사건에 대해 간단하게 말했다.

"정체불명의 인물이 얼마 전부터 끔찍한 살인을 저지르고 다닌다나 봐요."

"얼마나 끔찍한데 그래?"

"죽이는 방법도 잔인한데, 문제는 채 젖도 못 뗀 갓난아이들도 모조리 죽였다고 하더라고요."

이야기를 듣던 백호가 살짝 표정을 찌푸렸다.

"약자나 죽이고 다니는 그런 놈 하나 못 잡아서 지금 이러고 있는 거야?"

"아직까지 못 잡고 있는 걸 보니 생각보다 실력이 있는 자인가 봐요."

"그런 놈이 갓난아이를 죽이고 다녀?"

백호는 이해가 안 된다는 듯한 표정을 지어 보였다. 무림맹의 감시망을 피할 정도의 놈이 굳이 어린애까지 죽이고 다니는 이유를 모르겠다.

그런 백호를 향해 월하린이 짧게 부연 설명을 했다.

"전면적으로 조사에 착수했다고 하니 오래 걸리지 않을 거예요."

"쩝. 어쨌든 어서 끝나서 돌아갔으면 좋겠는데."

백호가 입맛을 다시며 중얼거렸다.

마음 같아서야 당장이라도 돌아가자고 난리라도 피우고

싶을 정도다. 그렇지만 다른 사람도 아닌 월하린과 관련된 일, 그랬기에 백호는 인내심으로 기다리고 있었다.

네 사람이 막 식사를 하기 위해 식당에 도착해 자리를 잡았을 때였다.

얼굴이 낯익은 사내 하나가 이들에게 다가왔다.

"월 궁주님."

그는 주기진의 심복으로 백호나 월하린도 몇 번 본 적 있는 사내였다. 갑작스럽게 그가 다가오자 백호가 슬쩍 경계하는 시선으로 그를 응시했다.

월하린이 물었다.

"무슨 일이세요?"

"장문인께서 오늘 있을 회견 자리에 참석해 달라 하십니다."

"회견 자리라면 혹시 북황련주 건을 말씀하시는 건가요?"

"예, 아무래도 당시에 있었던 궁주님과 백호님의 증언이 있어야 한다 판단하신 모양입니다. 더불어 상대측에서도 그걸 요구했고요."

"기껏 도와줬더니만 그런 자리까지 나가야 돼?"

듣고 있던 백호가 귀찮다는 듯이 중얼거렸고, 그런 그에게 주기진이 보낸 사내가 송구하다는 표정으로 말을 이었다.

"워낙 중대한 사안인지라 번거로우시더라도 꼭 부탁드린다고 전해 달라 하셨습니다."

이미 백호의 성격을 잘 아는 주기진이었다.

그랬기에 그는 보지 않고도 백호가 귀찮아할 거라는 걸 예상했던 모양이다.

백호 또한 불평을 토해 내곤 있었지만 그 자리에 가야 한다는 걸 모르는 건 아니었다. 그가 알겠다는 듯 고개를 끄덕이며 물었다.

"그래서 언제 가면 되는데?"

"두 시진 후입니다."

북황련주 도악풍.

서른 중반의 나이로 북황련을 휘어잡은 초절정 고수. 수많은 적수들을 제거하고 북황련의 지존 자리에 오른 그는 포악하기로 소문이 난 자였다.

냉철하면서도 잔인하고, 실수를 용납하지 않는 성격.

그런 그가 지금 무림맹에 들어서고 있었다.

웅성웅성.

백여 명의 북황련 무인들을 대동한 그가 무림맹을 활보한다. 사파의 기둥 중 하나인 북황련의 수장인 그가 무림맹을 걷는 장면은 평생에 한 번도 볼 수 없는 기회일 게다.

희끗희끗한 머리와 까칠해 보이는 수염.

도악풍에게서 풍기는 날카로운 기도는 감추려고 한들 감추어지는 것이 아니었다. 그의 몸 주변으로는 폭발적인 기운이 흘러넘치고 있었다.

그런 그를 맞이한 건 은설란이었다.

"모시러 왔어요. 이거 북황련주를 여기서 뵐 줄은 몰랐군요."

"나 또한 비각주를 이렇게 만나게 될 줄은 몰랐소. 미모는 여전하시구려. 십 년 전하고 달라진 게 없는 것 같소이다."

"그럴 리가요. 저도 많이 변했답니다."

"외모는 모르겠지만, 실력만큼은 분명 변한 것 같구려. 우리 북황련에도 비각주 같은 이가 있으면 참 좋겠는데 말이오."

"과찬이세요."

가벼운 덕담을 주고받은 두 사람은 이내 본론으로 들어갔다.

"그런데 무림맹주께서는 어디 계시오?"

"지금 안에서 기다리고 계세요. 곧바로 가시면 될 것 같아요."

"알겠소. 내가 부탁한 대로 준비는 해 두셨소?"

"그러긴 했는데……."

은설란이 이해가 안 간다는 듯이 그를 바라봤다.

도악풍의 부탁은 그리 어려운 건 아니었다. 그는 회견 장소로 집무실이나 넓은 대전이 아닌 그보다 훨씬 큰 장소를 원했다. 그리고 그곳에 많은 이들이 자리하기를 바랐다.

그리고 그건 무림맹 입장에서는 나쁜 조건이 아니었다.

많은 이들이 자리를 지킨다면 그만큼 방비를 하는 게 수월한 탓이다.

무림맹이 걱정하는 건 하나.

혹시 모를 사파의 기습이었다.

북황련주가 직접 찾아온다 했을 때부터 그럴 가능성이 대두됐고, 그에 맞춰 북황련 무인들의 움직임을 면밀히 감시했다. 그렇지만 북황련은 딱히 수상한 움직임을 보이지 않았다.

지금 이곳에 온 백여 명의 무인들을 제하고, 나머지 인원들은 모두 북황련에서 꼼짝도 하지 않았다.

별일은 없을 거라 판단했지만, 혹여나 모르는 상황이다. 그러던 차에 이런 부탁을 받았으니 무림맹의 입장으로서는 보다 더 완벽하게 호위가 가능해지는 것과 다름없었다.

그러니 거절할 이유는 없었다.

은설란이 말했다.

"장소가 여의치 않아 비무장으로 정했어요."

"상관없소."

"그런데 어째서 큰 장소를 원하신 건지 여쭈어 봐도 될까요?"

"별거 아니오. 그저…… 많은 이들 앞에서 진실을 보여 주고 싶은 것뿐이니까."

"진실이요?"

"그런 게 있소. 가면 곧 알게 될 테니 조금만 기다리시면 될 게요."

무덤덤하니 말하며 도악풍은 은설란의 안내를 받으며 목적지를 향해 걸어갔다.

은설란은 미리 준비된 비무장으로 그를 안내했다.

준비된 비무장은 무림맹 중앙 부분에 위치한 가장 큰 곳이었다. 그리고 그곳에는 북황련주의 부탁대로 각 문파의 무인들이 기다리고 있었다.

구파일방과 오대세가, 그리고 그 외의 중소문파의 무인들까지. 엄청난 숫자의 무인들이 비무장에 빼곡하니 들어선 채로 도악풍의 등장을 기다리고 있었다.

그리고 그 무리 안에는 백하궁도 자리한 상태였다.

지루해하던 백호의 귓가로 비무장 입구를 지키고 선 무인의 외침이 들려왔다.

"북황련주 들어오십니다!"

외침과 함께 무인들의 시선은 저절로 입구로 향했다. 그리고 그곳에서는 은설란과 나란히 선 도악풍이 휘하의 수하들을 대동한 채 걸어 들어오고 있었다.

 도악풍의 등장에 시끄럽던 좌중들의 목소리가 단번에 사그라졌다.

 비무장 한편에 마련되어 있던 단상에 자리하고 있던 월천후가 자리에서 일어났다. 그리고 마찬가지로 그의 주변을 지키고 서 있던 각 파의 핵심 인물들 또한 들어오고 있는 도악풍을 맞이했다.

 비무장 안으로 들어선 도악풍과, 월천후의 거리는 고작 십여 장.

 멀다면 먼 거리였지만 월천후와 도악풍 정도 되는 무인들에게 이 정도 거리는 한 호흡 만에 좁힐 정도에 불과했다. 실질적인 무림의 지존 월천후, 그리고 북황련의 최고수 도악풍.

 비록 월천후에게는 미치지 못하지만 도악풍 또한 한 시대를 풍미할 충분한 무력을 지닌 인물이다.

 둘이 마주하는 순간 장내에는 말로 표현하기 힘든 묘한 기류가 형성됐다.

 절대자만이 가질 수 있는 패왕(覇王)의 기운.

 그 기운을 지닌 두 명이 마주하고 있었다.

당장이라도 큰일이 벌어질 것만 같은 기분에 이 자리에 모인 수천 명의 인원들은 쉽사리 눈조차 깜빡이지 못한 채로 둘을 바라보고 있을 때였다.

꿀꺽.

누군가의 침 삼키는 소리가 비무장 내에서 천둥 치는 소리만큼 크게 들려왔다. 그만큼 비무장은 침묵에 휩싸여 있었다.

그리고 그 순간 도악풍이 먼저 물러섰다.

그가 옷자락을 뒤로 '휙' 하니 젖히며 포권을 취하는 순간이었다. 도악풍의 뒤에 도열해 있던 백여 명의 무인들 또한 월천후를 향해 예를 갖췄다.

일사불란하게 움직이는 그들의 모습은 절도가 있었으며, 또 강인함이 느껴졌다. 포권을 취한 채로 도악풍이 낮은 목소리로 말했다.

"월천후 대협을 뵈오."

"먼 길 오시느라 고생했소이다. 련주."

둘이 한마디 주고받는 순간 비무장을 가득 메웠던 답답한 공기가 거짓말처럼 사라졌다.

포권을 푼 도악풍이 아니라는 듯 고개를 저었다.

"내 평생 무림맹 구경 한번 해 보고 싶었는데, 이리 오게 되어 오히려 좋소이다."

거리가 제법 멀었지만 둘이 주고받는 말소리는 흡사 귀 바로 옆에서 하는 것처럼 또렷하게 들려왔다. 비단 그건 둘 뿐만이 아니었다.

비무장 내에 있는 자 모두에게 둘의 목소리가 똑똑히 들려왔다. 그만큼 둘의 내공이 출중한 탓이다.

이야기를 들은 월천후가 도악풍을 향해 날카로운 말을 던졌다.

"무림맹 구경보다 먼저 해야 할 이야기가 있지 않겠소? 구경을 하게 될지 아닐지는 아마 그 후가 되지 않을까 싶은데 말이오. 우리 측 별동대가 실종되신 율무천 맹주님의 흔적을 좇다가 현장으로 파악되는 장소에서 몸을 감추고 있는 유령신마를 만났소. 어찌 해명하시겠소?"

"해명이라……."

작게 중얼거리던 도악풍이 이내 천천히 좌중을 스윽 둘러봤다. 정파의 무인들이 모두 자신을 바라보고 있었다.

슬쩍 입꼬리를 올린 도악풍이 바로 말을 받아쳤다.

"난 해명하러 온 게 아니오."

"해명을 하러 온 게 아니다? 지금 그 말을 어찌 받아들여야 하는 게요?"

말을 하는 월천후의 표정이 곱지 않다.

편안해졌던 공기가 다시금 무겁게 가라앉을 때였다. 도

악풍이 양손을 들어 올려 진정하라는 듯한 행동을 취하고는 말했다.

"말은 끝까지 들어야 하지 않겠소. 내가 이곳에 온 건 해명을 하기 위함이 아니라, 진실을 밝히기 위해서요."

"진실?"

"그렇소. 율무천 맹주님은 우리에게 당한 게 아니오."

"지금 그 말을 믿으라는 거요?"

"물론이오. 오히려 우리는 피해자요."

도악풍의 말에 비무장을 채우고 있는 무림맹의 무인들의 표정 또한 구겨졌다. 이곳까지 찾아와 자신들이 오히려 피해자라 말하고 있으니 맹주파의 입장에서는 분통이 터질 수밖에 없었다.

조용했던 비무장이 불만 가득한 목소리로 웅성거리기 시작했다.

가만히 서 있던 도악풍이 내공을 담아 말했다.

"내가 무림맹이 모르는 이야기를 하나 하려는데 괜찮겠소이까?"

"해 보시오."

월천후가 고개를 끄덕였을 때다.

도악풍이 모두에게 똑똑히 들으라는 듯 큰 목소리로 말을 이어 나갔다.

"지금의 무림은 무척이나 시끄럽소. 무림맹주의 실종, 그리고 아직까지 정체를 모르는 살인 사건까지. 이 두 개를 별개로 생각하고 있으신 것 같은데 맞소?"

"그거야 당연한 거 아니오."

"후후, 그게 틀렸소이다. 월 대협."

"그건 또 무슨……."

"무림맹주의 실종, 그리고 사람의 심장을 뽑아 죽이는 잔인하기 그지없는 일련의 살인 사건. 이 두 가지의 사건은 같은 자의 소행이라는 말이오."

도악풍의 말에 잠시 조용해졌던 비무장에 혼란이 밀려들었다.

지금 무림의 가장 시끄러운 그 두 가지가 같은 자의 짓이라니. 그 말이 가져다주는 파장은 보통이 아니었다. 그리고 그 말을 쉽사리 믿기도 어려웠다.

시끄러워진 분위기 속에서 도악풍이 자신만만한 목소리로 말했다.

"내가 이곳에 온 이유가 궁금하지 않소?"

모두가 도악풍을 바라보고 있었고, 그는 자연스럽게 말을 이어 나갔다.

"그 사건들의 가장 강력한 용의자가 바로 이곳 무림맹에 있기 때문이오. 그랬기에 그 용의자의 정체를 밝히고, 또

추궁하여 진실을 알아내기 위해 온 것이외다."

"……용의자가 누구요?"

"용의자는 바로……."

도악풍이 손가락을 들어 한쪽을 가리켰다.

그곳은 다름 아닌 백하궁이 자리하고 있는 자리였다. 도악풍이 그쪽으로 시선을 돌리며 나지막이 입을 열었다.

"월하린, 저 여인이오."

도악풍의 손가락을 따라 모든 이들의 시선이 월하린에게로 향했다. 조용히 상황을 보고 있던 월하린으로서는 갑자기 자신이 맹주 실종과, 최근 벌어진 잔인한 살인 사건의 용의자로 지목당하자 당황스러울 수밖에 없었다.

그 순간 백호가 폭발했다.

"뭐 이 미친 새끼야? 누가 용의자라고?"

무리에 뒤섞인 채로 가만히 있던 백호가 버럭 소리치며 사람들을 밀쳤다.

"비켜!"

단번에 몇 명을 밀치며 앞으로 걸어 나가려던 백호의 앞을 막아선 건 다름 아닌 북황련의 무인들이었다. 그들이 당장이라도 도악풍에게 달려들 것 같이 화를 토해 내는 백호를 막아선 것이다.

"이것들이……."

백호는 당장이라도 앞을 막아선 놈들을 때려눕히겠다는 듯이 이를 갈았다. 그런 그를 뒤늦게 정신을 차린 월하린이 다급히 말렸다.

"백호, 괜찮아요."

"괜찮긴 뭐가 괜찮아! 저 새끼가 감히 누구한테 자기들 죄를 뒤집어씌우려는 거야?"

백호는 무척이나 화가 났다.

하지만 굳이 백호가 나서지 않아도 지금 그 말을 곧이곧대로 믿는 이는 보이지 않았다.

당연한 결과다.

뜬금없이 유령신마가 이번 일에 개입되어 있다는 사실을 알아낸 월하린이 용의자라니. 이건 누가 봐도 보복성 발언이라고 밖에는 보이지 않았다.

월천후의 옆에 서 있던 주기진이 기가 차다는 얼굴로 나섰다.

"북황련주, 제정신이오?"

"물론. 난 아주 멀쩡하오."

"그런데 지금 그렇게 말한다 이거요? 월 궁주가 그 두 사건의 용의자라니. 이 무슨 말도 안 되는 소리란 말이오."

말을 내뱉는 주기진의 얼굴에는 불쾌함이 역력히 드러났

다. 차라리 몰랐다고 변명을 했다 해도 이 정도로 화나지는 않았을 게다.

그런데 오히려 무림맹으로 직접 들어와 그 사건을 밝힌 이들 중 하나를 강력한 용의자로 몰고 있다.

주기진과 마찬가지로 무림맹의 무인들은 점점 분노한 얼굴로 북황련의 인물들을 노려봤다. 말도 안 되는 말로 상황을 피해가려는 더러운 속셈으로밖에는 보이지 않았으니까.

그때 도악풍이 입을 열었다.

"증거가 있다면?"

그 한마디가 모여 있는 모든 이들의 귀로 파고들었다. 그리고 도악풍이 다시금 주변에 있는 모두에게 들으라는 듯이 말했다.

"강력한 증거가 있으면 어쩌시겠소?"

"증거?"

되묻는 주기진을 향해 도악풍이 고개를 끄덕이며 모두가 들으라는 듯이 소리쳤다.

"율무천 맹주가 실종되기 전부터 우리 북황련은 이 괴이한 살인 사건을 쫓고 있었소! 무림맹에서는 이 사건이 벌어진 지 그리 오래되지 않은 걸로 알고 있지만 틀렸소! 이 사건이 처음 벌어진 건 벌써 반년 전이었소이다. 물론 그때는 산에 있는 자그마한 마을들이 목표였지. 그래서 소문이

나진 않았지만, 우리는 당시부터 이 사악한 존재에 대해 알고 있었소이다."

처음 듣는 이야기에 많은 이들이 놀란 듯 도악풍의 말에 집중했다.

그가 말한 대로 이런 살인 사건이 벌어진 게 그렇게 오래되었다는 건 처음 듣는 이야기였다.

도악풍은 조용해진 좌중을 보며 자신의 이야기에 모두가 집중하고 있음을 느꼈다.

도악풍이 말을 이었다.

"처음엔 그저 살인 사건을 벌이는 광인(狂人)을 잡으려 했소. 하지만 놈은 흔적을 남기지 않아 조사하는 게 쉽지 않았소이다. 그래서 그때부터 접근법을 조금 달리 바꿨소."

그는 모두에게 설명해 주려는 듯이 자세히 이야기를 이어 나갔다.

"왜일까? 왜 그냥 죽여도 되는데 불구하고 굳이 사람의 심장을 모두 뽑아 버리고, 또 뽑힌 심장은 어디로 간 걸까?"

심장을 뽑는 흉내까지 내며 소리치는 도악풍의 행동은 확실히 효과가 있었다. 모두가 그를 뚫어져라 바라보며 다음 말을 기다렸다.

"간단하오. 먹은 거지."

"하!"

사방에서 분노가 뒤섞인 탄성이 터져 나왔다.

정말 저 말이 사실이라면 이 얼마나 잔인한 일이란 말인가. 인간의 탈을 쓰고 어찌 사람의 심장을 먹을 수 있단 말인가.

그런 금수만도 못한 짓이 정말 가능한 걸까?

역겹다는 듯이 주기진이 물었다.

"먹었다니? 그걸 왜 먹는단 말이오."

"바로 그거요! 지금 한 그 질문이 바로 이 모든 일의 해답을 내려줬소이다."

도악풍이 소리쳤다.

"광라흡원마공(狂羅吸元魔功)! 바로 이 사특한 무공이 바로 그 이유였지."

광라흡원마공이라는 말에 대부분의 무인들은 고개를 갸웃했지만, 오래된 노고수들은 달랐다.

그들은 그 무공을 듣는 순간 치가 떨린다는 듯 부들부들 떨었다.

광라흡원마공은 이 땅엔 있어선 안 될 무공이다.

그것은 수십 년 전 벌어졌던 살인 사건의 범인인 광마존(狂魔尊)의 무공이다. 광라흡원마공은 자신의 혈도를 억지로 부풀려, 보다 빠르게 힘을 뿜어낼 수 있게 하는 마공이다.

하지만 부작용이 심하고, 익히는 과정이 극도로 잔인하

다. 그 방법은 바로…….

"인간의 장기. 장기를 먹으며 연공하는 악마의 무공. 바로 이것이었지."

확신에 찬 듯 도악풍이 말을 내뱉었을 때였다.

여태 가만히 있던 월천후가 입을 열었다.

"북황련주가 지금 하는 말이 무슨 뜻인지 아시오? 그래서 지금 하고자 하는 말이…… 그 무공을 내 딸이 익혔을 거라 이거요?"

"그렇소. 월하린은 자신의 지병을 치료하기 위해 저 금지된 무공을 구해서 손을 댔고, 그것을 완성하기 위해 인간들을 죽이고 다녔던 게요. 월하린에게 지병이 있다는 건 뭐 익히 알고들 계실 테니, 굳이 설명은 하지 않겠소이다."

도악풍의 충격적인 이야기에 월천후가 살기를 흘리며 입을 열었다.

"불쾌하군. 설마 지금 월하린에게 지병이 있다는 것 하나만으로 그 무공을 익혔을 거라 말하는 게요? 만약 그런 말도 안 되는 심증만으로 내 딸을 미친 살인마로 몰고 간 것이라면……."

말을 마친 월천후의 손이 움직였다.

쾅!

커다란 기운이 도악풍을 스쳐 지나가며 비무장 한편을

박살 내 버렸다. 먼지가 파악 하고 솟구쳐 올랐지만 도악풍은 눈 하나 꿈쩍하지 않았다. 그런 그를 향해 월천후가 말을 이었다.

"이곳 무림맹에서 결코 무사히 돌아 나갈 수 없을 게요."

월천후의 협박에 도악풍이 그럴 리 있겠냐는 듯이 고개를 저었다.

"설마 그것만으로 용의자라 말하고 다닐 리가 있겠소. 우선적으로 정황상 의심한 건 사실이나, 조금 더 깊이 범인이 아닌가 생각하게 된 건, 바로 저 여인이 있는 곳 부근에서만 이 끔찍한 살인 사건이 벌어졌다는 걸 알게 된 이후요."

"그건 우연일 수도 있는 것 아니오?"

"물론 희박하긴 하지만 그럴 순 있소. 다만 결정적으로 의심하게 된 건 바로 율무천 맹주의 실종 당일의 일 때문이오. 아시는 분들은 이미 다 아시겠지만 율무천 맹주께서 실종되시기 직전 무림맹에서 마지막에 만났던 것이 바로 저 여인이라 알려져 있소. 그리고 맹주는 흔적조차 남기지 않고 사라졌지. 이래도 의심하지 않을 수 있겠소? 사건 현장마다 있었고, 또 맹주를 마지막으로 만난 것만으로도 충분히 의심스러울 수 있는 것 아니오?"

긴말을 단숨에 내뱉은 도악풍은 잠시 숨을 돌렸다.

많은 이들이 말은 하고 있지 않았지만, 내심 도악풍의

말에 조그마한 의심을 품기 시작한 건 사실이었다.

다른 건 몰라도, 맹주와 마지막으로 만났던 건 그녀임은 분명했으니까.

하지만 도악풍이 말한 것들 모두가 심증에 불과했다. 어느 정도 의심스러운 건 사실이지만 이것으로 월하린이 범인이라는 건 어불성설에 가까웠다.

주기진이 고개를 저으며 확신에 찬 목소리로 말했다.

"맹주님과 자주 만난 것은 사실이나 그것은 개인적인 일 때문이었지, 결코 월 궁주가 나쁜 짓을 가했을 거라 생각지는 않소. 내가 옆에서 봐 온 월 궁주는 결코 그런 짓을 벌일 인물이 아니오. 그리고 월 궁주의 무공이 뛰어나다고는 하나, 어찌 맹주님을 제압할 수 있단 말이오."

"뭐, 그거야 차차 이야기를 하며 설명하겠소. 다만 지금 상황을 보았을 때 가장 의심스러운 인물이라는 건 변한 게 없소."

"지금 이래저래 몰아가고는 있으나 그 어떠한 것도 결정적 증거는 없지 않소? 이렇게 월 궁주를 몰아가기보다는 왜 그곳에 북황련의 유령신마가 있었는지부터 해명하는 게 먼저 아니오?"

주기진은 확실하게 월하린을 변호하며 나섰다.

자신을 도와 맹주를 찾기 위해 고생한 백하궁이다. 그런 그들을 곤란하게 만드는 도악풍의 행동에 그는 무척이나 화가 났다.

그런 주기진의 말에 도악풍은 잠시 침묵했다.

'흐음, 이렇게 나오면 곤란한데 말이야.'

허나 이런 상황은 애초에 예상했던 것 중에 하나였다. 도악풍이 이내 말을 이었다.

"물론 심증이 아닌 물증도 있소. 다만…… 그러기 위해서는 그 전에 확인해야 하오."

"뭘 말이오?"

"월하린이 광라흡원마공을 익혔는지 아닌지 말이오. 그걸 먼저 확인해야만 우리가 준비한 물증이 제대로 증명될 수 있기 때문이오."

"허허, 이 무슨……."

"장문인은 저 여인이 범인이 아니라 생각하는 거 아니오? 그렇다면 뭐가 문제요. 그냥 간단히 확인만 하면 되는 것을. 오히려 이런 오해를 받는 것보다 깔끔하게 우리의 잘못된 판단이라는 걸 이 자리에 모인 모두에게 증명하는 게 낫지 않겠소?"

말을 내뱉는 도악풍을 보며 주기진은 이를 꽉 깨물었다. 왜 많은 이들을 한 자리에 모아 두길 바랐는지 궁금했거늘 이제야 알 것 같다.

도악풍은 많은 증인을 원했던 것이다.

만약 월하린이 범인이라면 이곳에 모인 모두는 그 증인이 되는 셈이다.

주기진은 슬며시 주변에 있는 이들을 바라봤다.

정파의 무인들 모두 도악풍의 말에 동의하는 듯 고개를 끄덕이고 있었다. 분명 주기진이 봤을 때도 그건 틀린 말이 아니었다.

용의자로 지목된 이상 확실하게 누명을 벗는 게 낫다. 물론 주기진은 그녀가 범인이 아닐 거라는 강한 믿음이 있었다.

그런데 왜일까?

이 알 수 없는 불안감은.

그때 월천후가 물었다.

"어떻게 확인한단 말이오?"

"광라흡원마공의 근간은 다름 아닌 우리 북황련의 무공인 천파공(天破功)이오."

근간이라고는 하지만 천파공은 광라흡원마공은 거의 다른 무공이다. 그저 그 틀이 되어 주는 무공이라는 것을 제하고는 특별할 것도 없다.

도악풍이 손바닥을 들어 올리며 말했다.

"간단하오. 내가 내력을 몸 안에 흘려보내면 광라흡원마공을 익혔는지 아닌지 금방 알 수 있소. 만약 그 무공을 익혔다면 금방 머리카락 색이 붉게 변하고, 눈동자는 옥빛을 머금게 되오."

말을 마친 도악풍이 아직까지 자신을 바라만 보고 있는 월하린에게로 시선을 돌렸다. 그러고는 확신 어린 표정으로 그녀에게 소리쳤다.

"네가 범인이 아니라면 직접 와서 증명해 보거라! 만약 내가 틀렸다면 모두가 보는 앞에서 자네에게 내가 직접 사죄하지!"

버럭 소리치는 도악풍의 행동 때문일까.

월하린의 근처에 있던 몇몇 자들이 불편한 시선으로 슬쩍 거리를 벌렸다. 도악풍의 말을 믿는 것은 아니지만 꺼림칙함은 감출 수가 없다.

정말 만에 하나라도 도악풍의 말이 사실이라면 이 여인은 인간의 심장을 먹은 금수만도 못 한 자니까.

주기진이 곧바로 반박했다.

"내력을 직접 몸 안으로 넣어 보겠다는 거요?"

"그렇소."

"그게 말이 되는 소리요? 북황련주가 나쁜 의도를 지니고 내력을 불어 넣는다면 월 궁주는 죽을 수도 있는 일이오. 어찌 그런 일을 허락할 거라 생각한단 말이오."

주기진의 말에 도악풍이 슬쩍 월천후를 바라봤다. 그러고는 이내 대답했다.

"맹주를 앞에 두고 이런 말을 하기가 좀 그렇긴 하지만 단도직입적으로 묻겠소. 만약 내가 악의를 품고 내력을 넣는 와중에 월 궁주를 죽인다면…… 내가 살아 돌아갈 수 있겠소?"

말을 마친 도악풍이 주변을 둘러봤다.

북황련의 무인들이 많긴 했지만 이곳은 무림맹이다. 그 숫자나 힘에서는 비교조차 되지 않았다. 그들이 마음만 먹는다면 일각도 버티기 힘들 것이다.

주기진이 대답하지 않자 도악풍이 말을 이었다.

"장문인께서는 나와 저 여자, 둘 중 누구의 목숨값이 크다가 생각되시오? 저 여자를 죽이기 위해 북황련주인 내가 죽는다면 과연 어느 쪽의 손해가 더 클 거라 생각하는 거요?"

월하린이 비록 무림맹주의 여식이긴 했지만 도악풍은 사파를 지탱하는 세 개의 세력 중 하나인 북황련의 주인이다.

굳이 목숨값을 놓고 따진다면 비교조차 할 수 없을 정도의 영향력을 지녔다는 거다.

모두가 보는 앞에서 월하린에게 내력을 불어 넣어 죽인다면 그 대가로 북황련의 핵심인 자신 또한 이곳에서 죽게 될 거라 말하고 있었다.

주기진은 뭔가 탐탁지 않은 듯 말을 이으려 했다.

그때 월천후가 말했다.

"범인이 아니라는 걸 증명한다면 사과하겠다는 말, 내 잊지 않고 있겠소."

주기진이 놀라 고개를 치켜들어 월천후를 바라봤다. 이건 은연중에 허락을 하는 것과 다름이 없지 않은가.

주기진 또한 도악풍의 말이 틀리지 않다고 생각했다. 이곳에서 월하린을 죽인다면 얻을 수 있는 것과 잃을 게 비교조차 되지 않았으니까.

그리 내키진 않았으나 월천후까지 나서자 주기진은 입을 닫았다.

이곳에 있는 정파의 무인들조차도 도악풍의 말대로 하기를 바라는 눈치였기 때문이다. 이곳에서 괜히 감싸고돌기보다는 직접 나서서 무죄를 증명하는 게 나았다.

이 상황을 어떻게 해야 되나 고민하고 있을 때였다.

자신에 대한 말도 안 되는 소리들을 듣고만 있던 월하린이 입을 열었다.

"할게요."

"야! 뭘 굳이 저런 헛소리에……."

옆에서 백호가 그럴 필요 없다는 듯이 말할 때였다. 월하린이 그의 옷깃을 잡은 채로 조용히 고개를 저었다. 오

제5장. 도악풍 — 내가 이곳에 온 이유는

히려 피한다면 더 큰 오해를 불러올 수도 있다.

 곧 이곳 무림맹을 떠나려고 하던 그녀다.

 이 기회에 자신의 결백을 완전히 증명하고, 이곳을 떠나 백호와 함께 알콩달콩 웃으며 살고 싶었다.

 월하린이 웃으며 말했다.

 "괜찮아요, 백호. 차라리 빨리 오해를 털어 버리고 같이 백하궁으로 돌아가는 게 낫잖아요."

 어차피 이곳에 월천후도 함께 자리하고 있다.

 회견만 끝난다면 곧바로 그에게 떠난다는 말만 전하고 가면 그만이다. 예전과 다르게 많이 무뚝뚝해진 아버지. 그렇지만 그건 지금의 중책 때문이라 생각하기로 마음먹었다.

 비록 조금 변했어도 아버지니까.

 그리고 이 모든 일을 끝낸다면 원래의 인자하고 따뜻한 아버지의 모습으로 자신에게 올 거라 생각했다. 그때 정식으로 백호를 소개하고 둘의 사이를 허락 받을 생각이었다.

 월하린의 말에도 불안한 듯 서 있는 백호를 향해 전우신 또한 동조한다는 듯 고개를 끄덕였다.

 "궁주님 말씀대로 차라리 누명을 벗는 게 나을 것 같습니다."

 "……조심해. 혹시나 무슨 일 있으면 바로 소리라도 지르고."

백호의 말에 월하린이 여전히 밝은 얼굴로 고개를 끄덕였다. 그러고는 자신의 손을 꼭 잡고 있는 백호에게서 슬쩍 떨어지며 말했다.

"다녀올게요. 별일 없을 테니 걱정 말아요."

말을 마친 월하린은 곧 몸을 돌려 앞으로 걸어 나갔다. 그녀가 다가오자 길을 막고 있던 북황련의 무인들이 옆으로 비켜섰다.

월하린이 담담하니 말했다.

"어떻게 하면 되죠?"

"가만히 서 있으면 내가 내력을 흘려보내지."

"알겠어요."

월하린은 곧바로 도악풍을 상대로 등을 지고 섰다. 도악풍은 그런 월하린의 등에 조심히 손을 가져다 대며 말했다.

"아주 조금 따끔할 거야."

말을 마친 그는 곧바로 손바닥을 통해 은은한 기운을 월하린에게 쏘아 냈다. 그런 둘의 모습을 가만히 백호가 바라보고 있을 때였다.

내력을 사용하기 시작한 직후 도악풍이 백호를 슬쩍 바라보더니 갑자기 비웃는 듯이 입꼬리를 올렸다. 그 모습을 보는 순간 백호는 움찔했다.

'뭐지? 분명 날 보면서 웃었는데.'

제5장. 도악풍 - 내가 이곳에 온 이유는

이상하다는 생각이 밀려드는 바로 그 순간이었다.

월하린은 멀쩡했다.

아니, 겉모습은 분명 그랬다. 그런데 멀쩡해 보이는 월하린의 눈동자를 확인하는 순간 백호는 주먹을 꽉 움켜쥐었다.

힘겹게 움직인 눈동자가 백호의 것과 마주했다.

전음을 날린 것도, 그렇다고 특별한 행동을 취한 것도 아니다. 그런데 마주한 그녀의 눈동자는 겁에 질려 있었다.

항상 그녀만을 봐 왔던 백호는 확신할 수 있었다.

"야, 당장 멈추게 해."

"뭘요?"

아운이 왜 그러냐는 듯 물었을 때였다.

백호가 소름 돋을 정도로 매서운 눈을 한 채로 말했다.

"저거 안 보여? 지금 엄청 고통스러워하잖아!"

백호의 외침은 전우신과 아운만이 아닌 모두에게 들릴 정도로 컸다. 그렇지만 그 누구도 백호의 말에 동감할 수 없었다. 그들이 보기에 월하린은 별반 변화 없이 서 있을 뿐이었으니까.

무림맹의 수많은 노고수들조차 외침을 들었음에도 불구하고 돕기는커녕 오히려 백호가 달려들면 말릴 기세였다.

그제야 백호는 처음 도악풍의 입가에 달렸던 미소가 생각났다. 그리고 지금 뭔가 위험해 보이는 월하린의 모습까지.

그 순간 백호는 망치로 머리를 맞은 것처럼 큰 충격에 휩싸였다.

속았다.

그럴싸한 말로 그녀를 앞으로 끌어들이고, 내력을 몸 안에 쏟아 넣으며 확인하겠다 했지만 그건 거짓말이었다.

지금 도악풍은 월하린을 죽이려 하고 있었다.

그 사실을 직감한 순간 백호는 더는 기다릴 수 없었다. 이대로 있다가는 월하린이 죽을 거라는 걸 단번에 알 수 있었으니까.

월하린의 몸이 부르르 떨리는 걸 보는 순간 백호는 앞에 있는 자의 허리춤에 매인 검집을 발로 밟으며 도약했다.

누가 채 말리기도 전에 백호의 몸이 수십 명을 넘어서며 목표물을 향해 날아들고 있었다.

"손 떼! 이 새끼야!"

다급히 몇몇 북황련의 무인들이 길을 막아섰다. 그나마 가까이 있던 자들이 도악풍을 지키고 섰지만, 그들이 월하린을 지키기 위해 눈이 뒤집힌 백호를 막을 수 있을 리 만무했다.

백호의 쌍장이 그대로 두 명을 날려 버렸다.

콰아아앙!

제5장. 도악풍 – 내가 이곳에 온 이유는 157

백호의 갑작스러운 행동에 무림맹의 노고수 중 하나가 소리쳤다.

"이 무슨 짓인가! 당장 멈추게!"

하지만 백호는 그자의 말을 깨끗이 무시했다. 아니, 들리지도 않았다고 해야 옳을 게다. 지금 백호의 눈에는 월하린만 보였으니까.

무인 둘을 제압하는 건 일도 아니었지만, 문제는 그 틈에 뒤편에서 모습을 드러낸 다섯의 무인이었다. 그들이 백호가 다가가지 못하게 길을 막아섰다.

그 순간 도악풍의 전음이 날아들었다.

『용케 알아차렸지만 이미 늦었어, 애송이. 네놈은 이 여자를 지키지 못했다.』

백호의 두 눈에서 불똥이 튀었다.

살려야 한다.

어떻게든 살려야 했다.

살짝 떠는 걸로 모자라 그녀의 혈도가 점점 도드라져 보이기 시작했다. 아주 잠깐 후면 월하린의 몸은 '뻥!' 하고 터져 시체조차 찾을 수 없을 것이다.

문제는 그 안에 눈앞에 있는 이놈들을 모두 제압하고, 도악풍을 막을 수 없다는 것이었다.

더 강해져야 했다.

조금만 더 강해질 수만 있다면 어떻게든 뚫을 수 있었다.

그리고 백호에겐 그럴 방법이 있었다.

망설일 시간 따윈 없었다.

백호가 허공으로 고개를 치켜들었다.

"크아아아앙!"

백호의 울부짖음에 산천초목이 흔들렸다.

그리고 동시에 백호의 귀에 걸린 흑련석에서 뿜어져 나오던 검은 기운이 그의 몸을 변하게 만들었다.

으드드득!

뼈가 부러지는 소리와 함께 백호의 이빨과 손톱이 길어졌고, 동시에 몸에는 호랑이의 갈기를 연상케 하는 검은 줄무늬들이 모습을 드러냈다.

동시에 백호가 움직였다.

그의 움직임은 바람과도 같았고, 순식간에 길어진 손톱이 막아선 다섯 명의 가슴팍을 찢어발겼다. 피가 사방으로 튀어 올랐지만 백호는 멈추지 않았다.

백호의 목표는 오로지 하나.

월하린의 등에 손을 댄 채로 내력을 쏟아 내고 있는 도악풍이었으니까.

"이 새끼야!"

백호의 일장이 곧바로 도악풍을 가격했다.

제5장. 도악풍 - 내가 이곳에 온 이유는 159

쿠콰콰쾅!

달려든 백호의 주먹을 고스란히 맞은 도악풍이 그대로 밀려 나가며 비무장의 한가운데에 틀어박혔다. 얼마나 강력했는지 도악풍의 모습이 보이지 않을 정도로 땅에 박혀 버렸다.

백호는 쓰러지는 월하린을 황급히 양손으로 받아 냈다. 그녀는 혼절한 와중에서도 연신 입으로 피를 쏟아 내고 있었다.

백호가 으르릉거리며 입을 열었다.

"크르르릉! 월하린을 건드린 네놈을 찢어 죽여 주마. 더러운 인간!"

그때였다.

박살 난 비무장의 아래에서 멀쩡한 목소리가 흘러나왔다.

"드디어 모습을 드러냈구나, 백호."

피를 닦아 내며 일어난 도악풍이 웃으며 말을 이었다.

"멍청하긴. 처음부터 내가 노린 건 바로 너였다."

"뭐?"

백호는 그제야 알았다.

이곳에 모인 모두의 시선이 요괴로 변한 자신에게 쏠려 있다는 것을.

제6장. 정체 발각
— 투항하게

 사람들의 시선은 경악, 아니 경악을 넘어선 공포였다. 누군가가 떨리는 목소리로 소리쳤다.
 "괴, 괴물이다!"
 웅성웅성.
 시끄러운 소리들이 백호의 귀를 어지럽혔다.
 하지만 그보다 더욱 또렷하게 들려오는 건 마주 선 도악풍의 목소리였다.
 "애초부터 진범은 너라는 걸 알고 있었다. 그 여자는 기껏해야 공범 정도였겠지. 그렇지만 그걸 증명할 방도가 없어 네가 정체를 드러내게 함정을 판 것이다."

백호는 모든 상황을 알아차렸다.

애초부터 도악풍은 자신을 노렸던 것이다. 어떻게 안 것인지는 모르겠지만 요괴인 자신의 본모습을 드러내게 하기 위해 이렇게 치밀하게 상황을 만들어 냈다.

그리고 그가 짠 계획대로 월하린이 위험해지자 백호는 참지 못하고 모습을 드러내고야 말았다.

도악풍이 말을 이었다.

"드디어 본모습을 드러냈군. 남녀노소를 가리지 않고 잔인하게 살인을 벌였고, 그걸 알아차린 무림맹주까지 죽인 괴물이."

"크르릉! 개소리 마라!"

"개소리? 과연 이게 개소리로 들리는가?"

도악풍이 비웃음을 흘리며 말했다.

주변의 웅성거림이 그를 위해 울려 퍼지고 있었다. 요괴로 변한 백호의 모습에 일순 많은 이들은 당황했지만 그건 한순간이었다.

빠르게 정신을 수습한 그들의 얼굴에는 수많은 감정들이 뒤섞였다. 그렇지만 그것은 결코 호의가 아니었다.

당연하다.

너무나 위협적으로 보이는 백호의 모습이, 인간이 아닌 이질적 생물의 존재 자체가 그들을 두렵게 만들었으니까.

그런 그들의 마음에 불을 지른 건 도악풍이었다.

그가 주변을 향해 목청 높여 소리쳤다.

"뭣들 하는 것이오! 바로 이자가 진범이오! 이놈이 도망가게 놔둘 생각이시오?"

도악풍의 외침에 무림맹 무인들은 저절로 자신들의 병기에 손을 가져다 댔다. 그리고 그런 그들을 보며 백호의 살기는 더욱 짙어졌다.

백호가 말했다.

"난 범인이 아니다! 그러니까 당장들 비켜!"

"하하, 그 말을 과연 누가 믿을까? 지금 네 모습을 보거라. 네가 한 짓이 아니라고? 네놈은 괴물이다. 괴물인 데다가 사건이 벌어지는 곳 주변엔 항상 네가 있었지."

월하린에게 향했던 수많은 증거들.

그것은 곧 백호도 포함되는 것이기도 했다.

백호는 언제나 월하린과 함께했었으니까.

증거도 그렇지만 그보다 더 큰 것은 지금 백호의 모습이었다. 손톱과 이빨이 길게 자란 채 갈기까지 솟아 있다.

누가 봐도 괴물.

사람을 잡아먹는다 해도 전혀 이상할 게 없어 보였다.

그때 도악풍이 쐐기를 박았다.

"그리고 내가 남아 있다 했던 증거, 그건 바로 네놈이 인간을 잡아먹는 걸 본 증인들이다. 그것도 한둘이 아니지. 네 본모습까지 보인 이상…… 더는 빠져나갈 수 없다."

도악풍의 말에 무림맹 무인들의 얼굴에도 깊은 확신이 서렸다. 저놈이다. 저놈이야말로 그 모든 사건의 진범이다, 라고 말하고 있었다.

수천에 달하는 이들의 시선이 백호에게 틀어박혔다.

보통의 사람이라면 그 시선만으로도 움츠러들만도 하련만 백호는 전혀 아랑곳하지 않았다.

그 시선만으로도 백호는 알 수 있었다.

이들은 자신을 범인으로 생각하기 시작했다는 것 정도는. 그리고 그러한 사실에 대해 반감이 들지도 않았다.

인간이란 원래 그런 존재니까.

월하린이나 여태 만났던 전우신과 아운이 특이했던 것뿐이다.

보통의 인간이라면 이질적인 존재를 봤을 때 이렇게 두려워하고 배척하는 반응을 보이는 게 정상이다. 하물며 그 존재가 자신들보다 강하다는 걸 느낀다면.

백호는 이들을 설득할 생각을 버렸다.

그보다 지금 그는 이곳을 어떻게든 빠져나가야만 했다.

월하린 때문이다.

백호가 버럭 소리쳤다.

"길게 이야기하지 않는다…… 비켜라!"

크게 이상은 없어 보였지만 백호는 품에 안은 월하린이 걱정됐다.

도악풍이 그녀의 몸 안에 내공을 불어넣으며 무슨 짓을 벌였는지 장담할 수가 없었다. 서둘러 의원에게 데리고 가야만 했다.

하지만 백호의 바람은 그리 쉽게 이루어질 수 없었다. 북황련의 무인뿐만이 아니다. 무림맹의 무인들 또한 모두 길을 막아선 것이다.

백호가 그런 그들을 향해 낮게 울음소리를 흘렸다.

"크르릉."

백호가 손을 들어 올렸다.

계속해서 막는다면 더는 참지 않으리라.

상황이 급속도로 냉랭하게 돌변하자 전우신과 아운은 더는 보고 있을 수 없었다.

모두가 두려워 다가오지 못하는 백호의 옆으로 전우신과 아운이 빠르게 다가왔다. 전우신이 황급히 백호를 말렸다.

"안 됩니다. 백호님. 여기서 사람을 죽이는 건……."

"월하린 안 보여? 이대로 있다가 혹여나 뭔가 이상이 생길지도 모르는데 그냥 있으라는 거냐?"

전우신은 백호가 조급해하는 이유를 잘 알았다.

범인으로 몰려서가 아니다. 그저 월하린에게 무슨 일이 있을까 봐 걱정하는 것이다.

안다.

다른 사람들은 몰라도 전우신과 아운은 알고 있다.

백호가 그 사건의 범인이 아니라는 것 정도는. 물론 백호가 요괴인 걸 안 지 그리 오래된 건 아니지만 그래도 그 정도는 믿었다.

믿었기에 발설하지 않은 것이고, 또 지금도 자신들의 생각이 틀리다 생각하지 않는다.

다만 그건 자신들의 생각일 뿐이라는 거다.

전우신이 백호를 대신해 주변에 소리쳤다.

"무림 동도께 화산과 매화검수의 수장 전우신이 한 말씀 아룁니다. 이건 분명 뭔가 오해가……."

"매화검수 따위가 나설 자리가 아니다. 꺼져라. 아니면 설마 매화검수도 저 괴물하고 한패인 건가?"

도악풍이 비웃으며 말했다.

그런 도악풍의 행동에 전우신은 표정을 와락 구겼다. 돌아가는 상황상 더는 기다릴 여유가 없다 생각했는지 백호는 요기를 뿜어 대기 시작했다.

이들이 자신을 어떻게 보는지가 중요한 게 아니었다.

백호가 전우신과 아운을 밀치며 성큼 앞으로 걸음을 옮겼다. 그의 손톱이 요력을 머금고 더 매서운 빛을 토해 냈다.

'죽인다.'

막는 자는 죽인다.

그것이 무림맹이 됐든, 북황련이 됐든 상관없다.

이곳에 있는 모두가 막아선다면 그자들 전부를 죽여서라도 월하린을 의원에게 데리고 가고야 말 것이다. 백호는 한쪽 팔로 월하린을 부둥켜안은 채로 성큼 나아갔다.

그에게서 뿜어져 나오는 요력을 견디지 못한 무인들이 겁을 집어먹고 덜덜 떨기 시작했다.

백호가 손을 치켜들었을 때였다.

"……백호."

막아서고 있는 자들을 단번에 베어 넘기려던 백호가 품에서 들려오는 조그마한 목소리에 손을 멈추었다. 이렇게 성난 백호를 멈추게 할 수 있는 건 세상에 오로지 단 한 명.

월하린, 그녀뿐이다.

힘겹게 눈을 뜬 월하린이 요괴로 변한 백호의 모습을 보며 파르르 떨리는 입술을 열었다.

"사람들 앞에서 변하면 안 된다고 했잖아요. 왜 바보같이……."

"……네가 어떻게 되는 것보다는 그게 나으니까."

백호도 모르는 건 아니었다.

인간들이 보는 앞에서 요괴로 변한다는 것이 어떤 의미를 지녔는지를.

알지만 망설이지 않은 것뿐이다. 자신의 안위보다는 월하린을 지키는 것이 먼저였으니까. 설령 과거로 돌아간다 해도 백호의 선택은 달라지지 않을 거라 자신할 수 있었다.

월하린이 눈을 뜨자 백호의 살기가 놀라울 정도로 빠르게 잦아들었다. 안색은 조금 좋지 않았지만 눈을 뜨면서부터 호흡도 금방 고르게 변했고, 눈동자에도 생기가 느껴진다.

백호는 월하린의 몸에 다른 큰 문제는 없다는 걸 단번에 알 수 있었다.

그때 무인들 사이를 뚫고 무림맹의 인물들이 모습을 드러냈다. 월천후와 노고수들, 그리고 그 안에는 주기진과 은설란 또한 서 있었다.

백호가 자신에게 다가오는 이들을 힐끔 바라봤다.

가장 먼저 월천후의 모습이 들어왔고, 이내 놀람과 걱정이 뒤섞인 듯한 표정의 주기진도 보였다.

요괴로 변한 채로 서 있는 그에게 다가온 주기진은 자신도 모르게 손이 떨렸다.

멀리서 봤을 때도 느꼈지만 가까이서 본 백호는 그저 가까이 다가간 것만으로도 소름이 돋을 정도로 강렬한 인상을 풍겼다.

긴 이빨과 손톱은 뭐든지 찢어발길 듯이 날카로워 보였고, 문신처럼 몸에 새겨진 갈기는 평소에도 넘실거리던 백호의 야성미를 터질 것 같아 보이게 만들었다.

마주 선 백호가 그들을 향해 경계의 빛을 내비치며 울음소리를 토해 냈다.

"크르릉!"

월천후가 짧게 말했다.

"투항하게."

"웃기지 마. 나는……."

절대 그럴 일 없을 거라는 듯 입을 열던 백호는 자신의 손을 감싸는 따뜻한 감촉에 천천히 시선을 내렸다. 그리고 그곳에는 힘없는 얼굴로도 웃어 보이고 있는 월하린이 있었다.

그녀의 조그마한 손이 백호의 손등을 어루만졌다.

월하린의 손은 많은 말을 하고 있었다.

괜찮다고, 걱정하지 말라고.

그런 그녀의 마음이 느껴져서일까? 백호는 감정이 울컥 밀려 올라왔다. 그 상태로 월하린은 힘겹게 내력을 쥐어짜서 백호에게 전음을 날렸다.

『이번엔 내가…… 당신을 구할게요. 그러니까 싸우지 않아도 돼요.』

백호는 가만히 그녀를 내려다보았다.

예전부터 생각했지만 참으로 신비한 여인이다. 보고 있자면 자기도 모르게 화가 누그러지고, 하는 말 하나하나가 백호의 마음을 흔든다.

백호가 천천히 요력을 거뒀다.

검은 기운이 백호의 주변에 연기처럼 한 번 솟구치더니 이내 그건 귀에 걸린 흑련석으로 빨려 들어갔다. 검은 기운이 사라지며 백호가 요괴가 아닌 인간의 모습으로 돌아갔다.

인간의 모습으로 돌아온 백호는 월천후를 향해 터벅터벅 걸어갔다.

주변의 모두가 그런 백호를 향해 무기를 겨눴지만 그는 걸음을 멈추지 않았다. 그러고는 월천후의 바로 앞에 선 백호가 꽉 끌어안고 있던 월하린을 그에게 내밀었다.

"투항하지. 그러니까…… 네 딸을 의원에게 데려다 줘."

월천후가 백호의 손에 안겨 있던 월하린을 건네받았다. 그리고 월천후의 품으로 간 월하린은 제대로 정신을 차리기도 힘든 와중에도 백호를 향해 시선을 돌렸다.

그녀의 눈동자에 슬픔이 감돌았다.

이렇게 떨어지게 되니 왠지 모르게 가슴이 무너져 내렸다. 당장이라도 눈물이 터져 나올 것 같았지만 월하린은 꾹 참았다.

그녀는 눈물 대신 오히려 웃음을 보였다.

백호가 걱정하지 않게, 안심하고 조금이라도 쉴 수 있도록 말이다.

정신은 혼미해져 갔고, 점점 정신이 흐릿해져 가는 와중에도 백호를 향한 월하린의 시선은 흔들리지 않았다.

백호가 싸울 의사가 없다는 듯 양손을 들어 올렸다.

그리고 그 순간 월천후가 가볍게 손짓했다. 그러자 옆에 있던 노고수들이 포위하듯 백호를 에워쌌다.

백호가 번거로운 짓 하지 말라는 듯 짧게 말했다.

"안 싸운다. 잡아갈 거면 잡아가라."

싸울 의사가 없음을 밝혔음에도 노고수들조차 쉽사리 발을 떼지 못했다. 그만큼 백호의 모습이 충격적이었던 것이다.

그러자 그 모습을 보고만 있던 월천후가 입을 열었다.

"당장 저자를 포박하여 천심옥에 가두도록!"

명령이 떨어지자 양옆으로 거리를 벌렸던 두 명의 노인이 망설임을 끝내고 쇠사슬을 휘둘렀다.

휘이익!

날아든 쇠사슬이 양쪽에서 백호의 팔을 결박했다. 그리고 이내 날아든 쇠사슬은 백호의 몸까지 고정시켰다.

순식간에 백호는 손과 발, 그리고 몸까지 쇠줄로 꽁꽁 묶인 꼴이 되어 버렸다.

내력이 실린 쇠사슬에 몸을 맞으며 백호의 몸에서는 핏줄기가 튀어 올랐다. 전신에 상처들이 생겨났지만 백호는 꿈쩍도 하지 않았다.

잡혀가는 와중에 월하린에게 걱정을 주고 싶지 않았던 탓이다. 그는 오히려 여유 있는 웃음을 지어 보이며 월하린을 바라보고 있었다.

그 순간 백호를 완전히 결박한 두 명의 노인들이 다가오며 빠르게 백호의 안다리 쪽을 걷어찼다.

터억!

그들은 안다리를 차는 것과 동시에 백호의 어깨를 눌렀다. 사지를 완벽하게 제압당한 상태로 이 같은 공격을 당하자 백호는 어쩔 수 없이 무릎을 꿇고야 말았다.

그가 쇠사슬에 칭칭 묶인 채로 바닥에 무릎을 꿇었다.

잘난 맛에 사는 백호를 강제로 무릎 꿇리는 모습에 월하린이 더 이상 참지 못하고 눈물을 쏟아 냈다. 점점 멀어져 가는 정신, 그렇게 정신을 잃어 가는 그녀를 바라보며 백호는 히죽 웃어 보였다.

'기다릴게. 월하린.'

* * *

월하린이 정신을 차린 곳은 다름 아닌 의방이었다. 정신을 잃고 누워 있던 그녀가 두 눈을 뜨기 무섭게 다급히 몸을 일으켜 세웠다.

순간 엄청난 고통이 밀려왔다.

"으윽."

"궁주님, 아직 움직이시면 안 된다고……."

놀란 아운이 그녀의 옆에서 황급히 말할 때였다. 월하린이 고개를 돌려 옆에 있는 두 사람에게 황급히 물었다.

"백호는요? 백호는 어떻게 됐어요?"

"그게…… 천심옥에 갇힌 채로 심문을 받고 있는 것 같습니다."

"역시 꿈이 아니었군요."

월하린이 착잡한 목소리로 중얼거렸다.

도악풍의 내공을 몸으로 받으며 그녀는 극심한 고통에 휩싸였다. 그리고 백호에게 안기면서 거의 바로 혼절했다가, 그가 위험한 순간에 잠시 눈을 떴었다.

제정신이 아닌 흐릿한 기억.

그랬기에 눈을 뜨면서 월하린은 그게 꿈이었기를 바랐다. 백호가 요괴로 변한 것도, 그가 잡혀가고 또 모두의 앞에서 무릎이 꿇리는 것까지도.

그렇지만 옆에 백호가 없음을 확인하는 순간부터 이미

꿈이 아니라는 건 그녀 또한 직감하고 있었다.

월하린이 전우신에게 물었다.

"제가 얼마나 잠들어 있었던 거죠?"

"하루 조금 안 됐습니다."

"혹시 일이 어떻게 흘러가는지 아세요? 뭐 조그마한 거라도 알아낸 게 있으면 알려 줘요."

월하린의 목소리에서는 초조함이 묻어났다.

그녀가 일어나자마자 백호의 안위를 물을 걸 알았기에 전우신 또한 일이 어찌 흘러가는지 나름 백방으로 알아봤다.

하지만 그가 알아내는 건 한계가 있었다.

"백호님과 같이 있었단 이유만으로 저도 감시 대상이 되어 버렸습니다. 그래서 단편적인 것들 몇 개를 알아낸 것이 전부인데, 우선 그것부터 말씀드리겠습니다."

말을 마친 전우신은 지금의 상황에 대해 월하린에게 자신이 아는 한도 내에서 이야기를 시작했다.

백호가 천심옥에 끌려간 이후, 북황련주 도악풍은 이번 일에 대한 증인들을 무림맹 내부로 불러들여 무림맹 수뇌부의 앞에 세웠다고 한다.

물론 거기서 어떤 대화가 오고 갔는지는 알지 못했지만, 분위기가 백호에게 좋지 않은 쪽으로 흘러가고 있다는 것 정도는 알 수 있었다.

수뇌부들의 일이야 그 정도고, 중요한 건 무림맹 내부의 분위기다.

그 비무장에 자리했던 수천의 무인들.

그들에게 백호는…….

수뇌부에 대한 이야기가 끝나자 월하린 또한 그 부분이 궁금했는지 다급히 물었다.

"그 자리에 있었던 사람들은요? 설마 그들도 백호를 범인으로 보는 건 아니죠?"

"……."

전우신은 말을 잇지 못했다.

그 침묵은 대답과 다름없었다.

월하린이 더는 안 되겠다 싶었는지 침상에서 벌떡 일어났다.

"당장 아버지를 뵈러 가야겠어요."

"몸도 아직 성치 않으십니다. 그리고 월천후 대협께서 궁주님을 만나 주실지도……."

"어떻게든 만나야 돼요!"

월하린이 평소답지 않게 목소리를 높였다.

소리치는 월하린의 모습에 둘이 말없이 그녀를 응시할 때였다. 월하린이 울먹이는 목소리로 말을 이었다.

"그 모습 못 봤어요? 백호가 무릎을 꿇었어요. 아무 죄도 없는데 모든 누명을 뒤집어쓰고 억지로 무릎까지 꿇었다고요."

월하린은 화가 났다.

그렇지만 그녀는 침착하기 위해 애썼다. 백호를 구하기 위해서는 월천후의 힘이 절실히 필요했다. 어떻게든 그를 만나야 한다.

월하린은 힘이 담긴 목소리로 말했다.

"백호에게 약속했어요. 이번엔 내가…… 내가 반드시 구해 주겠다고요. 그러니까 내가 구할 거예요. 백호를 이 추운 겨울에 그런 감옥에 두지 않을 거라고요."

말을 마친 그녀는 아픔을 참으며 의방을 뛰쳐나갔다.

백호를 구해야만 했다.

"안 됩니다."

월천후를 찾아간 월하린은 예상대로 문 앞을 지키고 선 무인에게 막히고야 말았다. 평소였다면 순순히 물러났을 그녀였지만 이번만큼은 달랐다.

"어째서요? 딸이 아버지를 만나러 오는 것도 문제가 있나요?"

"아무도 들이지 말라는 맹주님의 명이 있으셨습니다."

"제가 아무나는 아니죠."

"아무리 따님이셔도 안 됩니다."

월하린만큼이나 입구를 지키고 선 무인도 물러설 생각이 없어 보였다. 하지만 월하린은 이곳에 올 때부터 어떻게든 월천후를 만나기로 마음먹은 상태였다. 설령 무력을 써서라도.

절대 비킬 생각이 없음을 확인한 순간 월하린은 내공을 움직였다.

몸도 성치 않은 상태에서 내공을 움직인 탓에 다시금 피가 목구멍을 타고 역류했지만, 그녀는 내뱉지 않고 도로 삼켜 냈다.

그러고는 채 말리기도 전에 평소의 그녀라면 상상도 하지 못할 일을 저질렀다.

월하린은 곧바로 장력을 쏘아 내며 월천후가 있는 집무실의 문을 날려 버렸다.

콰앙!

"이, 이게 무슨!"

놀란 무사가 소리칠 때였다.

"아버지 들어갈게요."

문을 부수고 들어서려는 월하린을 다급히 무사가 막아설 때였다. 안쪽에서 월천후의 목소리가 들려왔다.

"그냥 두게."

월천후의 명이 떨어지자 그는 어쩔 수 없다는 듯 월하린에게서 비켜섰다. 함께 온 전우신과 아운을 바깥에 놔둔 채로 월하린은 홀로 월천후의 집무실 안으로 걸어 들어갔다.

월하린은 곧 자리에 앉아 있는 월천후를 발견할 수 있었다.

자신의 딸이 왔음에도 불구하고 월천후는 시선조차 주지 않았다. 그는 자신의 책상에 가득 쌓여 있는 서류 더미를 바라보며 짧게 말했다.

"무슨 일이냐?"

"백호의 일 때문에 찾아왔어요."

"분명 아무도 들이지 못하게 하라는 내 말을 들었을 텐데."

"급한 일이라서요."

"급한 일이면 억지로라도 밀고 들어오는구나."

탓하는 듯한 말투에도 월하린은 전혀 개의치 않고 빠르게 본론으로 들어갔다.

"백호는 범인이 아니에요."

"증거는?"

"제가 항상 옆에 붙어 있었어요. 만약 그가 그런 짓을 벌였다면 최소한 제가 모르지는 않았겠죠."

월하린이 확신에 찬 목소리로 말했다.

하지만 그런 그녀의 귀로 믿을 수 없는 말이 흘러들었다.

서류를 넘기며 월천후가 퉁명스레 말했다.

"조심하는 게 좋겠군. 내 귀에는 너도 그 끔찍한 살인 사건에 개입되어 있다는 말로 들리니까. 아, 설마 공범인 게냐?"

"……."

월하린이 충격을 받은 듯이 월천후를 응시했다.

설마 아버지의 입에서 이런 말이 나올 거라고는 상상조차 하지 못했다. 언제나 자신을 위해 모든 걸 희생했던 아버지.

자신의 말이라면 뭐든 믿어 주던 그 아버지가 어찌 저런 말을 할 수 있단 말인가.

태연하게 혹시 너도 공범이냐고 묻는 그 모습은 여태까지 믿어 왔던 아버지에 대한 마음을 산산이 부서지게 만들기 충분했다.

너무나 변해 버린 월천후의 모습에 월하린은 충격에 휩싸였다. 하지만 지금은 그보다 백호를 구하는 게 먼저였다.

월하린이 입술을 꼭 깨물다가 자리에서 일어났다.

뭔가 단서가 될 만한 것이라도 찾기 위해서였다. 월하린은 화가 난 목소리로 말했다.

"좋아요. 그럼 백호가 범인이 아니라는 증거를 뭐라도

찾아서 올게요. 그때 다시 이야기해요."

월하린이 말을 마치고 빠르게 집무실을 벗어나려고 할 때였다. 월천후가 여전히 시선을 서류에 고정한 채로 입을 열었다.

"괜히 쓸데없이 애쓰지 마라."

"쓸데없다니요? 누명을 쓰고 들어갔는데 증거를 찾아서라도……."

"네가 무슨 짓을 해도 결과는 바뀌지 않을 게다."

"……그게 무슨 소리죠?"

"이미 결정이 내려졌단 소리다."

잠시 서류를 바라보고 있던 월천후가 짧게 말을 이었다.

"참형(斬刑)이다."

고작 하루 만에 목을 베라는 결정이 내려졌다.

   * * *

"청룡!"

성이 난 주작이 청룡이 머무는 거처로 성큼 걸어 들어오고 있었다. 그녀는 얼마나 화가 났는지 새하얀 피부가 붉게 보일 정도로 달아올라 있었다.

청룡이 왜 그러냐는 듯이 주작과 마주 섰을 때였다.

다가온 주작이 손을 휘둘렀다.

짜악!

청룡의 볼에 그녀의 손바닥이 닿았다. 뺨을 맞았음에도 불구하고 청룡의 표정에는 별다른 변화가 없었다. 그가 슬쩍 목을 풀며 돌아갔던 고개를 원래 위치로 돌렸다.

"손은 여전히 맵군."

"너 정말 죽고 싶어?"

"무슨 일인데 이리 길길이 날뛰지? 아. 혹시 백호 때문에 그러는 건가?"

"참형? 백호를 우리 편으로 오게 한다더니 이게 그 방법이야? 죽여서 데리고 오려고?"

흥분한 주작의 목소리에 청룡이 웃음을 흘렸다.

웃는 청룡의 모습에 더욱 화가 치솟았는지 주작의 목소리는 점점 높아졌다.

"너 지금 웃어? 이딴 식으로 나오면 나도……."

"진정하라고. 내가 백호가 죽는 걸 바랄 리가 없잖아? 그리고 그놈이 인간들에게 죽을 놈이냐?"

걱정 말라는 듯한 청룡의 말투에 화를 쏟아 내던 주작은 숨을 골랐다. 그런 그녀를 향해 청룡이 말을 이었다.

"애초부터 이건 내 계획에 포함된 일이야."

"백호에게 참형이 내려지는 게 계획이었다고?"

"당연하지. 정체가 발각됐다 해도 고작 하루야. 하루 만에 참형이라는 결과까지 내려지는 게 내 입김 없이 가능할 것 같아?"

그가 내뱉은 말에 주작은 대충 상황을 파악했다.

청룡과 북황련주가 짜놓은 완벽한 덫에 빠진 백호는 무림맹주를 죽이고, 수천 명이 넘는 사람의 심장을 먹은 살인귀가 되어 버렸다.

수천 명이 넘는 사람을 죽인 진범이 청룡과 유강이었기에 증거를 만들어 내는 게 가능했다. 그들은 당시 있었던 일을 토대로 빠져나오기 힘든 증거와 증인들을 내세웠다.

그리고 애초에 유강이 사람을 죽일 때부터 이 모든 건 계획 되어진 일이었다. 유강은 백발로 분장을 하고 일부러 증인들이 볼 수 있는 상황을 만들었다.

그 행동들은 이내 백호를 범인으로 보게 만드는 증거가 되어 버렸다.

쏟아지는 증거.

그리고 동시에 백호의 일을 재조사할 시간도 없이 참수형이라는 처벌이 내려졌다.

그게 가능한 것은 이미 무림맹의 실질적인 모든 결정권이 청룡의 손에 넘어온 상태였기 때문이다.

맹주인 월천후를 조정하고, 또 암암리에 그림자회를 움

직이는 것도 청룡과 같은 편에 서 있는 현무가 아니던가.

실권을 쥔 청룡, 그리고 완벽한 증거들.

단 하루 만에 참수라는 결정을 내려진 건 다름 아닌 청룡의 명령 때문이었다.

그리고 사실적으로 청룡의 손길이 닿지 않는 자들이라 해도, 이번 결정에는 크게 불만을 드러낼 수가 없는 상황이었다.

그나마 유일하게 백호를 보호하려 한 것이 주기진이었지만, 그 혼자서는 이 일을 뒤집기는 어려웠다.

청룡이 달아오른 뺨을 손으로 만지며 입을 열었다.

"계획대로 될 거다. 내가 백호를 멀쩡하니 네 앞에 데려다주지. 그러니까 너는 그냥 보고만 있으면 돼. 예상보다 상황이 조금 격해지긴 했지만, 그거야 백호가 생각보다 더 과격한 일을 벌여서 그런 거고. 어차피 결론은 똑같잖아? 뭐가 문제지?"

청룡의 말대로다.

주작이 원했던 것은 백호가 돌아오는 것이었고, 그것만 무사히 이루어진다면 자신이 청룡에게 뭐라고 할 거리는 전혀 없었다.

주작은 고개를 끄덕였다.

"좋아, 네 말을 믿고 기다릴게. 하지만 이거 하나는 명심해. 만약 백호에게 무슨 일이 생긴다면 네가 준비한 모든 것들! 내가 다 뒤집어 버릴 테니까."

"그러시든지."

청룡은 대수롭지 않다는 듯 말했고, 그런 그를 잠시 바라보던 주작은 왔던 문을 통해 바깥으로 나가 버렸다.

바람처럼 들이닥쳤던 주작이 사라지자 청룡은 가까이에 있는 의자에 가서 몸을 실었다.

그녀가 계획이 틀어진 게 아니냐며 와서 화를 내는 게 아예 이해가 안 가는 건 아니다. 청룡 또한 처음에는 계획과는 다르게 상황이 흘러가서 내심 당황하기도 했던 게 사실이다.

청룡이 믿기지 않다는 듯이 가볍게 고개를 저었다.

'정말 네놈이 인간 때문에 그런 굴욕까지 감당할 줄은 상상도 못 했다, 백호.'

자신이 아는 백호였다면 그곳에서 모두 죽이겠다고 길길이 날뛰었어야 맞다. 그런데 그는 청룡의 예상과 전혀 다른 선택을 해 버렸다.

혼란한 틈을 타 어떻게든 월하린마저 제거하려 했던 것이 청룡의 계획이다. 헌데 백호가 그 여자의 한마디에 인간들에게 잡히는 것까지 불사했다.

그 탓에 월하린을 죽이는 건 실패하긴 했지만…….

'그건 곧 다시 기회가 올 테고.'

월하린을 죽일 방법이야 수도 없이 많았다.

백호만 옆에 없다면 그녀를 죽이는 건 청룡에겐 너무나 수월한 일이었으니까.

청룡은 반지를 만지작거리며 어제 멀리서 보았던 백호의 모습을 상기했다.

아주 멀리서 상황을 주시하던 청룡은 당시 있었던 모든 것들을 보았다. 백호가 월하린을 위해 싸웠고, 무릎을 꿇려지는 것까지.

무릎을 꿇은 백호를 지켜보고 있었던 청룡은 그 모습이 웃기면서 한편으로는 불쾌했다. 자신조차 꿇리지 못했던 무릎을 인간 따위가 꿇게 만들었으니까.

백호를 무릎 꿇릴 건 자신이라 생각했는데 처음을 빼앗겨 버렸다.

그것도 고작 인간 계집 하나 때문에 말이다.

그 사실이 무척이나 불쾌하긴 했지만······.

'그래도 계획대로 술술 풀려 가는군. 이제 이번 작전만 마무리하면 더는 귀찮은 일도 없을 테고 말이야.'

청룡은 좋게 생각하기로 마음먹었다.

살짝 돌아가게는 되었지만 주작에게 말한 것처럼 결론은 똑같다. 인간들의 옆에 있던 백호는 결국 자신들에게로 돌아오게 될 것이다.

이거 하나만은 장담할 수 있었다.

청룡이 자리에서 일어났다.

창가로 다가간 그가 하늘을 올려다보며 입가에 비웃음을 담은 채 중얼거렸다.

"멍청한 인간 놈들. 너희는 지금 마지막 희망을 버렸다."

그들은 죽을 때까지 모를 게다.

자신들이 괴물이라 손가락질하며 욕하던 바로 그 백호라는 요괴가, 그들을 지켜 주던 마지막 방패였다는 것을.

* * *

월천후를 만나고 돌아온 월하린은 힘이 없는 얼굴로 멍하니 허공을 응시했다.

자신의 아버지라면 분명 힘이 되어 줄 거라 굳게 믿었었다. 그렇지만 그 믿음은 깨어졌고, 이제는 다른 무언가에 의지할 시간도 없었다.

더군다나 상황은 믿을 수 없을 정도로 빠르게 휘몰아쳤다.

이건 말도 안 되는 일이다.

자신이 혼절해 있는 하루, 그 하루 만에 모든 결정이 내려졌다. 아무리 백호가 인간이 아니라는 걸 모두의 앞에서 드러냈다 한들 이건 이례적이라고밖에 표현할 수 없는 결단이다.

어찌 이토록 중요한 사안이 하루 만에 결정이 내려질 수 있단 말인가.

월하린은 이해하지 못했지만, 다른 이들은 그렇지 않은 것 같았다. 많은 증거와 증인들이 백호를 범인이라는 확신을 가져다주었고, 인간이 아닌 존재라는 건 그런 생각에 더더욱 불을 붙였다.

그 누구도 백호를 믿지 않았으며, 그 또한 생명체라는 걸 이해하지 않는 듯했다.

수많은 사람들이 당장이라도 백호를 죽여 혼란스러운 지금의 무림을 안정시켜야 한다고 부르짖었다.

사람들의 분노가, 원한이 갈 곳을 잃고 헤매던 중 백호라는 적합한 이를 만났다. 인간도 아닌 존재인 그에게 이 모든 화살이 쏟아졌다.

이런 상황에서 월하린을 도울 이는 아무도 없었다.

그렇지만…… 포기할 순 없다.

힘없이 허공을 응시하던 월하린의 얼굴에 점점 결의가 차올랐다. 아무도 돕지 않는다 해서 백호를 죽게 놔둘 순 없다.

그녀는 결단을 내린 것이다.

월하린이 길게 숨을 내쉬었다.

최악의 선택이 될지도 모른다. 지금의 선택으로 인해 그녀의 인생은 여태까지와는 정반대되는 삶을 살게 될 것이다.

알지만 상관없다.

그 어떠한 두려움도, 백호를 잃고 느끼게 되는 감정에 비해서는 하찮기 그지없었으니까. 월하린은 바로 옆 탁자에 올려 두었던 검에 손을 가져다 댔다.

자리에서 일어난 그녀가 허리춤에 검을 매달았다.

철컹.

금속이 울리는 소리가 오늘따라 더 가슴에 들어와 박힌다. 시릴 정도로 차가운 검의 감촉을 느끼며 월하린은 마음을 다잡았다.

'백호를 구해야 해.'

정상적인 방법으로 그를 옥에서 빼내는 게 불가능하다면 방법은 오직 하나다.

바로 탈옥이다.

이런 행동이 결코 용서받지 못할 거라는 것 정도는 알고 있다. 다른 곳도 아닌 무림맹, 그곳에서 참형이 정해진 사람을 빼돌린다는 건 곧 자신의 목숨까지 내건 것과 다름없다.

그렇지만 월하린은 망설이지 않았다.

내상 때문에 상태가 그리 좋지는 않았지만, 어떻게든 백호를 구해 내고야 말겠다.

월하린이 결단을 내리고 성큼 문을 열고 바깥으로 걸어 나갔을 때였다. 그리 멀지 않은 곳에 두 명이 기다리고 있었다.

전우신과 아운이었다.

비장한 각오와 함께 문을 나섰던 월하린은 입구 쪽에 서 있는 둘을 보고는 움찔했다. 거리가 제법 떨어져 있어서 그들이 있는 걸 알아차리지 못했었다.

그런데 그 둘은 계속해서 문 쪽을 보고 있었고, 월하린이 나오기 무섭게 그녀를 발견한 것이다. 월하린이 잠시 머뭇거리는 사이 둘이 다가왔다.

그리고 아운이 입을 열었다.

"나오실 줄 알았습니다. 그래서 작전이 뭡니까?"

"네?"

"작전이요. 백호님을 그냥 두실 거 아니잖습니까."

아운이 뭘 그리 놀라냐는 듯이 되물었다.

마치 당연히 백호를 구하러 갈 거 아니냐는 듯한 그들의 모습에 월하린이 당황한 듯 말했다.

"설마 제가 나올 걸 알고 기다리신 건가요?"

"그게 아니면 왜 여기 있었겠습니까. 돕기 위해 기다리고 있었습니다."

전우신이 담담하니 대꾸했다.

사실 이 같은 결정을 내리는 건 이 둘 또한 쉽지 않았다. 만약 이 일이 들통 난다면 전우신은 큰 처벌을, 아운 또한 안전을 보장받을 수 없는 상황이다.

마주 서 있던 아운이 옆에 선 전우신의 옆구리를 쿡 찌르며 말했다.

"나야 정 안 되면 도망치면 그만이지만, 넌 아까워서 어쩌냐? 가만히만 있으면 화산파 장문인이 될 수도 있잖아."

전우신이 누구인가?

화산파 매화검수의 수장이다. 그 말은 곧 수십 년 후 화산파 장문인 직을 이어받을 유력한 인물이라는 거다. 하지만 아운의 말대로 이 일에 개입하게 된다면, 곧 그 선택 받은 기회를 잃게 되는 걸 의미했다.

그렇지만 전우신은 대수롭지 않다는 듯 대답했다.

"불의를 보고도 못 본 척해야만 오를 수 있는 자리라면 필요 없다."

"멋있는 척하긴."

아운이 불만스럽게 말을 하긴 했지만, 그의 얼굴에는 희미한 미소가 걸려 있었다. 이놈이라면 그런 자리보다는 옳고 그름을 먼저 선택할 거라는 건 아주 오래전부터 알았다.

월하린은 그런 둘을 번갈아 바라보다 떨리는 목소리로 물었다.

"두 분은…… 백호를 믿나요?"

"백호님이 성격이 괴팍하긴 해도 힘없는 약자를 괴롭히는 건 못 봤습니다."

"인간을 먹었으면 우리도 먹었겠죠."

전우신과 아운이 한 명씩 대답했다.

그런 둘을 보고 있던 월하린은 자신도 모르게 눈물을 흘렸다. 백호를 위해 나서 준 두 사람이 너무나 고마웠으니까.

혼자라고 생각했다.

그런데 아니었다. 적어도 이 둘만큼은, 백호를 위해 행동하려는 자신과 한마음을 품고 있었던 것이다.

갑자기 월하린이 눈물을 흘리자 둘은 당황한 듯 서로의 얼굴을 바라봤다. 하지만 이내 월하린은 빠르게 감정을 추슬렀다.

"미안해요. 도와주겠다는 두 분이 너무 고마워서 그만 눈물을 흘려 버렸네요. 사실 이 일이 얼마나 위험한지 잘 알고 있기에 두 분에게 그냥 빠지시라고 말하고 싶지만…… 그러기엔 두 분의 도움이 너무 필요해요."

"맡겨만 주시죠."

아운이 걱정 말라는 듯 자신의 가슴을 두드렸다.

* * *

 천심옥은 무림맹에서 가장 깊은 곳에 위치한 감옥이다. 조금의 햇볕조차 들지 않고, 공기마저도 갑갑하다.

 무림맹 자체가 범죄자를 가둬 두는 곳이 아니니만큼 이곳 천심옥에도 오랫동안 사람의 발길이 없었다. 그런데 몇 년간 아무도 출입하지 않던 이곳 천심옥에 어제부터 백호가 갇혀 있었다.

 두꺼운 쇠창살로 막혀 있는 감옥 안에 백호가 쇠사슬에 칭칭 묶인 채로 결박당해 있었다. 요괴인 백호를 제압하기 위해 그의 몸을 옥죄고 있는 쇠사슬은 보통의 것이 아니었다.

 만년한철로 특수 제작된 쇠사슬은 명검으로도 끊을 수 없는 강도를 자랑했다. 쇠사슬은 백호의 전신을 묶고, 또 팔과 다리를 따로 결박하여, 앉거나 눕지도 못하게 만들어 버렸다.

 얼굴을 제외하고는 덕지덕지 쇠사슬을 단 채로 백호는 축 처져 있었다.

 피곤했다.

 하루하고 반나절 가까이를 이대로 매달려 있었다.

 물 한 모금, 음식 한 입조차 먹지 못했으니 허기도 진다.

어둠 속에서 축 처져 있던 백호가 힘겹게 입을 열었다.

"끄응."

비틀린 채로 묶인 탓에 어깨가 아팠다. 그렇지만 백호조차도 쉽사리 어찌하지 못할 정도로 만년한철은 그를 강하게 옭아매고 있었다.

보통 죄인이라면 혈도를 점하고 포승줄로 묶거나, 쇠로 만든 수갑으로 결박하는 것이 보통이다. 그런데 지금 백호의 모습은 그런 수준을 넘어섰다.

이 모든 건 백호가 인간이 아닌 탓이다.

인간이 아닌 요괴인 그의 모습에 겁을 먹은 이들이 만년한철로 제작된 쇠사슬로 수십 차례를 넘게 묶고, 또 그 상태에서 팔과 다리를 완전히 결박해 버린 것이다.

뼈가 뒤틀리며 고통스러웠지만, 백호는 그런 자신의 상태 따위는 전혀 신경 쓰지 않았다. 그의 걱정은 오직 하나였다.

'월하린은 괜찮겠지?'

정신을 차렸을 때 보아하니 큰 부상은 아닌 듯싶었지만 직접 확인하지 못하니 속이 타들어 가는 지경이었다.

마음 같아서는 당장이라도 다 부숴 버리고서라도 그녀에게 찾아가고 싶었지만…….

백호는 꾹 참았다.

자신의 행동 때문에 월하린이 곤란해질까 봐 신경 쓰였으니까. 참고 있긴 했지만 백호는 바깥 일이 어떻게 돌아가는지 궁금했다.

많은 인간들 앞에서 요괴임을 드러냈다.

아마도 이제는 예전처럼 그들과 섞여서 지내는 건 힘들 듯싶었다.

물론 백호가 걱정하는 건 그로 인해 월하린과 함께 지내는 게 어려워지지 않을까 하는 점이었다. 그것만 아니면 인간들이 자신을 어떻게 보는지는 전혀 중요하지 않았다.

그렇게 백호가 만년한철에 묶인 채로 시간을 보내고 있을 때였다.

우당탕.

자그마한 소리에 백호의 귀가 움찔했다.

깊은 지하에 만들어진 천심옥이기에 소리는 미약했다. 그렇지만 그 작은 소리도 백호의 귀를 피해 갈 순 없었다.

축 처져 있던 백호가 고개를 치켜들었다.

'누구지?'

누군가의 발걸음 소리가 들려온다. 그 발걸음은 무척이나 다급해 보였고, 또 한 명이 아니었다. 백호가 의문스러운 시선으로 어둠 건너편에 있는 문을 바라보고 있을 때였다.

끼이익.

누군가가 천심옥의 입구를 막고 있는 쇠문을 열며 안으로 걸어 들어왔다. 새카만 어둠이 주변을 감싸고 있었지만, 백호는 문을 부수고 들어온 이들의 모습을 곧바로 알아차렸다.

월하린과 전우신, 아운이 안으로 들어서고 있었다.

백호는 이들의 등장에 두 눈이 화등잔만큼 커졌다.

이곳 천심옥에 직접 저들이 찾아올 거라고는 생각도 하지 못했으니까. 그런데 갑자기 모습을 드러낸 그들은 뭔가를 경계하는 눈치였다.

반가운 이들을 본 백호는 입을 열려다 잠시 물끄러미 그들을 바라봤다.

'왜 저래?'

백호와 다르게 아직 그를 발견하지 못한 그들은 자신들끼리 짧게 말을 주고받았다. 가장 먼저 들어섰던 아운이 말했다.

"이상하네. 아무리 좋은 기회를 노렸다지만 이건 너무 없는데요? 원래 이렇게 허술하냐?"

"글쎄……."

아운의 말에 전우신이 중얼거릴 때였다.

가만히 그런 그들을 바라보던 백호가 몸을 마구 흔들며 소리쳤다.

"거기서들 뭐하냐?"

백호의 목소리에 이야기를 나누던 셋이 깜짝 놀라 고개를 돌렸다. 그리고 이내 멀지 않은 곳 감옥에 위치한 백호의 모습을 발견할 수 있었다.

쇠사슬에 묶여 있는 백호의 모습을 본 월하린이 깜짝 놀란 듯이 황급히 그에게 달려왔다.

그녀는 백호가 갇혀 있는 곳으로 다가와 쇠창살을 움켜잡았다.

"백호!"

"표정이 왜 그래?"

백호는 울 것 같은 표정으로 자신을 바라보는 월하린을 향해 히죽 웃어 보였다. 그렇지만 그 웃음을 보는 순간 월하린의 가슴은 더욱 미어질 것만 같았다.

어찌 마음이 아프지 않을 수 있겠는가.

쇠사슬에 꽁꽁 묶여 허공에 매달려 있는 백호의 모습에 그녀는 터져 나오려는 눈물을 삼켰다. 몸에 상처가 적지 않은지 떨어진 피들이 바닥에 웅덩이를 만들 정도다.

감정을 다잡기 위해 입을 닫고 있는 그녀를 바라보던 백호가 물었다.

"그런데 무슨 일이냐? 갑자기 여길 다 오고? 왜? 나 풀어 주래?"

"……그랬으면 좋겠지만 아닙니다."

"그럼 뭔데?"

대답하는 전우신에게 백호가 물었다. 그러자 잠시 눈치를 살피던 전우신이 어차피 그도 알아야 될 거라 생각했는지 솔직히 말했다.

"참형이 내려졌습니다."

"참형? 나한테?"

"예, 근래에 있던 모든 일들이 다 백호님의 소행이라 단정 지어진 모양입니다. 그래서 참형이 내려지기 전에 백호님을 구하러 왔습니다."

"그게 무슨……."

말도 안 된다고 백호가 입을 열 때였다.

철컹철컹!

월하린이 강하게 잡고 있던 쇠창살을 마구 흔들었다. 참으려 했는데 너무나 가슴이 아프다. 쇠사슬에 묶인 채로 허공에 매달려 있는 백호의 모습에 더는 참지 못하고 눈물이 터져 나왔다.

고개를 숙이고 있던 그녀가 천천히 고개를 치켜들었다. 그리고 울고 있는 월하린과 백호의 눈이 마주쳤다.

허공에 매달려 있던 백호가 우는 그녀를 보는 순간 낮게 가라앉은 목소리로 말했다.

"왜 울고 그래."

"미안해서요."

"네가 뭐가 미안해?"

"인간들이 당신에게 한 짓이 너무 미안해요."

쇠창살 사이로 월하린이 힘겹게 손을 밀어 넣었다. 거리가 그리 멀지 않아 월하린의 손끝이 아슬아슬하게 그의 심장 부분에 닿았다.

물론 쇠사슬이 가로막고는 있었지만 백호의 심장이 뛰는 감각이 손가락 끝을 타고 전해져 왔다.

월하린이 눈물을 흘리며 입을 열었다.

"지켜 주겠다고 했는데…… 당신은 언제나 날 완벽하게 지켜줬는데 제가 너무 모자란가 봐요."

백호의 가슴 부근에 손가락을 가져다 댔던 월하린이 천천히 손을 늘어트렸다. 그러고는 쇠창살에 이마를 가져다 댄 채로 하염없이 눈물만 흘렸다.

그 모습을 쇠줄에 묶인 채로 바라만 보던 백호가 입술을 깨물었다.

울고 있는 월하린을 보고 있자니 가슴이 답답했다.

어떻게든 저 가녀린 어깨를 보듬어 안아주고 싶었는데 만년한철로 된 쇠사슬이 그를 옭아매고 있었다.

더는 참지 못하겠는지 백호가 손가락에 요기를 불어넣기

시작했다.

그의 손톱이 빠르게 길어졌다. 그러고는 그 손톱은 이내 자신을 옭아매고 있던 만년한철을 꿰뚫어 버렸다.

촤라라락.

쇠사슬이 백호의 몸에서 흘러내리듯 떨어져 버렸다.

보검으로도 끊을 수 없는 단단함을 자랑하는 무림의 만년한철조차도 백호의 손톱은 견디지 못했다. 그런 모습에 전우신과 아운이 놀란 듯 서 있을 때였다.

만년한철을 단번에 끊어 버린 백호는 쇠창살에 이마를 댄 채로 울고 있는 월하린에게 성큼 손을 뻗었다.

쇠창살 사이로 백호의 두 손이 뻗어져 나갔고, 이내 손은 월하린의 머리를 감쌌다.

백호는 쇠창살을 사이에 둔 채로 월하린을 껴안았다.

쇠창살에 이마를 대고 있던 월하린을 자신의 가슴팍에 가져다 대며 백호가 입을 열었다.

"모자라긴."

백호의 가슴에 얼굴을 가져다 댄 채로 월하린이 펑펑 눈물을 흘리고 있을 때였다. 백호가 그런 그녀의 머리를 쓰다듬으며 말을 이었다.

"넌 항상 나에게…… 넘치는 사람이었다."

제7장. 감행
― 나와 함께 가요

 백호의 품에 안기자 월하린은 빠르게 진정됐고, 이내 부끄러운지 슬며시 그에게서 떨어졌다.
 둘의 그런 모습을 가만히 바라만 보던 아운이 애써 분위기를 밝히려는 듯이 장난기 어린 말을 내뱉었다.
 "이거 시간이 없어서 좀 더 붙어 있으시면 강제로라도 떼어 놓으려 했는데, 마침 딱 떨어지셔서 다행이군요."
 "죄송해요."
 월하린이 당황하여 황급히 사과했다.
 아운이 장난스럽게 말하긴 했지만 사실 이 천심옥에서 오래 시간을 보낼 여유 따위는 없었다. 아까 전에 잠시 품었던 의문을 아운이 재차 이야기했다.

"그나저나 이상합니다. 이곳을 감시하는 무인들이 교대되는 틈을 노리긴 했지만 그래도 간수가 한 명밖에 없었다는 게……."

아운의 의문을 듣고 있던 백호가 아무렇지 않게 대답했다.

"원래 간수는 계속 하나밖에 없던데?"

"그래요? 흐음, 이상하단 말이야."

천심옥이 오랫동안 안 쓰이던 곳이라 해도 이곳의 감시는 너무나 허술했다. 그 사실이 이상하긴 했지만 어찌 됐든 간에 그 덕분에 이리 쉽게 잠입할 수 있는 것이기도 했다.

설마 입구를 지키던 무인 하나만 재빠르게 제압한 것만으로 이렇게 백호와 조우할 수 있을 거라고 생각이나 했겠는가.

교대 시간이라 해도 열 명 이상은 될 거라 여겼는데 일이 생각보다 수월하게 돌아갔다. 물론 수월하게 되는 게 나쁜 건 아니었지만, 찝찝한 건 어쩔 수 없는 노릇이다.

예상보다 쉽게 들어온 건 사실이지만 곧 입구를 지키는 무인들의 교대 시간이 온다. 그 전에 이곳을 빠져나가야만 했다.

전우신이 말했다.

"우선은 나가는 게 좋겠습니다."

"저도 동의해요. 그러면 우선 백호를 이 안에서……."

월하린이 말하고 있을 때였다. 가만히 이야기를 듣던 백호가 아무렇지 않게 아직까지 길어져 있는 손톱을 휙 휘둘렀다.

그러자 백호를 가두고 있던 쇠창살이 흡사 두부처럼 잘려 나동그라졌다. 그 모습에 아운은 기가 차다는 듯 실소를 흘렸다.

'대체 가둬 두는 게 가능은 한 거야?'

만년한철도 우습게 잘라 버리는 저 손톱을 어떻게 설명해야 할지 감이 오지 않는다.

쇠창살을 자른 백호가 바깥으로 걸어 나오며 대수롭지 않다는 듯한 어조로 말했다.

"나가자."

"아, 그러죠."

아운이 고개를 끄덕이며 백호의 뒤로 가서 섰다.

백호가 감옥에서 빠져나오자 일행은 곧바로 온 길을 거슬러 올라갔다. 지하로 통하는 계단 앞에 선 전우신이 위쪽의 기척을 살필 때였다.

"올라가 아무도 없으니까."

백호의 그 한마디에 전우신은 아무런 의심도 없이 위쪽으로 발을 옮겼다. 적어도 백호에게 기척을 감출 만한 자는 무림맹 내에서 손으로 꼽을 정도로 적었으니까.

백호의 말대로 천심옥으로 들어가는 통로로 나갔지만 주변에는 아무런 기척도 느껴지지 않았다. 인근에 아무도 없음을 확인하자 그들은 서둘러 외딴곳으로 먼저 움직였다.

늦은 시간이긴 했지만 무림맹 내부에서는 제법 많은 경비들이 돌아다니고 있었다.

백호가 모습을 드러낸다면 발각되는 건 시간문제였다. 지금 무림맹 내에서 백호의 사건을 모르는 이는 없다 해도 과언이 아니다.

독특한 외모의 그를 보고 알아보지 못할 이는 없을 테고, 곧바로 탈옥한 사실이 드러나게 될 것이다.

월하린이 걷는 도중에 서둘러 말했다.

"백호, 무림맹을 나가기 위해선 모습을 좀 바꿔야 할 것 같아요."

그녀의 말이 끝나기가 무섭게 백호는 걸음을 걸으면서 역용술을 펼쳤다. 한 걸음 한 걸음 나아갈 때마다 백호의 얼굴이 조금씩 변하더니 이내 그곳에는 완전히 다른 한 사람이 서 있었다.

"어때?"

순식간에 백호는 덩치도, 외모도 전혀 다른 인물로 변해 있었다. 흰 머리를 의식해서인지 백호는 아예 나이 든 인물로 모습을 바꿨고, 그 덕분에 백발이 딱히 눈에 띄지 않았다.

월하린이 만족스럽다는 듯 고개를 끄덕였다.

"전혀 못 알아보겠어요. 그 사이에 역용술도 더 늘었는데요?"

완벽하게 다른 사람이 되긴 했지만 무림맹 정문으로 나가는 건 무리다. 백호의 신분 자체가 없었고, 백하궁 또한 지금 주요 감시 대상에 오른 탓이다.

그랬기에 이들은 무림맹 외벽을 넘어 바깥으로 나가는 걸 선택했다.

감시를 하는 이들이 최대한 적은 길을 따라 움직였는데, 이 모든 것에는 전우신의 공이 컸다. 그가 인적이 드문 길을 통해 빠져나갈 만한 장소를 사전에 알아 둔 덕분이었다.

전우신의 안내에 따라 그들은 순식간에 목적지에 도달할 수 있었다. 오는 도중에 몇몇 이들과 마주치긴 했지만, 그 누구도 백호의 정체를 알아내지는 못했다.

높은 담장 건너에 선 채로 네 사람이 마주했을 때였다.

전우신이 먼저 이야기를 시작했다.

"이쪽으로 나가면 우선 북쪽으로 가는 길이 있습니다. 우선 그 길로 해서 가도록 하죠."

말을 마친 전우신이 담장을 넘으려고 할 때였다.

월하린이 그런 그를 붙잡았다.

"잠시만요."

"왜 그러십니까?"

무림맹 바깥으로 몸을 날리려던 전우신과 아운이 멈칫하며 월하린을 바라봤다. 그녀가 희미한 웃음을 머금고는 입을 열었다.

"여기까지만요. 여기까지 도와주셨으면 됐어요."

"그게 무슨……."

"더는 위험해요. 아시잖아요. 지금 저희가 무슨 짓을 벌이고 있는지."

무림맹 내부적으로 이미 백호는 죽이라는 판결까지 내려진 죄인이다. 그런 그가 도망쳤는데 무림맹에서 가만히 둘까?

아니, 쫓을 게다.

계속해서 쫓을 것이고, 평생을 도망자 신분으로 살아야 할지도 모른다.

그런 운명을 알면서 이들과 함께한다는 건 너무 염치없는 짓이라 생각했다. 백호를 구하고자 마음먹었던 것은 자신이고, 이 모든 책임 또한 자신이 져야 한다.

이들에겐 아직 창창한 미래가 있었다.

"두 분은 이제 돌아가세요. 이후의 일은 모두 제가 책임

지고 감당할게요."

"하지만……."

아운이 맘에 걸리는지 말꼬리를 흐릴 때였다.

월하린이 고개를 저어 보였다.

이들에게는 고마울 뿐이다. 혼자 백호를 구하러 가려고 할 때 얼마나 갑갑했었던가. 그런 자신에게 힘을 불어넣어 준 것이 바로 이들이다.

전우신 덕분에 퇴로와 경비들의 교대 시간도 알 수 있었기에 움직이는 것 또한 너무 수월했다.

물론 고마운 것이 이번뿐만은 아니다.

이들을 만나고 언제나 고마웠었다.

"두 분에게 부담을 더 주고 싶지 않아요. 그러니 저랑 백호, 둘만 갈게요."

"많은 자들이 쫓을 겁니다."

"알아요."

"정말 괜찮으시겠습니까?"

"네."

전우신을 향해 월하린이 고개를 끄덕였다.

그녀가 이토록 확고하게 말하니 전우신과 아운 또한 별다른 말을 하기가 어려웠다. 사실 자신들이 함께하는 것보다 백호가 월하린을 안고 도망치는 게 훨씬 더 빠르다는 것도 알고 있는 탓이다.

함께하고 싶었다.

하지만 현실은 이 둘을 그냥 보내주라 말하고 있었다.

둘 모두 아쉬움에 아무런 말도 꺼내지 못하고 있을 때였다. 월하린이 그런 둘을 향해 웃으며 입을 열었다.

"어쩌다 보니 전에 가진 술자리가 송별회처럼 되어 버렸네요. 전 소협, 아운 소협."

월하린이 둘을 부르고는 짧게 숨을 들이마셨다.

이제는 작별을 고해야 할 시간이다. 그녀가 억지로 웃어 보였다.

"건강하세요."

"……예."

전우신이 힘겹게 대답했고, 아운은 입술을 깨문 채로 입조차 열지 못했다. 그런 그 둘을 향해 갑자기 백호가 다가왔다.

백호가 손을 들어 둘의 머리에 올리고는 머리카락을 마구 헝클어트렸다. 갑작스러운 백호의 행동에 둘이 당황한 듯 그를 바라볼 때였다.

그는 어느새 역용술을 풀고 평소의 모습으로 돌아와 있었다.

백호는 언제나와 같은 모습으로 히죽 웃어 보이며 입을

열었다.

"다시 보자."

다시 보자는 그 한마디에 전우신과 아운 또한 웃으며 고개를 끄덕였다.

그래, 지금은 이렇게 헤어지지만 언젠가 자신들은 꼭 다시 만나리라.

월하린 또한 그런 둘을 향해 고개를 끄덕이며 재차 감사의 뜻을 전했다.

"이 일이 잠잠해지면 그때 다시 만나요. 그동안 정말 고마웠어요."

"목적지가 어디십니까?"

"우선은 천산으로 갈 생각이에요. 그곳으로 가서 추후의 일을 생각해 보려고요. 무림맹의 추격이 더 심해지면 새외로 나갈까도 싶어요."

천산만으로는 부족할 게다.

결국 백호와 그녀는 무림맹의 손길이 닿지 않는 새외로까지 도망쳐야 할 공산이 컸다. 너무 먼 곳까지 간다는 말에 전우신은 아쉬운 표정을 지어 보였다.

허나 이내 그런 표정을 거두며 전우신은 포권을 취했다.

"두 분 다 건강하길 바랍니다."

"저도요."

아운이 물기 젖은 목소리로 힘겹게 말했다. 둘의 인사를 받은 백호는 월하린을 안아 올렸다.

헤어지는 게 아쉬워 인사가 너무 길었다.

백호가 탈옥한 게 곧 알려질 테고, 그때는 도망치는 것도 더 힘들어질 것이다. 백호의 양손에 안긴 채로 월하린이 입을 열었다.

"이만 갈게요."

그녀의 말이 떨어지기 무섭게 백호의 몸이 시야에서 사라졌다. 둘의 모습이 사라지자 전우신과 아운은 가만히 선 채로 쉬이 입을 열지 못했다.

잠시간의 침묵.

아운을 힐끔 바라본 전우신이 그의 눈물이 터질 것처럼 상기된 표정을 보고는 입을 열었다.

"아주 목이 메었네. 울겠다가 그러다."

그런 전우신의 말에 아운 또한 질세라 대답했다.

"사돈 남 말 하고 있네. 네놈 얼굴 꼴도 엄청 웃기거든?"

아운의 말에 전우신은 피식 웃어 보였다.

웃는데 왠지 모르게 눈물이 흘러내린다. 가볍게 손가락으로 눈에 고인 눈물을 훔쳐 낸 전우신이 중얼거리듯 말했다.

"그러게. 우리 둘 다 지금 엄청 웃기겠다."

살면서 수많은 헤어짐과 만남을 경험했다.

하지만 이번만큼 가슴 아팠던 적은 드물었다. 아직도 백호와 월하린이 사라진 방향에서 시선을 못 떼는 아운의 어깨에 손을 올리며 전우신이 말했다.

"가자."

    *   *   *

백호가 넘은 담장에서 꽤나 거리가 떨어진 곳.
그곳에 청룡과 주작이 자리하고 있었다.
청룡이 나지막한 목소리로 중얼거렸다.
"천산이라……."
뭔가를 생각하는 듯한 청룡을 향해 주작이 비웃듯이 물었다.
"이것도 네가 계산한 대로야?"
"그랬다면 좋았겠지만…… 아쉽게도."
이번에도였다.
청룡은 자신의 계획이 연달아 망가지는 것에 대해 불쾌감을 느꼈다. 저번에는 백호가 자신의 계획을 망치더니, 이번엔 월하린이다.
아니, 어쩌면 두 번 모두 월하린이라는 저 인간 여자가 망친 것일지도 모르겠다.

백호가 폭주하여 모두의 앞에서 사람들을 도륙하기를 바랐다. 그런데 그걸 막은 게 월하린, 그리고 이번에 백호를 탈옥시키기 위해 천심옥을 지키는 무인들의 숫자를 잠시나마 일부러 확 줄였다.

　전우신과 아운이 이상하게 여겼던 것, 그건 바로 청룡 때문이었다.

　청룡은 경비를 줄이고 주작과 함께 백호를 꺼내려 했다. 그런데 아주 간발의 차이로 월하린이 먼저 천심옥에 들어선 것이다.

　그 탓에 백호를 다시 빼앗겼고, 일은 조금 더 복잡해졌다.

　주작은 내심 상황이 마음에 들지는 않았지만, 그래도 백호가 참형에 처하지 않고 우선 무림맹을 빠져나가자 그나마 안도하는 모습이었다.

　주작이 물었다.

　"이제 어쩔 거야?"

　"쫓아야지. 목적지도 아니까 쫓는 데는 큰 문제가 없을 거다."

　"쫓아서 어쩌려고?"

　"그건 내가 알아서 해. 그러니까 주작 넌 지금 당장 움직여서 만약의 경우를 대비해 백호에게 바짝 붙어 있어. 혹여나 백호가 어디로 갔는지 놓치면 네 쪽으로 연락을 취하지. 아, 이건 명심해. 백호가 돌아오기로 마음먹을 때까지 절대 먼저 놈 앞에 모습을 드러내지 말고. 알겠어?"

"……무슨 생각인지는 모르겠지만 우선 알겠어."

고개를 끄덕인 주작은 곧바로 백호가 사라진 방향으로 움직였다.

엄청난 속도를 자랑하는 백호를 쫓을 만한 건 그와 같은 요괴들뿐이다. 혹시나 백호를 놓칠까 봐 주작을 그에게 붙인 청룡이 서둘러 몸을 돌렸다.

백호를 쫓는다고 해서 그를 자신의 편으로 끌어들이는 건 애초에 불가능했다.

월하린, 그녀가 있는 한 백호는 결코 요괴들의 편에 서지 않을 것이다.

그걸 알았기에 백호를 감옥에서 빼내고, 월하린은 제거하려 했다.

그리고 그 장소에 월하린을 죽인 범인이 백호라 생각하게 만들 증거들을 놔둘 계획이었다. 그렇게 월하린이 죽고, 그 범인으로 자신을 지목한다면, 백호는 분명 참지 못하고 폭발할 것이라고 생각했다.

월하린만 없다면 더는 백호의 감정을 잡아 줄 이는 없었으니까.

그런데 참으로 운도 좋다.

월하린을 죽이기 위해 유강을 보내 놨거늘, 기가 막히게 그 함정을 피해 나갔다. 심지어 백호를 데리고 말이다.

이토록 청룡이 월하린을 죽이려 한다는 건 주작도, 현무도 아직은 알지 못하는 일이었다.

오직 청룡과 유강 둘만이 아는 일.

청룡이 도착한 곳에는 수많은 전서구들이 준비되어 있었다. 청룡은 전서구 수십 마리에 같은 내용이 담긴 서찰을 적어 묶었다.

그가 수십 마리의 전서구를 동시에 날렸다.

푸드드득.

전서구들의 날갯소리와 함께 하늘을 새들이 일순간 뒤덮었다. 그리고 하늘로 날아오른 전서구들이 순식간에 어딘가로 날았다.

사라지는 전서구를 바라보던 청룡이 몸을 돌렸다.

우선적으로 연락을 취했고, 이제…….

"그를 움직여야겠군."

무림맹을 벗어나기 무섭게 백호는 천산이 있다는 북서쪽으로 방향을 잡고 움직였다. 무림맹이 있는 무한과 천산의 거리는 엄청날 정도로 멀었다.

보통 말을 타고 간다 해도 몇 달 이상은 족히 걸릴 거리.

백호는 이틀 가까이를 내달려 제법 많은 거리를 이동했다. 그렇지만 아직까지도 가야 할 길은 멀고도 멀었다.
　해가 질 무렵이 되어 도착한 곳은 다름 아닌 호북성 방현(房縣)이라는 곳이었다.
　다급하게 움직이는 탓에 백호와 월하린은 제대로 된 준비조차 하지 못했고, 이틀 동안 먹은 거라고는 그녀가 준비했던 작은 육포 몇 조각이 전부였다.
　그러던 차에 방현에 이르자 백호는 잠시 휴식을 취하기로 마음먹었다.
　허기도 허기였지만 월하린 또한 그리 좋은 몸 상태는 아니었다. 북황련주 도악풍에게 입은 내상이 완전히 낫기도 전에 하루 종일 이동해야만 했으니 상태가 좋아질 리가 없다.
　더군다나 그 와중에 몇 번이고 그녀 또한 내공을 쓰기도 하지 않았던가. 그 탓에 월하린은 안색이 그리 좋지 못했다.
　방현의 거리를 걸으며 백호가 물었다.
　"괜찮아? 안색이 영 별로인데."
　"걱정 말아요. 조금 피곤하긴 하지만 이 정도로 뭘요."
　월하린은 백호가 걱정하는 게 싫은지 씩씩하게 웃어 보였다. 물론 그런다고 해서 백호가 그런 그녀의 속내를 모를 리 없었다.
　자신에게 걱정을 끼치기 싫어 억지로 힘 나는 척을 하는 게 이토록 눈에 보이는데 말이다.

"어쨌든 오늘은 여기서 좀 쉬자. 앞으로 갈 길이 머니까 필요한 것부터 우선 좀 챙기고, 그다음엔 객잔에 가서 눈 좀 붙여."

"하지만······."

쉬어가자는 말에 월하린이 걱정스럽다는 표정을 지어 보였다. 맘 놓고 쉬기에는 지금 상황이 여의치 않다.

그런 그녀를 향해 백호가 걱정 말라는 듯 말했다.

"우리가 얼마나 많이 이동한 지 알아? 우리가 사라진 걸 곧바로 알아차리고 쫓아왔다 해도 지금 우리 반도 못 왔을 걸?"

백호가 호언장담했다.

그리고 그의 말은 사실이었다. 이토록 빠르게 이동하는 걸 그 누가 상상이나 했겠는가. 설령 전서구를 날려 백호 일행을 잡으려 한다 해도, 그들의 감시망이 펼쳐지는 것보다 언제나 몇 발자국 앞에 자신들은 있을 것이다.

인간의 기준으로 생각하는 이상 백호는 절대 잡을 수 없는 존재였으니까.

월하린이 자신감 가득한 백호의 말에 웃으며 고개를 끄덕였다.

"그래요. 우선 며칠 동안 먹을 간단한 요깃거리부터 챙겨요."

우선은 중요한 건 음식이었다.

그 담에는 추운 날씨에 대비할 간단한 옷들과 여행에 필요한 필수품들.

챙겨야 할 것이 제법 많았지만 월하린은 우선 짐을 간소화하기로 마음먹었다.

백호는 월하린과 함께 방현의 노점상이 줄지어진 길에 들어섰다. 많은 음식거리들이 눈을 끌었지만, 우선은 오랫동안 상하지 않는 말린 고기 같은 걸 챙겨야 했다.

백호가 가까이 있는 노점으로 다가갔다.

그곳은 말린 음식들을 파는 곳이었다. 노점 위에는 말린 고기나, 말린 과일들이 즐비했다. 백호는 대충 손가락으로 가리키며 말했다.

"대충 섞어서 한 열흘 정도 먹을 만큼 챙겨 줘."

"예, 그러지요."

노점 주인은 손을 바삐 움직이며 커다란 보따리 안에 백호가 주문한 음식들을 종류별로 욱여넣었다. 백호는 무심한 시선으로 그가 건네는 보따리를 건네받았다.

보따리를 받은 백호가 물었다.

"여기 괜찮은 객잔 없어?"

중년의 노점 주인이 백호의 질문에 잠시 생각하는 듯하

더니 이내 손가락으로 길을 가리켰다.

"이쪽으로 쭉 가시다 보면 연운 객잔이라는 곳이 있습니다. 음식 맛도 괜찮고, 조용해서 지낼 만하실 겁니다."

"그래?"

백호가 고개를 끄덕이고는 옆에 선 월하린의 소매를 살짝 잡아당겼다.

"가자."

"그래요. 그나저나 이런 음식만 사서 괜찮겠어요?"

백호가 말린 고기를 싫어하는 걸 월하린이 모를 리 없었다. 물론 그건 지금도 변하지 않았다.

백호는 심드렁한 목소리로 입을 열었다.

"우리 처지에 그럴싸하게 먹고 다닐 수도 없잖아? 그냥 저쪽 골목에 있는 당과 가게나 들렀다가 객잔에 가서 근사하게 한 끼 하지 뭐."

"그래도 당과는 꼭 챙기네요."

음식도 포기하면서 당과는 어떻게든 챙기는 백호의 모습에 월하린이 웃음을 흘렸다. 그런 그녀의 머리를 백호는 슥슥 쓰다듬으며 말했다.

"없으면 입이 심심해서 말이야. 어쨌든 빨리 가자. 엄청 배고프다."

백호가 배를 슥슥 문지르며 앞으로 걸어 나갔고, 그런

그의 뒤를 그녀가 따라붙었다. 쫓기는 입장에 처해 있거늘 예전 혼자 도망칠 때와는 느낌이 많이 달랐다.

백호가 있었기에 월하린은 행복했다.

그렇게 두 사람은 며칠 동안 먹을 음식과, 당과를 챙기고는 노점 주인이 말해 줬던 객잔을 찾아 움직였다.

노점 주인이 말했던 길을 따라 걸으니 연운 객잔이라는 곳은 금방 모습을 드러냈다.

연운 객잔에 들어서서 본 내부는 그가 말했던 것처럼 조용했다. 하지만 백호는 이곳이 그리 나쁘지 않았다. 최대한 사람의 눈을 피해야 하는 상황상 이렇게 조용한 곳을 원하기도 했다.

더군다나 사람은 그리 없었지만, 내부가 깔끔하게 잘 정돈된 것 또한 마음에 들었다. 백호는 자신을 향해 다가온 점소이 소년을 향해 간단하게 방 하나와 음식을 주문했다.

나이가 어린 소년은 익숙하게 둘을 이 층에 있는 방으로 안내했다. 방은 생각보다 크고 아늑했다.

안내를 마친 점소이 소년이 나가자 짐을 대충 팽개친 백호가 주변을 둘러보며 중얼거렸다.

"생각보다 괜찮네?"

"그러게요. 다소 좁은 길에 위치했는데 깔끔해 보이기도 하고요."

"뭐 그게 중요한가. 음식이 얼마나 맛있는지가 중요하지."

백호가 히죽 웃어 보이며 창문을 열었다. 제법 큰 창문을 통해 백호는 바깥쪽을 내려다봤다. 좁은 길목에 있긴 했지만 인근에 큰 건물이 없는 탓에 주변의 모습들이 속속들이 들어왔다.

열어 둔 창으로 찬바람이 밀려들어 오자 다시금 창문을 닫은 백호가 월하린에게 다가갔다. 그러고는 짐을 정리하려는 그녀를 번쩍 들어 올렸다.

갑작스러운 백호의 행동에 월하린은 놀랐지만 이내 그는 그녀를 침상 위에 살포시 내려놓았다.

백호가 월하린을 눕히고는 고개를 저으며 짧게 말했다.

"쓸데없는 짓 하지 말고 쉬어. 몸도 안 좋은 게."

"에이, 그 정도는 아니에요."

침상에 누운 채로 백호를 올려다보던 월하린이 실실 웃으며 말했다. 그렇지만 백호에게 그런 말은 씨알도 먹히지 않았다.

일어나려는 그녀를 억지로 다시금 눕히고는 말했다.

"정리는 내가 할 테니까 넌 좀 쉬어. 내일부터 또 죽어라 달려야 한다고."

"알겠어요. 당신 말대로 할게요."

월하린이 웃으며 그냥 누운 채로 고개만 백호를 향해 돌렸다. 백호는 자신이 던져 놨던 짐을 한구석에 가져다 놓았고, 그런 그를 월하린은 계속해서 웃는 얼굴로 바라보고 있었다.

대충 짐 정리를 끝낸 백호는 자신을 향한 그녀의 시선을 확인하고는 물었다.

"뭘 그리 웃고 있어?"

"아뇨, 좀 웃겨서요."

"뭐가 웃긴데?"

"지금 저희 쫓기고 있잖아요? 그런데 이상하게 재미있어요."

"쯧쯧, 좀 쉬어라. 상태가 영 별로네."

백호가 열이라도 나냐는 듯이 월하린의 이마에 손을 가져다 댔을 때였다. 월하린이 자신의 이마에 닿은 백호의 손을 자신의 손으로 감싸 안았다.

백호는 움찔했고, 그런 그를 향해 월하린이 웃으며 말했다.

"당신하고 같이 있으니까요. 그래서 그런가 봐요. 이런 상황에서도 계속 웃음이 나는 걸 보면요."

월하린의 말에 백호는 잠시 멋쩍은 표정을 지어 보이다가 이내 마찬가지로 웃음을 흘렸다. 백호 또한 월하린과 다르지 않았으니까.

쫓기고 있었지만 크게 개의치 않는다.

월하린만 옆에 있다면 세상 어디에 간다 해도 상관없었다. 설령 그곳이 새외라 할지라도.

백호가 웃으며 월하린과 마주 보다가 지금 향하고 있는 목적지인 천산에 대해 물었다.

"그나저나 천산은 어떤 곳이야?"

"그냥 일 년 내내 눈으로 뒤덮인 곳이에요. 오랫동안 살긴 했지만 사실 무척 심심한 곳이긴 해요."

"그래? 그럼 새외라는 곳은 그 천산보다 더 먼 건가?"

"그렇죠? 천산은 사실 엄청 외곽이긴 하지만 그래도 무림의 세력권 안에 있거든요. 새외는 천산보다도 더 외지라고 보면 돼요. 천산으로 우선 도망은 치곤 있지만 아마 저희는 새외까지 가야 할 거예요. 그렇지 않으면 무림맹은 포기하지 않을 테니까요."

"흐음, 그럼 당과는 어쩌지? 그렇게 외지면 당과 구하는 것도 힘들 거 아냐."

"글쎄요."

당과를 어떻게 해야 하나 고민하는 백호를 보며 월하린이 희미한 미소를 머금고 있을 때였다.

방의 입구 쪽으로 가벼운 발걸음 소리가 들려왔다.

당과 이야기에 열을 올리려던 백호가 들려온 소리에 고

개를 돌렸을 때다. 입구 부분에서 멈춘 발걸음 소리의 주인공은 다름 아닌 점소이 소년이었다.

그가 바깥에서 말했다.

"들어가겠습니다."

짧은 말과 함께 점소이 소년은 상 하나를 들고 안으로 들어왔다. 그리 큰 상은 아니었지만, 그 위에는 백호가 주문했던 음식들이 가득했다.

소년은 그것을 방 중앙에 놓고는 이내 문가로 돌아가 고개를 꾸벅하고는 사라졌다.

백호는 김이·모락모락 올라오는 음식에 군침을 삼키며 월하린에게 손짓했다.

"어서 와. 우선은 먹으면서 이야기하게."

백호의 부름에 월하린은 침상에서 일어나 그의 건너편에 가서 앉았다. 허기가 지긴 하지만 부담스러운 음식은 다소 꺼려졌는지 그녀는 죽을 들어 올렸다.

백호는 그런 월하린을 향해 그걸로 되겠냐는 듯이 투덜거렸다.

"그런 거 말고 이런 고기 먹어 고기. 그래야 힘이 나고 그러지."

백호가 접시를 내밀며 말했고, 그런 그에게 월하린은 괜찮다는 듯이 대꾸했다.

"속이 별로라서요. 죽으로 좀 달래고 괜찮으면 그때 먹을게요."

"이런 게 뭐 효과가 있나?"

죽이라는 것 자체를 먹지 않는 백호는 이해가 안 간다는 듯이 중얼거렸다. 허여멀건 것이, 먹어도 배 하나 차지 않을 것만 같았다.

백호는 월하린이 죽을 먹으려는 것을 보며 자신도 한번 어떤 맛인지 보려는 듯이 떠먹었다. 그러고는 이내 입맛 버렸다는 듯이 혓바닥을 내밀며 중얼거렸다.

"아니, 대체 이건 무슨 맛으로……."

말을 내뱉던 백호의 표정이 일순 굳었다.

그리고 그 순간 망설이지 않고 손을 움직였다. 백호의 손이 건너편에 앉아 있는 월하린에게로 향했다.

목표는 다름 아닌 그녀의 손에 들린 수저였다.

타악!

백호의 손이 빠르게 월하린의 입으로 들어가려던 수저를 쳐 냈다. 그런 갑작스러운 백호의 행동에 월하린이 놀란 듯 눈을 치켜떴을 때다.

백호가 나지막이 말했다.

"독이야."

"네? 독이라고요?"

월하린이 놀란 듯이 되물었다.

독이라니? 이런 객잔에서 웬 독이란 말인가. 하지만 다른 이도 아닌 백호의 말이다. 의문을 가질 이유가 없었다.

백호가 입에 머금었던 죽을 뱉어 내며 그럴 리가 없다는 듯 중얼거렸다.

"무림맹에서 벌써 우리가 있는 곳을 알아차렸을 리가 없는데……."

그럴 리는 없다 생각했지만…… 그럼에도 그게 아니라면 설명이 되지 않는다. 월하린이 뭔가 상황이 좋지 않다는 걸 직감했는지 자리에서 일어나며 말했다.

"아무래도 여길 빠져나가야 할 것……."

월하린이 말을 내뱉고 있을 때였다.

백호가 갑작스럽게 자리에서 일어나며 재빠르게 그녀를 한 손으로 안으며 회전했다. 동시에 창밖에서 수십 개의 암기들이 쏟아져 들어왔다.

땅에 착지한 백호의 주먹이 그대로 바닥에 틀어박혔다.

타아앙!

바닥이 부서지며 방패처럼 양옆으로 솟구쳐 올랐다. 그리고 이어지는 암기들은 그 부서진 바닥에 막혀 사방으로 나뒹굴었다.

재빠른 움직임으로 순식간에 날아드는 암기들을 무용지

물로 만들었을 때다.

창문을 통해 무엇인가가 툭 하고 날아들었다.

그리고 동시에 그것에서 연기가 피어올랐다.

연기를 맡는 순간 백호는 그것의 정체를 알아차렸다.

독분이다.

그리고 월하린 또한 마찬가지였다. 그녀는 소매로 황급히 코를 틀어막으며 말했다.

"위험해요!"

"꽉 잡아."

백호는 월하린을 안은 채로 곧바로 창문을 향해 몸을 날렸다. 그의 몸이 창을 부수고 곧바로 아래로 떨어졌다. 그리고 이내 땅에 닿으려는 순간 가볍게 회전하며 착지했다.

타악.

땅에 내려선 백호는 천천히 주변을 둘러봤다.

언제부터였을까?

주변을 뒤덮고 있는 수많은 자들을 바라보는 백호의 표정이 냉랭하게 돌변해 있었다. 멀리서 암기를 쏘아 냈던 자들이 백호가 뛰어내리기 무섭게 거리를 좁히고 포위망을 완성한 상태였다.

열 명이 넘는 숫자.

하나같이 비범한 기운을 풍기는 그들이 백호와 월하린을

향해 살기를 뿜어내고 있었다.

한눈에 봐도 범상치 않아 보이는 이들.

백호가 한 손에 월하린의 허리를 감싸 안은 채로 입을 열었다.

"너흰 누구냐?"

백호의 질문에 무리 중 가장 앞에 선 까칠해 보이는 중년 사내가 말했다.

"사천당문이다."

무림맹을 지탱하는 오대세가의 하나, 그리고 개중에서도 독과 암기술로는 중원에서 따를 자가 없다 알려진 사천당문의 정예들이었다.

어떻게 된 것인지는 알 수 없었지만 무림맹이 완벽하게 자신들의 뒤를 잡은 것이다.

중년 사내가 나지막이 입을 열었다.

"항복해라. 그렇지 않으면 둘 다 이곳에서 죽는다."

제8장. 천라지망
― 도망칠 곳은 없다

 백호와 월하린의 앞을 막아선 십여 명의 사천당문의 무인들. 그들을 이끄는 자는 다름 아닌 당화룡(唐火龍)이라는 자였다.

 사천당문의 다음 대 가주 후보로 손꼽히는 그는 무림에서 알아주는 절정 고수였다. 물론 백호에 비한다면 무공 실력은 한참 아래였지만, 독을 이용하는 사천당문의 특성상 결코 얕봐선 안 될 인물이다.

 더군다나 지금 이곳에 있는 것은 이들 사천당문 무인들이 전부가 아니었다.

 가장 먼저 모습을 드러낸 것이 이들일 뿐이지 점점 많은 이들이 이곳 연운 객잔 주변으로 몰려들고 있었다.

백호는 멀리 떨어진 곳에서부터 천천히 활동 반경을 좁혀 오는 인기척을 감지했다.

'뭐지? 인근에서 기다리지 않았다면 이렇게 완벽한 포위망은 불가능한데…….'

지금 상황은 어찌어찌 근방에 있던 무림맹의 무인들에게 들킨 게 아니다.

마치 지금쯤이면 자신들이 이곳 정도에 왔을 걸 예측하고, 완벽하게 포위망을 구축하지 않고서야, 이토록 많은 무인들이 인근에서 갑작스럽게 들이닥친다는 건 말이 되지 않는다.

내심 당황하면서도 백호는 여유를 잃지 않았다.

"너희들로 날 막겠다고? 그건 무리일 텐데."

"잘난 척은. 네놈 정도라면 알 텐데 우리가 전부가 아니라는 것 정도는."

말을 마친 당화룡이 동그란 암기를 하나 꺼내었다.

천화통이라 불리는 암기로, 저 조그마한 구 속에 무려 수백 개에 달하는 비침들이 담겨져 있다. 가까이에서 터진다면 피하는 것이 쉽지 않은 암기 중 하나였다.

천화통을 든 채로 당화룡이 마지막으로 경고했다.

"다시 한 번 말한다. 항복해라. 너희들은 절대 이곳에서 도망칠 수 없다. 이 마을을 기점으로 수천 리가 넘는 범위는 이미 모두 포위됐으니까."

엄청난 범위가 모두 포위되었다는 말에 월하린의 안색이 굳어졌다. 수천 리의 범위를 포위할 정도라면 얼마나 많은 무인들이 투입되었다는 말인가.

월하린이 떨리는 목소리로 입을 열었다.

"설마…… 천라지망(天羅地網)?"

"맞다. 그걸 알았으니 도망칠 수 없다는 것도 알 테지?"

하늘을 날아도, 땅을 파고 숨어도 도망칠 수 없다는 포위망.

천라지망을 펼치기 위해 수천 명이 넘는 무인들이 투입되었을 테고, 그들 모두 무림맹에 소속된 정예의 실력을 지녔을 게다. 그런 그들이 완벽하게 자리를 잡고 조여 오는 천라지망은 사냥에 가까웠다.

자신만만하게 당화룡이 말을 내뱉을 때였다.

백호가 품에 안은 월하린을 더욱 강하게 잡아당기며 입을 열었다.

"도망칠 수 있는지 없는지 한번 볼까?"

"결국 그렇게 나오시겠다?"

항복할 의사가 없다는 걸 재차 확인한 당화룡은 더는 설득할 생각 따위는 없었다. 애초에 명령은 단순했다.

항복을 권해 보고, 명령을 따르지 않을 시에는 추살(追殺)하라.

당화룡의 손에 들렸던 천화통이 툭 소리와 함께 잠금장치가 풀려졌다. 그러고는 이내 천화통이 백호를 향해 날아들었다.

타앙!

땅에 떨어지는 순간 굉음과 함께 천화통이 폭발했다. 연기와 함께 안에 감춰진 수백 개의 비침이 쏟아져 나왔다.

타라라랑! 타앙!

쉿소리가 이어지듯이 터져 나오며 비침들이 백호를 향해 날아들었다.

백호가 손바닥을 펼쳤다.

쿠아아아아아앙!

바람이 휘몰아쳤다. 빠르게 밀려든 바람의 기운이 동시에 사방으로 쏟아져 나가며, 귀가 떨어져 나가는 게 아닌가 하는 착각을 불러일으킬 정도로 큰 굉음을 토했다.

그러자 날아들던 비침들이 방향을 바꾸고 이리저리 튕겨 나갔다.

"피해!"

천화통을 던졌던 사천당문 무인들은 도리어 자신들에게 날아드는 비침을 보며 황급히 사방으로 나누어져야만 했다. 그리고 바로 그 순간 백호의 눈이 빛났다.

'지금!'

그들 사이에 틈이 생겼다.

이들하고 싸움질이나 하고 있기에는 주변에 몰려드는 숫자가 너무 많았다. 백호는 최대한 빠르게 이들을 따돌리고 움직여야 한다는 걸 알고 있었다.

타앙!

백호가 그대로 내달리며 앞에 있는 벽을 밟고 수직으로 뛰어올랐다. 순식간에 지붕 위에 착지한 백호는 누가 그 뒤를 쫓기도 전에 반대편으로 날았다.

타앙! 탕!

백호의 발이 기왓장을 밟으며 연신 튕겨져 나갔다.

그의 몸이 새처럼 허공을 날았다.

갑작스럽게 변해 가는 주변의 모습에 월하린이 놀란 듯 백호의 목을 꽉 껴안았다. 몇 번이나 경험해 본 일이지만 이 속도는 정말 적응이 되지 않는다.

마구 내달리던 백호의 발이 어느 지점을 밟았을 때였다.

투욱.

갑자기 발이 아래로 빠지면서 백호의 균형이 무너졌다. 갑작스러운 상황에 백호는 놀라면서도 황급히 대처했다. 그는 한쪽 손으로 바닥을 짚으며 몸을 날렸다.

그 순간 바로 아래의 구멍에서 날카로운 쇠로 연결된 그물 하나가 솟구쳤다.

하늘로 날아오른 그물이 백호를 덮쳐 왔다.

"체엣!"

백호는 빠르게 요력을 내뿜으며 손을 휘저었다. 눈 깜짝할 사이에 자라난 손톱이 쇠로 만든 그물을 단번에 갈라 버렸다.

허나 그게 전부가 아니었다.

"저기다!"

외침과 함께 지붕 위, 양옆에서 검을 든 무인들이 번개처럼 날아들었다.

촤아악! 촤악!

검을 피해 낸 백호는 그대로 손바닥을 휘둘렀다.

터엉!

두 명을 동시에 지붕 아래에서 떨어트린 백호는 급히 주변을 두리번거렸다. 아래에는 어느새 많은 수의 무인들이 달려오고 있었다.

'끝도 없군.'

사천당문 무인이 한 말은 사실이었다.

인근은 완전히 포위가 된 모양이다. 무인들의 숫자는 셀 수도 없었고, 그들은 하나같이 백호가 이곳에 올 걸 알았다는 듯이 준비되어 있었다.

그 사실이 의문스러웠지만…….

그런 고민을 하기에는 상황이 너무 다급했다.

타앙!

미간을 향해 날아드는 화살을 피하기 위해 백호가 몸을 젖혔다. 아슬아슬하게 화살을 피해 낸 백호는 황급히 품에 안은 월하린에게 말했다.

"괜찮아?"

"괜찮아요. 그보다 숫자가 너무 많아요."

"알아. 어디로든 도망쳐야 할 것 같은데……."

사방에서 적이 밀려온다. 어디로 도망쳐야 이들에게서 가장 안전하게 빠져나갈 수 있을까?

월하린의 머리가 빠르게 회전했다.

천산으로 가려면 북쪽이나 서쪽 둘 중 하나로 향해야 보다 빠르게 도착할 수 있다. 하지만 북쪽은 안 된다.

이곳에서 북쪽으로 조금만 움직이면 다름 아닌 무당산.

무당산에는 구파일방 중 수위를 다투는 무당파가 있다. 그쪽으로 간다는 건 곧 이 천라지망을 더욱 견고하게 만드는 것과 다름없다.

그렇다면 남은 건 서쪽.

"서쪽, 서쪽으로 가요!"

월하린이 황급히 소리쳤다.

이곳에서 멀지 않은 곳에 죽산이라는 산이 있다. 죽산을 통해 섬서로 빠지고, 그 이후에 아예 방향을 틀어 몽골로 향하는 게 이 천라지망에서 벗어날 수 있는 가장 확률 높은 판단이었다.

보통의 무인이라면 산에서 움직임이 느려지기 마련, 그렇지만 백호는 아니다. 오히려 산이라면 그들을 따돌리기 더욱 쉬워질 것이다.

서쪽으로 방향이 잡히자 백호는 더는 망설이지 않았다.

"꽉 잡아!"

말과 함께 백호는 그대로 허공으로 도약했다. 그의 몸이 하늘 높이 치솟더니, 순식간에 아래에 포위하고 있는 무인들을 넘어 멀찍이 떨어져 내렸다.

물론 그렇다고 해서 그곳에 아무도 없는 건 아니었다. 천라지망이라는 것 자체가 빠져나갈 틈을 주지 않는 넓은 포위망이다.

백호가 착지하는 인근에도 많은 무인들이 대기하고 있었다.

"못 간다! 이노옴!"

노고수 하나가 재빠르게 다가오며 검을 휘둘렀다. 그의 검이 순식간에 여러 개로 나눠지는 것 같은 변화와 함께 내력을 쏟아 냈다.

쩌어어엉!

검이 백호의 뒤편에 있던 벽을 갈라 버렸다.

벽에 검이 틀어박히는 아주 짧은 찰나, 백호에겐 그 정도면 충분했다. 그의 주먹이 정확하게 노인의 명치에 틀어박혔고, 곧바로 내력이 폭발하듯 밀려 나왔다.

쿠카캉!

노인은 그대로 밀려 나가며 뒤편에서 달려오던 이들을 향해 날아갔다.

"으앗!"

날아드는 노인에 잠시 시야가 가려졌을 때였다. 황급히 노인을 받아내는 순간 이미 백호는 그들의 위를 지나쳐 가고 있었다.

순식간에 포위망을 뚫어버린 백호의 뒤편에서 무인들이 소리쳤다.

"놈이 빠져나간다!"

"쫓아!"

시끄러운 고함 소리들을 뒤로한 채 백호는 계속해서 앞으로 달렸다. 방향을 잡고 움직이는 백호를 막는 건 결코 쉬운 일이 아니었다.

그는 몇 차례나 자신의 앞을 가로막는 자들을 제압하며

순식간에 거리를 벌렸다.

격렬한 싸움이 벌어졌지만 놀랍게도 죽은 이는 단 하나도 없었다. 이 모든 건 사전에 월하린이 한 말 때문이었다.

그녀는 혹여나 도망치다가 무림맹 무인을 만나게 돼도 절대 죽여서는 안 된다고 백호에게 신신당부를 했다.

누명은 언젠가 벗겨질 테고, 그때를 위해 살생을 하지 말자는 것이었다. 번거롭긴 했지만 백호 또한 월하린의 말이 틀리다 생각하지 않았다.

그랬기에 백호는 이같이 위급한 상황에서도 상대에게 부상을 입힐지언정 죽을 정도로 강력한 일격은 자제하고 있었던 것이다.

일각가량을 내달려 일 차 저지선을 뚫어 낸 백호는 잠시 숨도 돌릴 겸 조금 더 명확하게 목적지를 확인하기 위해 멈추어 섰다.

백호가 월하린을 향해 시선을 돌리며 입을 열려다가 멈칫했다.

자신에게 안겨 있는 그녀의 상태가 뭔가 이상하다는 걸 알아차린 탓이다.

백호가 놀란 얼굴로 물었다.

"그런데 너 안색이 왜 그래? 어디 안 좋아?"

"아뇨, 괜찮아요."

월하린이 애써 웃으며 대답했다.

하지만 어찌 그 말을 곧이곧대로 믿겠는가. 월하린의 얼굴은 새빨갛게 변해 있었고, 드러난 목덜미에는 붉은 반점이 곳곳에 새겨져 있었다.

백호가 심각한 표정으로 자신을 바라보고 있자 월하린이 재차 괜찮다는 듯 말했다.

"전 정말 멀쩡해요. 그러니까 걱정 말고 우선은 서쪽에 있는 죽산으로……."

말을 하는 월하린의 입술을 타고 피가 주르륵 흘러나왔다. 피를 토하는 걸 보는 순간 백호의 목소리가 커졌다.

"멀쩡하긴 뭐가 멀쩡해! 이게 멀쩡한 거야?"

백호는 황급히 월하린을 바닥에 눕히고는 그녀의 상태를 살폈다.

한눈에 봐도 월하린의 상태는 좋지 않았다.

왜 여태까지 몰랐을까?

백호는 자신을 탓했다.

그가 낮게 갈라진 목소리로 물었다.

"언제부터 이런 거야?"

"처음 사천당문이 나타났을 때요. 객잔 방에 있을 때 터졌던 독분에 중독되었었나 봐요."

"멍청아, 그러면 말을 해야지."

"제가 이렇게 독에 중독된 걸 알면 당신 신경 쓰일 거잖아요."

"아무리 그래도······."

"어차피 그곳을 빠져나오기 전까진 이렇게 상태를 살필 여력도 없었어요. 괜히 당신 마음 불편하게 하는 것보다 이게 낫다고 판단해서 아무 말 안 한 거예요. 아직 버틸 만하니까 어서 가요."

"우선 의원에게 가자. 그렇지 않으면 너 위험해."

백호는 월하린을 다시금 안아 올리며 왔던 길을 거슬러 가려고 했다. 그 순간 월하린이 손을 뻗어 그의 옷깃을 잡았다.

"안 돼요."

"안 되긴 뭐가 안 돼? 우선은 살아야 될 거 아냐. 살아야 뭘 해도······."

"백호, 아직도 모르겠어요?"

월하린이 백호의 두 눈동자를 뚫어져라 바라보며 천천히 말을 이었다.

"여기서 잡히면 둘 다 죽어요. 우리에게 살길은 어떻게 든 이 천라지망을 벗어나서 그들의 포위망에서 완전히 벗어나는 길뿐이에요."

"이대로 버티기엔 네 상태가 너무 안 좋아."

"버틸 수 있어요. 어떻게든 버틸 테니까 그냥 가요. 잡히면 정말로 당신은……."

월하린은 쉬이 입이 떨어지지 않았다.

고통스러워서가 아니다. 이곳에서 머뭇거리다 잡히면 어찌 될지 너무 잘 알아서다.

이미 그녀는 백호를 구할 때부터 목숨을 걸었다.

사천당문의 독이었기에 그냥 내공만으로 해독하는 건 무리가 따랐다. 제대로 된 해독약이 필요했지만, 지금은 그런 걸 구할 수 있을 리 없었다.

월하린은 내상을 입은 상태로도 계속해서 내공을 움직이며 독기에 저항했다.

지금 그녀가 할 수 있는 건 그런 것밖에 없으니까.

괴로운 표정을 지은 채 자신을 내려다보는 백호를 향해 월하린이 웃어 보였다. 속은 뒤집혔지만 그래도 백호에게 걱정을 주고 싶진 않았다.

"며칠은 충분히 버틸 수 있어요. 의원은 그때 만나도 되니까 지금은 우선 천라지망부터 빠져나가는 것만 생각해요. 알았죠?"

백호는 쉬이 대답할 수 없었다.

월하린은 버티겠다고 말하고 있지만, 그래도 지금 그녀의 고통이 얼마나 클지는 본인만이 아는 것이다.

당장 의원에게 가자는 말이 목구멍까지 치민다.

그렇지만 힘을 내서 일어나는 월하린을 보고 있자니 차마 그런 말이 나오지 않는다.

월하린이 백호의 앞으로 다가왔다.

그러고는 양팔을 벌려 망설이고 서 있는 백호를 꽉 끌어안았다. 백호의 가슴팍에 얼굴을 파묻은 월하린이 자그마한 목소리로 말했다.

"아, 편하다."

실실 웃으며 말하는 월하린의 목소리가 오히려 더 마음을 아프게 만든다.

월하린이 백호를 꽉 안은 채로 고개만 치켜들었다. 그녀는 웃는 얼굴로 백호를 바라봤다. 말은 하지 않았지만, 그녀의 표정은 백호에게 이야기하고 있었다.

괜찮으니까 어서 가자고.

그 표정을 말없이 응시하던 백호가 힘겹게 고개를 끄덕였다.

"……그래. 가자."

백호가 월하린을 꽉 끌어안았다.

백호는 계속해서 달렸다.

쉼 없이 달렸고, 또 누구보다도 빠르게 움직였다. 그렇지만 천라지망이라는 건 백호의 생각보다 훨씬 더 집요한 포위망이었다.

그들은 엄청난 머리 숫자를 동원해 인근을 겹겹이 둘러싸고 있었다.

반 각 정도를 달리다가 한 무리를 만나 싸움이 벌어지고, 그걸 끝내고 또다시 반 각 정도를 움직이면 다른 자들이 모습을 드러낸다.

그러기를 무려 몇십 차례를 반복했을까?

월하린을 안고 달리고 있던 백호가 힘겹게 발을 멈추어 세웠다.

"끄응."

나지막한 신음 소리.

월하린이 그런 백호를 걱정스레 바라봤다. 백호는 아까 전에 싸우던 도중 한 명에게 일격을 허용했고, 그 탓에 배쪽에 길게 찢어진 상처가 생긴 상태였다.

치명상은 아니었지만 언제 끝날지 모르는 싸움이 계속되는 지금 이 정도 부상이라도 쉽게 보기 어려웠다. 백호는 잠시 한 손으로 배를 어루만지다 히죽 웃었다.

자신을 향해 걱정스러운 표정을 짓고 있는 월하린 때문이다.

"많이 아파요?"

"내 걱정은. 네가 훨씬 더 안 좋아 보이거든?"

백호가 웃으며 대꾸했다.

그런 백호의 말에 월하린 또한 심각한 상황에 어울리지 않게 실소를 흘렸다.

지금 자신의 모습을 볼 수는 없었지만, 아마 백호의 말대로 꼴이 말이 아니리라.

백호가 그녀의 머리를 쓰다듬으려다가 멈칫했다. 손에 진득하게 묻은 피 때문이다.

잠시 멈추어 서서 호흡을 고르던 백호가 나지막이 감탄의 말을 내뱉었다.

"그나저나 대단하네. 이런 포위망은 난생처음이야. 대체 언제 끝나는 거지?"

무려 사흘 가까운 시간이 흘렀다.

그동안 백호와 월하린 둘 모두 한숨도 자지 못했고, 물조차 제대로 마시지 못했다. 계속해서 싸웠고, 또 계속해서 달렸다.

그 덕분에 목적지인 죽산은 코앞에 다다라 있었다.

문제는 이곳까지 왔음에도 불구하고 아직도 무림맹 무인들이 펼친 천라지망은 견고하다는 거다. 아니, 오히려 점점 무인들을 만나는 주기가 짧아지고 있다.

그만큼 더 많은 무인이 있다는 소리다.

그런 백호를 향해 월하린이 담담하니 말했다.

"죽산에 들어서면 아마 포위망에 구멍이 생길 거예요. 죽산은 내려오는 길이 샛길까지 포함하면 숫자를 헤아리기 힘들 정도로 많거든요. 제아무리 무림맹이라고 해도 그 모든 길을 완벽하게 막는 건 불가능해요."

오래전부터 준비해 왔던 천라지망이라면 모를까 고작 며칠이다. 물론 그 며칠이라는 시간 안에 만든 것치고는 무척이나 촘촘하긴 했지만 여기까지가 전부일 게다.

점점 무인들이 많아지고 있는 건, 무림맹도 자신들이 죽산에 들어서면 잡기 어려워질 것을 알고 있기 때문이리라.

그래서 죽산에 들어가기 전에 승부를 보려는 것이다.

월하린은 창백해진 얼굴로 백호에게 힘내라는 듯이 말했다.

"곧 끝날 거예요. 그러니 그때까지만 힘내요."

"난 상관없어."

백호의 걱정거리는 자신이 아니었다.

부상을 입기도 했고, 체력적으로 많이 지친 것도 사실이다. 그렇지만 그게 못 버틸 정도는 아니었다. 체력 하나라면 누구보다도 뛰어나다 자부했으니까.

백호의 걱정은 오로지 월하린뿐이다.

버텨 내고는 있지만 그녀의 몸에는 많은 변화가 있었다.

손가락 끝부터 해서 거뭇거뭇한 빛이 감도는 것이, 독기가 점점 그녀의 장기로 향하고 있다는 걸 말해 줬다.

'시간이 그리 많지 않아.'

입으로 말하지 않았지만 백호는 알고 있었다.

월하린이 버텨 내고는 있었지만, 그것도 이제 긴 시간이 남지 않았다. 곧 월하린은 한계에 부닥칠 것이고 그렇게 된다면 여태까지 눌려 있던 독기가 순식간에 그녀를 집어삼킬 것이다.

해독약이 없는 지금 그런 그녀를 살릴 방도는 없었다.

백호는 답답했다.

사천당문의 독이라면 그냥 의원을 찾는다 해도 딱히 방도가 나오지 않을 수도 있다. 그랬기에 시간은 더 촉박했다.

백호는 더는 이렇게 서 있을 시간이 없다 생각했는지 그녀를 더욱 강하게 안았다.

그러고는 머뭇거리지 않고 곧바로 목적지인 죽산 방향으로 다시금 내달렸다. 백호의 품에 안긴 월하린이 가만히 눈을 감았다.

졸음이 밀려오기도 했지만, 자는 건 아니다.

만약 지금 같은 상황에 잠시라도 정신을 잃는다면, 그 즉시 독기가 몸을 잠식할 걸 그녀 또한 잘 알고 있었다.

백호는 그런 그녀를 안타까운 눈으로 바라보며 입술을

깨물었다.

'살려야 한다. 월하린이 죽는다면……'

언제부터 이렇게 된 걸까?

이 여인이 죽는다면 백호는 살아갈 자신이 없었다.

백호의 다급한 발걸음, 그는 누구의 방해도 받지 않기를 바랐다. 그렇지만 그런 백호의 바람은 오랜 시간이 지나지 않아 허망하게 날아가 버렸다.

달려가는 백호의 앞을 일련의 무리가 바람처럼 가로막았다. 하지만 달리는 와중에 이미 누군가가 있음을 감지했던 백호였기에 사방에서 쏟아지는 공격을 당황하지 않고 대처했다.

타앙!

땅을 밟으며 회전한 백호의 손아귀에 기운이 밀려들었다.

번쩍!

빛과 함께 밀려 나간 힘은 거대한 회오리가 되어 떨어져 내리는 이들을 집어삼켰다.

쿠와아아앙!

인근에 있던 나무들이 모두 쓸려 나갈 정도로 어마어마한 장력. 개방의 강룡십팔장을 빠르게 구사한 백호는 단숨에 여덟 명에 달하는 무인들을 제압했다.

그런 백호의 모습에 앞을 가로막았던 이들 중 하나가 놀란 듯 중얼거렸다.

"저건 본문의 강룡십팔장이거늘 어찌 저런 괴물 놈이……."

백호를 막아선 자들 중 하나는 개방의 무인이었다.

그랬기에 그는 단번에 백호가 펼친 무공이 강룡십팔장이라는 걸 알아차렸다. 그렇지만 한가하게 그것에 대해 설명할 여유도, 이유도 없었다.

백호는 그대로 발을 내질렀다.

퍼억!

한 명이 황급히 막아 냈지만 백호의 힘은 상상 이상이었다. 막아 낸 팔이 기이한 방향으로 꺾이며, 발에 차인 상대는 그대로 널브러졌다.

그리고 곧바로 반대편 발로 개방 무인의 안면을 걷어찼다.

뻐엉!

소리와 함께 날아갔지만 이번 상대는 공격을 막아 낸 모양이다. 허공에서 공중제비를 돌며 착지한 사내의 손에서 한 줄기의 얇은 기운이 흘러나왔다.

쇄심지(碎心指)라 불리는 개방의 지법이다.

타아아앙!

지법은 빛을 머금으며 백호를 향해 날았다. 커다란 내력이 담겨 있었지만, 백호는 날아드는 쇄심지의 방향을 그대로 바꾸어 버렸다.

그 순간 개방도가 납작한 봉 하나를 들고 달려들었다.

그저 이상한 모양의 나뭇조각이라 생각했는데 막상 마주하게 되니 그 위력이 보통이 아니다. 백호는 검을 들어 황급히 공격을 받아 냈다.

탁탁탁!

연신 날아드는 봉은 큰 힘이 실려 있었다.

문제는 이 봉만이 아니다. 봉법과 함께 펼쳐지는 개방의 취팔선보(醉八仙步)는, 월하린을 안고 있고, 사흘 동안 쉬지도 못하고 싸워서 지쳐 있는 백호를 단번에 수세로 몰아넣었다.

'흐름을 뺏겼어.'

한 번 기세를 타자 개방도는 무섭게 백호를 몰아쳤다. 위험한 상황이 있는 건 아니었지만 한시가 급한 백호는 조급해졌다.

백호가 어떻게든 공격을 펼치려 하는 순간 취팔선보가 급격하게 변화하며 예상치 못한 일격이 쏟아졌다. 그의 손에 들린 봉이, 그리고 반대편 손에서는 장력이 쏟아져 나왔다.

공격을 하기 위해 앞으로 다가가던 백호는 그 일격에 화들짝 놀랐다.

장력이 향하는 곳이 다름 아닌 월하린을 안고 있는 가슴팍이었기 때문이다. 백호는 공격을 멈추고 그대로 몸을 비틀었다.

떨어져 내리는 봉과 장력이 동시에 백호의 등을 두드렸다.

쿠앙!

백호가 피를 토하며 나뒹굴었다.

그 와중에도 백호는 양손으로 월하린을 꽉 안고 그녀에게 충격이 가지 않게 대처했다. 몇 바퀴 바닥을 굴렀던 백호는 등뼈가 부서질 정도로 아팠지만 자리에서 벌떡 일어났다.

백호가 자신의 품에 안긴 월하린을 바라보며 황급히 말했다.

"괜찮아?"

월하린이 그런 백호를 향해 고개를 끄덕였다.

그렇지만……

"우웩."

월하린의 입에서 검은 피가 터져 나왔다.

그걸 본 순간 백호의 두 눈에서도 불똥이 튀었다.

내장이 상했다. 가뜩이나 독에 중독당한 상황에 개방도가 펼쳤던 일격이 월하린에게까지 충격을 주었던 것이다.

그 탓에 간신히 버티고 있던 내력이 요동쳤고, 순식간에 독기가 그 빈틈을 파고들었다.

백호가 분노한 얼굴로 고개를 치켜들었을 때다.

기회라 여기고 개방도가 달려들고 있었다. 화가 난 백호가 낮게 소리쳤다.

"이이!"

백호의 모습이 빠르게 요괴로 변하고 있었다. 그리고 동시에 요력이 실린 주먹이 달려드는 개방도의 머리통을 내려쳤다.

뻐억!

단 일격에 개방도는 정신을 잃고 땅에 처박혔다.

백호는 화가 났는지 손톱을 일으켜 세웠다. 당장에 저놈의 목을 잘라 버리고, 시체를 갈가리 찢어야 성이 풀릴 게다.

하지만 그런 그를 말린 건 월하린이었다.

"백호……."

손을 들어 올리던 백호가 멈칫했다. 그런 그를 향해 월하린이 입을 열었다.

"죽이지 말아요. 죽이면 정말로 당신이…… 이 모든 죄를 뒤집어쓸 거예요."

처음부터 월하린은 계속 말해 왔다.

절대 죽여선 안 된다고. 죄를 뒤집어쓴 건 억울했지만, 그렇다고 해서 자신을 잡으려 하는 이들을 모두 죽인다면 정말로 백호는 살인귀가 되고야 만다.

그렇게 된다면 훗날 누명이 벗겨진다 해도 달라지는 건 없다.

그랬기에 참아야 했다.

백호는 이를 악물었다.

월하린의 말뜻을 모르는 건 아니다. 그렇지만 월하린이 죽는다면 그게 다 무슨 소용이란 말인가.

울분이 치밀었지만 백호는 참아 냈다.

"알았어. 참지."

말을 마친 백호는 앞을 바라봤다.

아직까지 몇몇 무인들이 버티고 서 있었다. 그렇지만 그들은 백호의 무력에 놀란 표정이 역력했다. 백호는 그들을 무서운 눈으로 노려봤다.

지금은 참는다.

하지만 이들은 알아야 한다.

월하린이 아직까지 살아 있으니 참는 것뿐이지, 만약 그녀에게 안 좋은 일이 벌어진다면 그땐…… 결코 이렇게 손 속에 사정을 두지 않을 것이라는걸.

백호는 월하린을 강하게 안으며 도약했다.

타악.

그의 발이 옆에 위치한 나무 둥지를 박차고 허공으로 날아올랐다. 놀라 있던 무인들이 황급히 뒤를 쫓았지만, 그들로서는 백호를 잡는 건 무리였다.

월하린을 안은 채로 백호는 쏜살같이 달려 나갔다.

배에 입은 상처가 벌어지며 연신 피가 떨어져 내렸지만 백호는 내색하지 않았다. 억지로 찢어진 부위를 손으로 누르며, 그는 계속해서 움직였다.

자신의 부상보다도, 점점 약해져가는 월하린의 숨소리가 백호를 조급하게 만들었다.

"정신 차려! 내가 어떻게든 널 살릴 테니 조금만 더 버텨!"

"……."

백호의 고함에도 월하린은 대답하지 않았.

아니, 못했다고 해야 맞을 것이다. 그녀는 이제 대답할 힘조차 남지 않았는지 게슴츠레하니 눈을 뜨고만 있을 뿐 별다른 행동을 취하지 못했다.

'……이대로 가다가는 월하린은 죽어.'

백호의 머리가 빠르게 회전했다.

도망치는 것도 중요하지만 월하린이 죽는다면 그것이 무슨 의미가 있단 말인가. 월하린을 살리는 것이 우선이다.

그렇다면 과연 지금 상황에서 월하린의 상태를 회복시킬 수 있는 가장 확실한 방법이 무엇일까?

뛰어난 의원이라면 사천당문의 독을 해결할 수 있을 게다. 그렇지만 그런 의원을 죽산 인근에서 구하는 건 말도 안 되는 소리다.

답은 하나였다.

사천당문!

놈들이 푼 독이다. 그러니 해약 또한 그들이 지니고 있을 터. 다만 문제는 그들에게 가서 해약을 구한다는 건 곧 무림맹 무인들 사이로 뛰어들어야 한다는 말과 같다.

죽으러 달려드는 것과 다를 바 없는 행동.

그렇지만 백호는 그런 말도 안 되는 짓을 성공시켜야만 했다. 그러기 위해서는 우선 월하린을 어딘가에 데려다 둬야 했다.

지금처럼 월하린을 안은 채로 무림맹 무인들 틈으로 파고드는 건 그녀를 죽이는 행위와 다름없었다.

조금의 충격으로 이토록 큰 내상을 입었다.

무인들 숫자가 얼마나 많을지 모르는 상황에서 그녀와 함께한다는 건 무리였다.

백호의 눈앞에 가파른 경사가 들어왔다.

'죽산이다!'

드디어 일 차 목적지였던 죽산의 초입에 다다랐다. 요괴가 된 상태의 백호는 더더욱 민첩해진 상태였다. 백호의 몸이 순식간에 산길을 거슬러 내달렸다.

주변으로 무인들이 몰려오는 소리가 들렸지만 백호는 그들이 쫓기엔 너무 빨랐다.

요괴화가 된 몸, 그리고 월하린에 대한 걱정이 그의 상태를 극한까지 끌어 올렸다.

백호는 달리는 와중에도 주변을 두리번거렸다.

이 각가량을 달리자 백호는 어느새 죽산의 꽤나 높은 고지까지 도달할 수 있었다. 근방을 살피며 달리던 백호의 눈에 이내 입구가 좁은 동굴 하나가 모습을 드러냈다.

백호는 동굴을 발견하는 순간 급히 방향을 틀었다.

그는 월하린을 안은 채로 어두운 동굴 안으로 걸어 들어갔다.

백호의 후각이 빠르게 동굴 안의 냄새를 맡았다.

다행히 동물 냄새는 나지 않았다.

좁은 입구, 그렇지만 동굴은 생각보다 길었다. 백호는 뒤쫓는 이들에게 들킬세라, 급하면서도 은밀하니 동굴 안을 걸었다.

그러고는 이내 안에 아무런 것도 없음을 확인하고서야 백호는 품 안에 안고 있던 월하린을 바닥에 눕혔다.

게슴츠레하게 눈을 뜨고 있던 월하린의 시선이 백호의 눈과 마주했다.

월하린의 바짝 마른 입술이 움직였다.

"백호, 여긴 왜……."

"내가 약을 구해 올게."

깊은 동굴에서는 한기가 돌았고, 그게 걱정된 백호는 자신의 장포를 풀어 그녀에게 조심스럽게 덮어 주었다.

시간을 끌 사안이 아니었기에 말을 마친 백호가 일어나려고 할 때였다.

월하린의 손이 백호의 소매를 잡았다.

몸을 돌리던 백호가 그녀에게로 눈길을 돌렸다.

"위험한 짓…… 하러 가는 거죠?"

"멍청하긴, 위험한 건 내가 아니라 그놈들이지. 너 그새 잊었나 본데, 나 엄청 위험한 놈이야. 기억 안 나냐? 처음 만났을 때 널 잡아먹으려고까지 했던 거."

걱정스레 말하던 월하린은 백호의 말에 아픈 와중에도 풋 하고 웃음을 흘렸다.

어찌 잊겠는가.

그 강렬했던 첫 만남을.

웃는 월하린을 보자, 백호는 좋으면서도 마음이 아팠다.

얼마나 아플까? 얼마나 힘들까?

항상 웃어 주는 그 모습이 자신에게 얼마나 힘이 되고, 기쁨이 되는지 이 여인은 모를 게다.

백호는 누워 있는 월하린의 머리를 가만히 쓰다듬었다.

"조금만 참고 있어. 해독약 반드시 구해 올 테니까."

"다치지 않게 조심해요."

"조금도 안 다치고 눈 깜짝할 사이에 다녀올게. 그러니까 넌 힘들더라도 잘 버티고 있어."

월하린이 고개를 끄덕였다.

백호는 그런 그녀에게서 시선을 떼기가 쉽지 않았다. 그렇지만 지금은 가야 할 때다.

힘겹게 고개를 돌린 백호, 그런 그를 향해 월하린이 힘겹게 입을 열었다.

"백호."

"응?"

자리에서 일어났던 백호가 고개를 돌려 그녀를 바라볼 때였다. 월하린이 웃으며 말했다.

"사랑해요."

감정이 목구멍까지 치밀어 오른다.

백호는 그런 모든 감정을 가슴에 담은 채로 천천히 입을 열었다.

"……나도."

기쁘지만 왜 이렇게 슬플까?

그녀가 멀어질 것만 같았다. 그런 자신의 불안한 마음을 없애기 위해서라도 백호는 더욱 빨리 움직여야만 했다.

백호는 정신이 점점 혼미해져 가는 월하린을 뒤로한 채로 동굴을 빠져나왔다.

'뭔가 위장할 만한 걸 찾아야 돼.'

백호가 모습을 드러내면 많은 이들이 방향을 바꿔 자신을 쫓을 게다. 그렇지만 월하린과 함께 있지 않는다는 걸 알아차린다면 이 인근을 뒤질 수도 있다.

그랬기에 백호는 월하린으로 위장할 만한 뭔가를 찾아서 들고 달리려 하고 있었던 것이다.

'나뭇가지를 뭉친 다음에 대충 옷을 걸치면······.'

자세히 본다면 들통 나겠지만 어차피 눈속임용이다. 그 정도면 충분할 게다. 그리고 지금 백호에게 그것보다 더 정밀한 뭔가를 만들 시간적 여유도 없다.

백호가 성큼 죽산의 비탈길을 내려가려고 할 때였다. 움직이던 백호는 뒤쪽에서 느껴지는 기운에 당황하여 발걸음을 멈췄다.

백호의 고개가 천천히 뒤로 향했다.

"누구냐?"

믿을 수 없다.

이토록 완벽하게 뒤를 잡히다니.

온몸의 털들이 곤두서는 듯한 느낌마저 밀려든다.

백호의 나지막한 목소리에 나무 뒤에 숨어 있던 누군가가 천천히 모습을 드러냈다.

그자의 정체는 바로……

"알아차릴 줄은 몰랐군."

무덤덤하니 말을 내뱉는 사내, 월천후였다.

제9장. 이별
— 떠나게

"크르릉."

월천후를 보는 순간 백호는 낮게 울음을 토했다.

그런 백호를 향해 월천후는 진정하라는 듯이 양손을 내밀어 보였다. 그러고는 요괴 상태로 있는 백호의 모습을 가볍게 훑어보며 말했다.

"전에도 한 번 보긴 했지만 그 모습은 적응이 안 되는군."

요괴인 백호를 향해 월천후가 중얼거릴 때였다.

"어떻게 날 찾은 거지?"

"내가 누구라고 생각하나?"

월천후의 말에 담겨져 있는 무한한 자신감.

비록 속도만으로는 백호에게 미치지 못하겠지만 무공으로만 본다면 그 반대다.

그리고 백호가 수십 차례 무인들에게 막히는 동안 월천후는 계속해서 그를 쫓았다.

그 덕분에 월천후는 이곳 죽산에서 백호의 뒤를 잡을 수 있었던 것이다.

"대단해. 막아 대는 자들이 없었다면 난 절대 자네를 잡지 못했겠지."

월천후는 순순히 인정했다.

천하제일인인 자신조차도 쫓을 수 없을 정도로 백호는 빨랐다. 그 빠름에 감탄이 절로 나올 정도였지만…….

백호가 짧게 말했다.

"막지 마라."

"흐음, 내가 누군지 잊었나 본데 나는 무림맹……."

"누군지 알아! 그러니까 비키라는 거다! 지금 네 딸이 어떤 상황인지 알기나 해?"

보통 상대라면 이렇게 말을 섞지도 않았을 게다. 그만큼 지금 상황은 다급했으니까.

그렇지만 상대가 월천후니까, 월하린의 아버지이자 천하제일인인 그다. 그런 그에게 달려든다고 해서 승산은 없었다.

백호의 외침에 월천후가 물었다.

"어떤 상황인데 그러나?"

"독에 중독됐어. 사천당문의 독이고, 지금 이대로 뒀다가는 반 시진도 못 버티고 죽을지도 몰라."

"그래?"

"……지금 네 딸 이야기거든?"

"알고 있네."

흥분한 백호와 달리 월천후는 무덤덤했다.

마치 전혀 관계없는 이에 대해 이야기하는 것 같은 모습에 백호는 분노가 치밀었다. 자신의 딸의 생사가 달린 이야기다.

그런데 대체 이 반응은 뭐란 말인가.

월천후는 도우려는 생각이 없어 보였다.

그랬기에 백호는 더는 이야기를 이을 필요성을 느끼지 못했다.

"도울 생각이 없으면 비켜. 최소한 네가 아버지라면 날 막지 않았으면 좋겠군. 네 딸이 죽는 걸 바라지 않는다면 말이야."

백호는 월천후를 밀치며 앞으로 걸어 나갔다.

그때였다.

멀어지려는 백호를 향해 월천후가 입을 열었다.

"아니, 내 딸은 죽지 않아. 그 아이를 살릴 확실한 방법을 알고 있거든."

"방법이 있다고?"

월천후의 자신만만한 말투에 백호는 멈추어 서서 그를 바라봤다. 걸어 나가던 백호는 그대로 방향을 돌려 월천후에게 다가왔다.

백호가 다급한 목소리로 물었다.

"그 방법이 뭔데?"

"아주 간단해."

"그러니까 그게 뭐냐고!"

"자네가 떠나게."

"뭐?"

"뭘 그리 놀라는가. 간단한 해결책 아닌가? 자네가 떠나면 돼. 자네가 떠나면…… 그 아이가 살아."

"미친 자식."

백호가 들을 것도 없다는 듯이 욕설을 내뱉었다.

하지만 그런 백호를 향해 월천후가 말을 이었다.

"왜? 아니라고 생각하나?"

"닥쳐. 월하린은 내가 살려. 내가 그녀 옆을 떠나는 일은 결코 없을 거다!"

백호가 버럭 소리쳤을 때다. 월천후가 고개를 갸웃거리

며 중얼거렸다.

"과연 그게 가능할까? 이미 산 아래는 겹겹이 무림맹 무인들로 둘러싸여 있는데 말이야."

"상관없어. 얼마가 됐든 간에 어떻게든……."

"아, 물론 자네라면 그게 가능할지도 모르지. 그런데 과연 그 긴 시간 동안 내 딸이 버틸 수 있을까?"

"……."

월천후의 그 말에 백호는 반박할 수 없었다.

기세를 몰아 월천후가 이야기를 이어 나갔다.

"얼마나 걸릴까? 요괴로 변한 상태로 미친 듯이 날뛰어도 시간 내에 돌아오는 게 가능할 것 같은가? 자네는 사천당문 무인들이 어디 있는지도 모르지 않는가. 만약 계획대로 성공한다 해도 반나절은 걸릴 텐데. 그때까지 월하린이 살아 있을 확률이…… 눈곱만큼은 되려나?"

"이 새끼가!"

웃으며 말을 내뱉는 월천후의 옷깃을 백호가 와락 움켜잡았다.

꽉 쥐어진 주먹이 단번에 월천후의 얼굴을 날려 버릴 듯 부들부들 떨렸다. 하지만 백호는 주먹을 휘두르지 못했다.

월천후의 옷깃을 움켜잡은 채로 백호가 화난 어투로 말했다.

"네 딸이잖아! 네 딸이라고! 그런데 그냥 이렇게 죽게 놔둘 생각이냐?"

"그게 싫어서 자네에게 말한 것 아닌가. 자네가 내 딸아이 곁을 떠나라고. 그렇게만 한다면…… 그 아이는 내가 살릴 수 있네."

"……"

"자네의 대답을 기다릴 시간이 얼마 없다는 걸 명심했으면 좋겠군. 조만간 다른 무인들도 이곳으로 들이닥칠 거거든. 그땐 나도 방도가 없네."

월천후는 옷깃을 움켜잡은 백호의 손을 쳐 냈다.

그러고는 옷매무새를 만지작거리며 말했다.

"나쁜 조건은 아니라 생각하는데? 자네 옆에 있으면 그 아이는 행복할 수 없어. 알잖은가. 아마 평생을 쫓기며 살겠지. 그런 도망자 인생을 저 아이에게 줄 생각인가?"

"나는……"

물론 싫었다.

월하린과 함께하는 삶은 너무나 좋았지만, 그렇다고 해서 그녀가 평생을 쫓기며 지금 같은 상황에 처하게 만들고 싶지는 않았다.

월하린은 서역으로 도망치면 무림맹의 세력권에서 벗어날 수 있다 말했다. 하지만 과연 그게 언제까지 가능할까?

어쩌면 월천후의 말이 맞을지도 모른다.

자신이 월하린의 옆에 있으려고 하면 그녀는 평생을 무림인들에게 쫓길지도 모른다.

가만히 서 있는 백호를 향해 월천후가 힘을 주어 말했다.

"선택은 자네의 몫일세. 내 딸아이를 죽일지, 아니면 살릴지는."

앞으로의 일도 일이지만, 더욱 중요한 건 지금 당장이다.

월하린은 죽어 가고 있고, 월천후의 말대로 지금 상황에서 사천당문의 무인들을 찾아가 해약을 구한다면 너무 늦어 버릴지도 모른다.

월하린과 함께할 수 없는 건 싫었지만, 그녀가 없는 세상은 더 싫다. 하물며 그것이 비록 누명이긴 하지만 자신으로 인해 벌어진 일 때문이라면 더더욱 견디기 어려웠다.

월천후가 재차 말했다.

"이게 그리 어려운 문제인가? 그냥 떠나면 그만이거늘. 자네가 내 딸을 두고 떠난다면 내가 도망칠 길을 열어 주지."

"떠나고 싶지…… 않아. 부탁할게. 월하린의 옆에 있으면서도 그녀를 살릴 수 있는 방법을 가르쳐 줘."

태어나서 처음이었다.

누군가에게 이토록 간절하게 부탁하는 것은.

그만큼 백호는 두 가지 모두를 포기하고 싶지 않았던 것이다.

절절한 백호의 말에 월천후는 고개를 저었다.

"욕심이 과하군그래. 기본적인 것 아니던가? 하나를 얻으려면 하나를 버리는 건 말일세. 이미 자네는 무림공적일세. 평생을 쫓길 것이고, 자네는 몰라도 결국 내 딸은 슬픈 최후를 맞이하겠지. 아비로서 그런 모습은 보고 싶지 않았기에 이토록 제안을 하는 것일세."

"절대로 못 떠나겠다면?"

백호가 일말의 희망을 담아 월천후에게 말했다.

그래도 아버지라면…… 자신의 딸이 목숨이 걸린 일인데 무엇인가 도와주지 않을까 하는 그런 희망을 가진 채로 말이다.

그렇지만 백호의 희망은 곧바로 산산이 부서졌다.

"내 딸은 죽겠지."

"……왜 그 녀석이 당신을 그토록 그리워했는지 정말 모르겠군."

이런 아버지를 월하린은 왜 그리 그리워하고 찾으려 했는지 모르겠다. 짐승조차도 자신의 새끼는 버리지 않는 법이거늘 이자에게 월하린은 잃어도 전혀 상관없는 패에 불과해 보였다.

백호의 말에도 월천후는 전혀 상관없다는 듯이 말을 이

었다.

"마지막으로 한마디 하지. 고작 두 손으로 하늘을 가릴 수는 없는 법. 제아무리 자네가 강하다 할지라도 결국 결과는 정해져 있네. 자, 이제 시간이 없네. 어서 결단을 내리게."

"……."

백호는 쉬이 대답하지 못했다.

안다.

이미 답은 정해져 있다는 것 정도는. 알지만 입을 열 수가 없었다.

입은 여는 순간 후회할 것이다. 하지만 입을 열지 않으면 더 큰 후회를 해야 할 거라는 것도 안다.

그런 백호를 바라보던 월천후가 하늘을 힐끔 올려다보더니 입을 열었다.

"아무래도 협상은 결렬인 것 같군. 그럼 알아서 잘 내 딸을 살려 보게나. 절대 불가능하겠지만 말이야."

말을 마친 월천후가 몸을 돌려세웠을 때였다.

"……잠깐!"

백호가 버럭 소리쳤다.

그는 멈추어 선 월천후를 바라보다 힘겹게 입을 열었다.

"네 말대로 내가 떠난다면 월하린은 어떻게 되는 거냐?"

"곧바로 산 아래로 데리고 가서 치료를 하겠지. 자네가 빠르게 결정만 내린다면 내 딸의 생명에는 문제가 없을 걸세. 그리고 잠깐은 힘들겠지만 그 아이는 아마도 평생이 행복하겠지. 적어도 쫓기는 삶을 살지는 않을 테니까 말이야."

"……내가 떠나는 게 행복할 거라 자신할 수 있나?"

"물론이지. 그 아이의 아비로서 확신할 수 있다네. 자네는 요괴, 그 아이는 인간. 애초부터 만나선 안 될 운명이었어. 안 그런가?"

상관없다 생각했다.

자신이 요괴고 뭐건 간에 마음만 있으면 어떠한 문제도 생기지 않을 거라 믿었다.

허나 틀렸다.

인간이 아님으로 인해 자신은 모든 누명을 뒤집어썼어야 했고, 이건 비단 이번만의 일이 아닐 게다. 앞으로도 쭉 이럴 것이고, 그때마다 월하린은 위험에 처할지도 모른다.

'나는 요괴, 월하린은 인간……'

그녀에게 왜 이런 마음을 가졌을까?

월천후의 말대로 애초부터 가져선 안 될 마음이었을지도 모른다.

멍하니 서 있는 백호를 향해 월천후가 재촉했다.

"이미 정한 것 아닌가? 어서 결단을 내리게."

"한 번만…… 월하린을 보고 대답하지."

"마음대로. 그렇지만 알아 두게. 이러는 사이에도 그 아이의 목숨은 점점 위험해져."

"알고 있어."

짧게 대답한 백호는 몸을 돌려 곧바로 내려왔던 길을 거슬러 올라갔다. 그리 멀지 않은 곳에 있는 동굴이었기에 백호는 금방 목적지에 도착할 수 있었다.

그리고 자신의 뒤를 쫓던 월천후를 향해 백호가 손을 내밀었다.

"여기까지. 이 안엔 혼자 들어간다. 내 대답은 나와서 하지."

"기다리고 있겠네."

동굴 앞에 잠시 멈추어 섰던 백호가 길게 숨을 내쉬고는 천천히 걸음을 옮겼다. 그의 발걸음에 동굴 내부에 작은 소리가 울렸다.

얼마 걷지 않아 백호의 눈에는 가지런히 누워 있는 월하린의 모습이 들어왔다. 백호가 방금 전 덮어 준 장포를 몸 위에 걸친 채로 월하린은 가만히 누워 있었다.

새하얗게 질린 얼굴, 입가에 딱딱하게 굳은 피.

백호가 그런 그녀의 머리맡에 걸터앉았다.

숨이 가쁘다.

그런 그녀를 보고 있는 백호의 가슴도 무너졌다.

월천후의 말대로다. 지금 자신이 무슨 짓을 한다 해도 이 여인을 살릴 수 없다. 그리고 그건 앞으로도 마찬가지일지도 모르겠다.

자신과 함께하는 이상 평생을 요괴를 도운 악녀나 살인마라 불릴 걸 각오한 월하린이다. 그런 그녀의 마음이 너무나 고마웠지만…… 백호가 원하는 건 그런 게 아니었다.

행복하고, 그리고 안전하게.

그렇게 이 여인이 평생을 살기를 바란다.

누군가의 손가락질이나 욕설이 아닌 따뜻한 시선 안에서 살았으면 한다.

남을 위한 마음.

이런 감정을 가져 본 것은 생전 처음이었다.

자신의 욕심보다는, 사랑하는 상대의 행복을 빈다는 게 어떤 건지 이제는 알았다.

백호의 손이 혼절해 있는 월하린의 머리카락을 어루만졌다. 손가락 사이로 빠져나가는 머리카락들마저도 백호의 마음을 아련하게 만들었다.

'항상 함께하고 싶었다.'

어느 순간부터 마음에 들어왔고…….

'그리고 언제나 지켜 주고 싶었어.'

이 마음만큼은 진심이었다.

점점 약해져 가는 월하린을 바라보던 백호의 마음에 마침내, 어렵지만 꼭 그래야만 하는 확고한 결정이 내려졌다.

가만히 월하린의 얼굴을 쓰다듬던 백호가 조심스럽게 허리를 굽혔다. 그의 입술이 천천히 월하린의 이마에 닿았다.

이마에 입을 맞춘 채로 백호는 눈을 감았다.

입술을 타고 느껴지는 월하린의 미미한 온기가 백호의 몸을 따뜻하게 만들어 줬다.

됐다, 이거면 됐다.

백호의 감은 두 눈가를 타고 눈물이 흘러내렸다. 눈물은 이내 월하린의 이마로 떨어졌다.

가야 한다.

지금 월하린을 살리기 위해서도, 그리고 앞으로 펼쳐질 수십 년 남은 그녀의 인생을 위해서라도.

월천후의 말이 머리를 맴돌며 하나의 생각이 떠오른다.

요괴는 요괴, 인간은 인간.

이제까지 같은 길을 걸어왔지만, 이제는 서로 가야 할 길을 갈 때가 온 모양이다.

백호는 월하린의 이마에 맞췄던 입술을 천천히 뗐다.

입술은 뗐지만 백호는 혼절해 있는 월하린을 아련한 시선으로 바라봤다. 이제 떠나면 다시는 볼 수 없을 얼굴.

얼마나 보고 싶을까?

얼마나 그리워 가슴이 미어터질까?

그랬기에 백호는 월하린의 얼굴을 뚫어져라 바라봤다. 떠나는 이 순간 그녀의 마지막 얼굴을 가슴에 새기기 위해서.

백 년이 지나도, 천 년이 지나도 기억하고 싶을 한 얼굴을.

잠시 월하린의 얼굴만 내려다보던 백호가 마침내 눈을 감았다. 그러고는 이내 몸을 돌려 동굴 입구 쪽으로 걸음을 옮겼다.

백호가 나온 동굴 밖에는 월천후가 자리하고 있었다. 팔짱을 낀 채로 서 있던 월천후는 백호가 모습을 드러내자 입을 열었다.

"결정은 내렸는가?"

"응."

"대답은?"

"데리고…… 가라."

이 한마디가 어찌나 힘든지 입술이 천근처럼 무겁다. 백호의 확답이 떨어지자 월천후가 기다렸다는 듯이 말했다.

"약속은 반드시 지킨다 들었네. 다시는 내 딸의 인생에 끼어들어, 저 아이의 앞길을 망치지 않았으면 하는군."

월천후의 말에 백호는 힘겹게 침을 삼켰다.

싫다는 말이 목구멍 속을 맴돌았지만 차마 뱉어 낼 수 없다.

잠깐이지만 억겁과도 같은 기나긴 시간.

그건 백호의 마음이 얼마나 무거운지를 말해 주는 듯했다. 그러고는 이내 백호가 힘없이 고개를 끄덕이며 대답했다.

"그러지."

"좋아, 그럼 믿도록 하겠네. 자네가 이리 나와 주니 나도 약속은 지키지. 내 월하린을 데리고 내려가서 시간을 벌어 둘 테니 자네도 어서 이곳을 빠져나가게."

말을 마친 월천후는 동굴 안으로 걸어 들어갔다. 그러고는 이내 월하린을 양손에 번쩍 든 채로 바깥에 모습을 드러냈다.

백호는 월천후의 양손에 들린 그녀를 가만히 바라봤다.

이게 마지막이라는 생각에 백호는 자신의 가슴을 움켜잡았다.

심장이 너무 아프다.

그렇지만 백호는 그녀를 잡을 수 없었다.

자신과 함께한다면 월하린이 죽을 거라는 걸 너무나 잘 알았으니까.

'요괴와 인간. 그래, 함께하기엔 우린 애초부터 너무 달랐다.'

월천후가 떠나가려는 순간이었다.

백호가 그의 어깨를 강하게 움켜잡았다. 그러고는 진심이 담긴 한마디를 뱉어 냈다.

"반드시 그 녀석을 지켜 줘."

"내 딸일세. 걱정 말게."

월천후는 그 말을 마치고는 곧바로 발을 옮겼다.

그의 손에 안겨 축 처진 채로 멀어져 가는 그녀를 바라보던 백호의 시야가, 다시금 차오르는 눈물로 인해 희뿌옇게 변했다.

'죽지 말고 살아. 반드시 살아서…… 행복해라.'

그래야 자신이 떠나는 이 모든 게 의미가 있으리라.

심장 부근을 움켜쥐고 있던 백호는 답답하다는 듯이 자신의 가슴을 주먹으로 쾅쾅 두드렸다.

힘 조절도 하지 않고 무지막지하게 휘두른 주먹 탓에 백호는 가슴뼈가 부서질 것처럼 아팠고, 심지어 입으로 피까지 흘러나왔다.

그럼에도 백호는 멈추지 않았다.

수차례나 더 가슴을 두드려 대던 백호가 고개를 하늘 높이 쳐들었다.

날카롭게 자란 이빨을 드러낸 채 백호가 허공을 향해 포효했다.

"크아아아아앙!"

세상에서 가장 구슬픈 울음소리에 죽산이 흔들렸다.

제10장. 변화된 삶
— 저희의 목을 걸죠

 월하린을 떠나보낸 동굴 안.

 그곳에 백호는 홀로 앉아 있었다. 긴 울음소리와 함께 쏟아 냈던 슬픔이 떠날 줄을 몰랐다.

 백호는 심장이 터져 나갈 것만 같았다.

 한 사람을 보낸다는 것이 이토록 괴로운 일일 거라고는 상상도 해 보지 못했다. 월하린을 위해 그녀를 돌려보냈지만, 막상 자신은 이곳에서 떠날 줄을 몰랐다.

 아직까지 남아 있을 것만 같은 그녀의 온기가 백호를 붙잡았다.

 백호가 어두운 동굴 안에서 고개를 묻은 채로 앉아 있을 때였다.

터벅터벅.

동굴 안으로 들어오는 기척에도 백호는 고개를 들지 않았다.

그리고 이내 그 소리의 주인이 거의 코앞까지 다다랐다.

백호는 고개도 들지 않고 짧게 말했다.

"건드리면 죽여 버린다. 꺼져."

"……나야."

목소리의 주인공은 주작이었다. 그녀는 바깥에서 계속해서 백호를 기다렸다. 그렇지만 몇 시진이 지나도 그가 모습을 드러내지 않자 참지 못하고 동굴 안으로 걸어 들어온 것이었다.

목소리를 듣고 상대의 정체를 알아낸 백호가 고개를 슬쩍 들어 올렸다.

그런 백호와 마주한 주작은 자신도 모르게 움찔하고야 말았다. 이처럼 생기 없어 보이는 백호의 눈동자는 처음이다.

"네가 여긴 무슨 일이냐?"

"여기 계속 있으면 위험해. 무슨 이유인지는 모르겠지만 천라지망이 약해졌어. 지금 빠져나가야 돼."

주작이 앉아 있는 백호에게 재촉했다.

말은 그렇게 하고 있지만 주작은 대충 상황을 알고 있었다.

 백호와 월천후의 대면. 그리고 그 이후 죽산 아래로 월하린을 데리고 간 그가 백호의 위치에 대한 오정보를 흘렸다.

 그 탓에 천라지망의 방향이 바뀌었고, 덕분에 죽산 근처의 감시망이 약해진 것이다. 지금 틈을 이용해 빠르게 빠져나가기 위해 주작은 백호를 설득하러 모습을 드러낸 상황이었다.

 주작은 자신의 말에도 미동조차 하지 않는 백호를 보며 답답한지 그의 옆으로 다가갔다.

 "가자니까?"

 "됐다, 귀찮게 하지 말고 가라."

 백호는 모든 게 귀찮았다.

 움직이는 것도 귀찮았고, 자신의 옆에서 자꾸 시끄럽게 이야기해 대는 주작의 존재 자체도 짜증 났다. 숨도 쉬고 싶지 않았고, 심지어 살고 싶지도 않다.

 그냥 이대로 확 하고 정신이 끊어져 버리면, 이 끝없는 고통이 그나마 조금 나아질까 하는 생각뿐이다.

 "너 자꾸 이러고 있을 거야? 지금이야 아니지만 곧 인간들이 이곳 죽산을 오르면······."

 "인간들한테 잡혀가면······ 다시 볼 수 있을까?"

 헤어진 지 얼마나 됐다고 벌써부터 이렇게 보고 싶은지

모르겠다. 그런데 이 괴로움이 지금으로 끝이 아니라 살아가는 평생을 따라올지도 모른다는 게 백호는 더 두려웠다.

차라리 같이 잡혀갈 걸 그랬다는 생각마저 든다.

그렇다면 차라리 지금 당장엔 함께했을 수도 있었을 테니까. 그런 백호의 말에 주작이 기가 차다는 듯이 말했다.

"그걸 지금 말이라고 해?"

"농담 아니야."

"미쳤구나, 너. 네 말대로 그렇게 했다 쳐. 같이 잡혀간 다음엔 어쩔 건데? 네가 죽는 모습을 그 인간에게 보여 주겠다는 거야?"

"……."

그러고 싶지 않았다.

월하린에게 그런 고통을 주고 싶지 않았기에 자신이 모든 괴로움을 참아 내며 그녀를 보내지 않았던가.

가만히 앉아 있는 백호를 주작이 억지로 일으켜 세웠다.

힘없이 이끌리듯 일어난 백호가 짜증 가득한 얼굴로 주작을 노려봤다.

"가만히 좀 내버려 두라고."

"네 멍청한 꼴을 보고 있자니 그냥 확 버려 두고 싶지만…… 여기서 더 이렇게 있으면 위험해. 그러니까 가자."

"가긴 어딜 가. 난 이제 갈 곳도 없는데."

어디로 가야 할까?

월하린의 옆자리에도, 백하궁에도 돌아갈 수 없는 지금, 백호는 갈 곳도 없었다. 그런 백호를 향해 주작이 소리쳤다.

"갈 곳이 왜 없어? 나랑 같이 가면 되잖아! 그깟 인간 하나 때문에 네 꼴이 이게 뭐야?"

주작은 부아가 치밀어 올랐다.

언제부터 이토록 갈 곳이 없다는 말이나 지껄이게 되었는지 모르겠다. 언제나 떠도는 바람처럼 살아가던 것이 자신들이 아니던가.

"이렇게 당하고도 모르겠어? 인간은 인간끼리, 그리고 요괴는 요괴끼리 살아야 해. 그러니까 나와 함께 가자. 다른 녀석들도 기다리고 있어."

"요괴끼리……."

많은 생각이 든다.

그렇지만 백호는 굳이 더 뭔가를 고민하고 싶지 않았다. 지금은 그저 생각 없이 흘러가는 시간 속에 몸을 맡기고 싶을 뿐이다.

백호는 자신의 손을 잡아끄는 주작의 손길을 뿌리치지 않았다.

그저 그녀에게 이끌려 가면서도 이 기나긴 괴로움이 조금이라도 희석되기를 바랄 뿐이었다.

*　　*　　*

무림맹 한편에 있는 거처에 몇몇 이들이 자리하고 있었다. 이곳은 백하궁 무인들이 기거하고 있던 연성각이었다.

연성각에 찾아온 건 다름 아닌 주기진이었다.

주기진이 앞에 마주 앉아 있는 전우신과 아운을 바라보다 한숨을 내쉬었다.

"대체 어쩔 생각으로 그런 게냐?"

"뭘 말입니까?"

"아직도 모르는 척할 생각이냐."

전우신은 모르는 척했지만 주기진은 이미 모든 걸 알고 왔다.

천심옥에서 백호가 탈옥하는 걸 도운 건 비단 월하린뿐만이 아니라는 건 안 지 오래다.

드러나지는 않았지만 이곳에 있는 전우신과 아운 또한 그 일에 개입되어 있다는 사실을 주기진은 명확하게 알고 있었다.

주기진이 이렇게 나오자 더는 거짓말을 못 하겠는지 전우신이 머뭇거리다가 말했다.

"죄송합니다."

"멍청하긴! 일을 벌일 거면 차라리 사전에 나에게 이야기라도 해야 할 것 아니냐."

물론 백호를 탈옥시킨 행동을 잘했다 생각하는 건 아니다.

무림맹에는 엄연한 규율이 있고, 전우신은 그걸 어겼다. 하지만 백호의 무죄를 주장하던 주기진으로서는 그것에 대해 크게 탓할 생각은 없었다.

다만 너무 앞뒤 가리지 않고 일을 벌이고, 뒷수습도 하지 않은 것에 대해 꾸짖는 것이다.

짧게 호통을 쳤던 주기진이 이내 한숨과 함께 말을 이었다.

"다행인 줄 알거라. 당일 너희에게 당했던 옥지기가 내가 심어 놓은 수하였다. 그래서 다행히 소문이 나는 건 막았으니 이 일에 대해 딱히 다른 처분은 없겠지만…… 그래도 둘 다 이번 일에 대해서는 알아서들 반성하거라. 둘 다 알겠느냐?"

얼결에 전우신의 옆에서 같이 꾸지람을 듣고 있던 아운이 뭔가 좀 이상하다고 여겼는지 머리를 긁적이며 말했다.

"저기…… 저는 사파의 인물인데 이렇게 저놈하고 같이 어린애처럼 꾸지람을 듣는 건 좀 이상해 보이는데요? 저는 말고, 전우신 저 녀석만 혼내시는 게……."

"자넨 저 녀석 친구 아닌가? 내 식구의 친구면, 그 또한 가족이라 생각하는데?"

"저희가 가족이라 하기에는 좀……."

"아니면 왜? 자네가 이 일에 개입되어 있다는 걸 보고라도 해 주길 바라나? 가족도 아니라면 어떻게 되든 난 상관없는데?"

"하, 하하. 그럴 리가요. 그냥 어르신한테 혼나겠습니다."

아운은 식은땀을 뻘뻘 흘렸다.

차라리 이렇게 앉아서 어린아이처럼 혼이 나는 게 낫지, 이 일이 무림맹에 보고된다면 단순한 꾸지람 정도로 끝날 일이 아니다.

자신만 쏙 빠져나가려다가 덜미를 잡힌 아운을 보며 전우신은 꼴좋다는 표정을 지어 보였다. 그런 전우신의 표정을 놓치지 않고, 주기진이 한마디 쏘아붙였다.

"지금이 웃을 때냐?"

"……죄송합니다."

전우신이 연거푸 사과했다.

혼은 나고 있지만 전우신 또한 그리 기분이 나쁘진 않았다. 옳은 일이라 생각해서 행한 일이었고, 그로 인해 소중한 사람들을 지켜 냈다는 생각도 들었다.

죄송하다 말은 하고 있지만 얼굴에 도는 표정을 보며 주기진은 전우신의 마음을 알았다.

'쯧쯧, 저리 감정이 얼굴에 드러나서야.'

크게 탓할 생각은 없는지 주기진이 자리에서 일어나며 둘을 향해 다시금 한마디를 남겼다.

"또 사고들 치지 말고 죽은 듯이 있거라. 알겠느냐?"

"알겠습니다."

"그러죠."

전우신과 아운의 대답을 듣고서야 주기진은 바깥으로 걸어 나갔다. 그가 사라지자 의자에 죄인처럼 앉아 있던 아운이 재빠르게 침상으로 가서 드러누웠다.

침상에 누운 아운이 불만스레 말했다.

"너 때문에 나도 혼났잖아."

"말은 정확하게 해야지. 내 덕분에 이 정도에서 끝난 거지."

둘은 언제나처럼 투덕거렸다.

불만스레 말하고 있지만 아운 또한 내심 지금 일이 이렇게 된 것에 안도하고 있었다.

최악의 경우까지 생각하고 벌인 일인데, 다행히도 당시에 자신들이 기절시켰던 옥지기가 주기진의 사람이었다니. 천만다행이라고밖에 표현할 수 없는 상황이다.

잠시 말다툼을 벌이던 중 둘의 대화가 잠시 끊겼다. 그리고 침묵이 이어지던 도중 전우신이 가슴에 묻고 있던 이야기를 꺼냈다.

"넌…… 이제 어쩔 생각이냐?"

"뭘?"

"상황이 이렇게 됐잖아. 그동안 백하궁을 감시한다는 명목으로 붙어 있었는데, 이제 그 임무가 끝났을 거 아냐."

말을 하는 전우신을 바라보던 아운이 피식 웃었다.

그러고는 감탄한 목소리로 말했다.

"햐, 귀신이네."

"귀신이라니?"

"사실 어제 흑천련 측에서 연락이 왔어. 귀환 명령이야."

아운은 웃으며 말하고 있지만, 그 대답을 듣는 전우신의 표정은 그리 밝지 않았다. 사실 아운은 말을 하지 않고 있지만 귀환 명령은 어제가 아닌 얼마 전부터 계속해서 받아 왔다.

월천후가 돌아왔다.

그것은 곧 아운의 임무가 의미가 없어지는 걸 의미했다.

흑천련이 아운을 백하궁에 붙였던 이유는, 정파 쪽으로 진마멸천신공이 흘러가게 하지 않기 위함이었다. 그런데 그 진마멸천신공의 주인인 월천후가 무림맹주로 모습을 드러냈다.

그 순간 이미 아운의 임무는 끝났다.

그럼에도 불구하고 아운은 귀환 명령에 불복하고 백하궁의 옆에 있었다.

그러던 도중에 사단이 일어난 것이고, 때마침 어제 흑천련 측에서 마지막 명령서가 도달했다. 서찰의 내용은 간단했다.

더는 기다려 주지 않는다는 짧은 문구.

그 안에 적힌 의미를 아운이 모를 리 없다. 이번 명령도 불복한다면 사형인 도효굉이 직접 움직일 것이다. 일전에 그가 경고했었다.

다음번에도 명을 어긴다면 그때는 목숨을 걸어야 할 거라고.

도효굉의 성격상 그 말이 결코 거짓은 아닐 게다.

속내를 감춘 채로 태평하게 구는 아운을 향해 전우신이 물었다.

"……그래서 어쩔 생각이냐?"

"어쩌긴. 명령인데 따라야지."

아운이 실실 웃으며 말했다.

그런 그를 보며 전우신이 낮게 가라앉은 목소리로 중얼거렸다.

"네가 언제부터 그렇게 말을 잘 들었다고."

"야! 다 들리거든?"

아운이 전우신을 향해 소리쳤다.

괜히 더 기운찬 척 소리치긴 했지만 말을 마친 아운 또한 자신도 모르는 사이 입을 꾹 닫고 있었다. 둘 사이에 묘한 공기가 뒤섞였다.

어찌 모르겠는가.

이번에 헤어진다면 전우신과 다시 만나는 건 쉽지 않을 거다.

전우신은 화산의 장문인 후보로까지 거론되는 매화검수. 그에 반해 자신은 흑천련 련주의 제자다. 이렇게 한자리에 있는 인연이 앞으로 또 있을 수 있을까?

어쩌면 이번이 마지막일지도 모른다는 사실을 두 사람은 다 알고 있었다.

전우신이 어색한 분위기를 깨고 싶었는지 괜스레 물었다.

"언제 갈지는 정했어?"

"내일쯤은 움직여야겠지. 사형이 하나 있는데 성격이 개차반이거든. 더 늦으면 사제고 뭐고 죽이려고 날뛸걸."

"생각보다 일찍 가는군."

전우신은 내색하지 않으려 했지만 목소리에는 진한 아쉬움이 묻어 나왔다.

백호와 월하린이 떠났다.

그리고 이제는 하나 남은 아운까지 떠날 때가 온 모양이다.

그런 전우신을 향해 아운이 실실 웃으며 말했다.

"왜? 아쉽냐? 가지 말까?"

"가지 말라고 하면 안 가게?"

"뭐, 생각은 해 보지."

아운이 장난스럽게 말했다.

거기까지였다. 둘의 대화는 그 상태로 끝났고, 조용히 앉아 있던 아운이 침묵이 견디기 어려웠는지 괜스레 기지개를 켜며 자리에서 일어났다.

"일찍 가야 할지도 모르니까, 가서 좀 쉬어야겠다."

"……그래."

전우신이 먹먹한 목소리로 대답하고 아운이 막 나가기 위해 몸을 돌렸을 때였다. 갑자기 누군가가 빠른 발걸음으로 이쪽으로 다가왔다.

문으로 다가가던 아운이 멈추어 선 채로 그쪽을 빤히 바라볼 때였다.

벌컥.

문이 열리며 그곳에서는 방금 전 떠났던 주기진이 자리하고 있었다.

갑작스럽게 주기진이 돌아오자 전우신이 자리에서 일어

나며 말했다.

"무슨 일로……."

전우신과 아운을 번갈아 바라보던 주기진이 당혹스러운 목소리로 입을 열었다.

"월 궁주가…… 잡혀 왔다는구나."

그 한마디에 전우신과 아운의 표정이 딱딱하게 굳었다.

금문(禁門).

그 하나의 표식이 월하린이 있는 거처의 입구를 장식하고 있었다. 거처의 분위기는 삼엄했다. 수십 명을 넘어 백에 가까운 인원들이 철통 경호를 했다. 하지만 그건 그녀를 지키기 위함은 아니었다.

그들은 혹시 모를 백호의 기습을 대비해 이같이 많은 수의 인원을 배치해 둔 것이었다.

월하린을 만나기 위해 황급히 왔던 전우신과 아운이었지만, 그들조차 그녀를 만나는 건 불가능했다. 이 안에는 오로지 무림맹주인 월천후만이 들어설 수 있었기 때문이다.

함께 갔던 주기진 또한 들어가지 못한다는 말을 듣고는 우선은 둘과 함께 그곳에서 멀어졌다.

어느 정도 거리가 벌어지자 주기진이 착잡한 목소리로 말했다.

"대체 일이 어떻게 돌아가는지 모르겠군."

아직까지 제대로 된 정보를 받지 못한 주기진이었기에 지금 이 일에 대해서는 딱히 아는 게 없었다.

그저 월하린이 다시금 잡혀 왔다는 사실과 몇 가지 자잘한 것들만 들었을 뿐 그 외에 것에 대해서는 아는 게 없다.

주기진과 함께 걷던 아운이 참지 못하고 물었다.

"어떻게 된 거랍니까? 왜 월 궁주님만 잡혀 와요. 백호 님이랑 같이 나가는 걸 분명히 봤는데……."

"쉿, 말조심."

주기진이 아운의 말을 멈추게 하며 황급히 주변을 둘러 봤다. 이들이 개입되어 있다는 사실이 새어 나가지 않게 얼마나 조심했던가.

이런 사소한 말 한마디에서 사단이 벌어질 수도 있는 것이다.

우선 아운에게 입조심을 시킨 주기진은 이내 자신이 전해 들은 정보를 꺼내었다.

"아직 자세히는 모르지만 백호는 잡혀 오지 않았다고 하더군. 다친 월 궁주를 버리고 혼자 도망갔다고 하던데……."

주기진의 말이 거기까지 나왔을 때였다.

약속이라도 한 듯이 둘이 동시에 고개를 저으며 짧게 대답했다.

"그럴 리 없습니다."

"헛소리죠."

전우신과 아운의 대답을 듣고 주기진이 물었다.

"그게 무슨 말들이냐?"

아운이 전우신에게 대신 대답하라는 듯 손짓했다. 그러자 전우신이 아운과 자신이 생각하는 바를 확실하게 밝혔다.

"백호님은 자기가 죽었으면 죽었지, 궁주님을 버리고 혼자서 도망가실 분이 아닙니다."

"하지만 확실한 정보야. 맹주님께서 직접 보셨다고 하시더군. 맹주님에게 뒤를 잡히고 일격을 허용하자, 놀란 듯이 궁주를 버리고 도망쳤다고 들었다."

"거짓말일 겁니다. 이유는 모르겠지만 맹주님이 거짓말을 하시는 걸로 판단됩니다."

"……맹주님이 거짓말을 한다?"

"예, 제 목을 걸고 자신할 수 있습니다."

"저도 걸죠."

옆에서 아운이 전우신의 말을 거들었다.

둘이 목을 걸면서까지 맹주의 말을 거짓말이라 하자 주기진으로서는 당혹스러울 수밖에 없었다. 다른 이도 아닌 월천후의 말이 거짓이라니.

하지만 전우신에 대해 잘 아는 주기진이다.

이런 사내가 목까지 걸겠다고 확신하며 나서니 믿지 않을 수도 없다.

'맹주께서 거짓말을 한다? 만약 그게 사실이라면 대체 무슨 연유로······.'

의문이 들었지만 그건 알 수 없는 노릇.

그리고 지금 중요한 건 백호가 월하린을 두고 도망쳤다는 게 아니다. 아직까지 잡히지 않은 백호에 대한 처분과, 이곳 무림맹으로 끌려온 월하린의 상태와 앞으로의 상황이 더욱 중요했다.

그걸 알기 위해서는 우선 월천후와 만나야 할 필요성이 있었다.

주기진이 둘을 향해 말했다.

"아무래도 난 맹주님과 이야기를 좀 나눠 봐야겠군. 우선 연성각으로 돌아가 있어라. 새로 알아내는 게 있다면 곧바로 그곳으로 가지."

"알겠습니다."

전우신이 고개를 끄덕였고, 주기진은 곧바로 방향을 틀어 이번 일에 대해 알아보겠다는 듯 어딘가로 움직였다.

주기진이 멀어지자 전우신이 아운을 툭 쳤다.

"가자."

"젠장, 대체 뭔 일이야?"

아운은 하고 싶은 말이 많았다.

직접 전해 듣고도 믿기 어려운 상황.

당장이라도 월하린을 만나 앞뒤 정황에 대해 묻고 싶었지만 그건 불가능했다. 다쳤다는 말만 들었거늘 제발 그 부상이 크지 않기를 바랄 뿐이었다.

아운이 저 멀리 월하린이 갇혀 있는 장원을 바라보며 걱정스레 중얼거렸다.

"많이 다치시진 않았겠지?"

"백호님이 계셨잖아. 큰 부상은 아니실 거다."

"그건 알지만……."

답답하다는 듯 아운은 자신의 머리를 마구 헝클어트렸다. 이래저래 현재 상황에 대해 궁금했지만, 지금으로써는 그저 주기진이 뭔가를 알아 오는 거에 기대는 수밖에 다른 방도가 없었다.

아운 또한 우선은 돌아가서 조금 더 심도 있는 대화를 나눠야겠다 생각했는지 입을 열었다.

"야, 우선 연성각에 가서……."

말을 내뱉던 아운이 갑자기 말을 멈추고는 서쪽으로 시선을 돌렸다. 그런 아운의 행동을 눈치챈 전우신이 의아한 표정으로 물었다.

"왜 그래?"

"아."

짧게 말을 내뱉었던 아운이 이내 실실 웃으며 가볍게 중얼거렸다.

"이거 갑자기 연락이 왔네."

"연락이라면…… 설마?"

"응, 맞아. 지금 이 소리 들리지?"

그제야 전우신은 주변에서 들려오는 뻐꾸기 소리를 눈치챘다. 계속해서 일정한 주기에 따라 들려오는 울음소리였지만 너무나 자연스러웠기에 미처 알아차리지 못했었다.

"이런 거 말해 줘도 되는 거냐?"

"왜? 어디 가서 이 비밀 소문이라도 내게?"

"그건 아니다만……."

어차피 신호라는 건 매번 바뀌는 거고, 당장에 이 뻐꾸기 소리는 그저 아운을 부르는 정도일 것이다.

그렇지만 정작 그 사실을 말한 아운의 얼굴에서는 서서히 웃음기가 걷혔다.

이 소리는 사형이 왔다는 걸 의미했으니까.

아운이 짧게 중얼거렸다.

"귀찮게 됐네. 사형이 벌써 움직인 모양이야."

"아까 네가 말한 그 성격이 개차반이라는 사형 말하는 거냐?"

"응. 이거 쉽게는 안 넘어가겠는데."
아운의 말에 전우신이 걱정스러웠는지 조심스럽게 물었다.
"같이 가 줄까?"
그 말에 아운은 크게 웃음을 터트릴 뻔했다.
아운이 킥킥거리다 말했다.
"내가 애냐? 우리 쪽 일이니까…… 내가 해결할게."
"정말 안 도와줘도 되겠어?"
"그렇다니까. 넌 그냥 연성각에 가 있으라고."
말을 마친 아운이 손을 들어 올리고는 소리가 났던 방향으로 휘적휘적 움직였다.

걱정 말라는 듯이 웃어 보였지만 전우신은 그런 아운이 무척이나 걱정됐다. 애서 태연한 척했지만 그럴 때가 오히려 더 긴장하고 있는 상태라는 걸 모를 리 없는 전우신이다.

전우신은 멀어져 가는 아운을 보며 괜스레 밀려드는 걱정에 쉬이 눈을 떼지 못했다.

그런 전우신의 걱정스러운 시선을 잔뜩 받으며 아운은 목적지를 향해 걷고 있었다. 자신에게 쏟아지는 전우신의 시선을 모르는 건 아니다.

따가울 정도의 강렬한 그 시선을 어찌 모를까.

도와주고자 하는 전우신의 마음은 충분히 고맙다. 다만 이 일은 흑천련의 일이다. 이런 일에까지 전우신을 끼어들게 하고 싶지는 않았다.

전우신의 마음 씀씀이에, 자신도 모르게 웃음을 머금고 걷던 아운의 걸음이 이내 멈췄다. 그리고 동시에 모습을 드러낸 사내를 보며, 얼굴에 있던 웃음기도 언제나 짓는 그 거짓 미소로 돌변했다.

아운이 상대를 향해 예를 갖췄다.

"대사형 오셨습니까?"

"이거야 원. 사형인 내가 사제인 네 얼굴 보기가 이렇게 힘들어서야."

도효굉이 가볍게 목을 풀며 다가왔다.

그의 얼굴에는 여러 가지 감정이 뒤섞여 있었다. 짜증, 분노, 그리고 살기까지. 알면서도 아운은 웃는 얼굴로 다가오는 도효굉을 맞았다.

거리가 지척이 된 순간이었다.

짜악!

도효굉이 손바닥으로 아운의 뺨을 후려쳤다.

휙 소리와 함께 고개가 돌아갔고, 입술이 터지면서 피가 쏟아졌다. 하지만 고개를 돌린 아운은 여전히 웃고 있었다.

"십수 번은 귀환한다고 연락을 취했던 것 같은데 이제야 기어 나와? 간이 배 밖으로 나왔구나, 사제. 내가 너무 오랫동안 오냐오냐해 준 건가?"

"죄송합니다. 최근 좀 빠져나오기 힘든 일이 있어서요."

웃으며 대답하는 아운의 모습에 부아가 치밀었지만 도효굉은 우선 이 자리를 뜨기로 마음먹었다. 무림맹과 어느 정도 거리가 떨어져 있다고는 하지만 방심할 수 있을 정도는 아니다.

도효굉이 말을 받았다.

"됐고. 어쨌든 네놈 처분은 돌아가서 하도록 하지. 건방진 자식이 제 주제도 모르고······."

말을 마치며 몸을 돌려세웠던 도효굉은 몇 걸음 걸어가다 멈추어 섰다. 그가 뒤로 시선을 돌리고는 쫙 찢어진 눈에 힘을 부릅 줬다.

"안 따라오고 뭐 하는 거야?"

"대사형. 아무래도 지금 못 갈 것 같은데요. 원래 따라갈까도 싶었는데······ 일이 좀 생겨서요. 그러니까 혼자 가시죠."

"이게 무슨 또 개소리야."

도효굉은 삐쭉 솟은 자신의 머리를 쓸어 올렸다.

이거는 일부러 시비를 건다는 생각밖에 들지 않는 상황이다. 그가 아운에게 다가와 목을 움켜잡았다. 그러고는 살기를 풍기며 말했다.

"내 말 못 들었어? 따라오라고. 넌 그냥 시키는 대로만 하면 돼! 알겠어?"

"대사형이야말로 제 말 못 들으셨습니까? 해야 할 일이 있어서 못 가겠다고 분명 말씀드렸는데요."

항상 일방적으로 당하기만 했던 아운이지만 이번엔 조금 달랐다. 기세에서 전혀 밀리지 않으며 아운이 똑바로 받아쳤다.

아까 전까지만 해도 이곳 무림맹을 떠나려던 아운이다.

이제 이곳 무림맹에서 할 일도 없었고, 또 계속되는 흑천련의 연락에 이제는 떠나야 할 때라 생각했었다.

그러던 중 갑자기 월하린이 돌아왔다.

무슨 일인지는 모르겠지만 결코 좋은 일은 아닌 것 같았고, 이대로 자신만 떠나고 싶진 않다고 생각했다.

하지만 아운은 곧 알았다.

지금 자신은 핑곗거리를 만들어서라도 이곳에서 그들과 조금이라도 더 함께하고 싶은 것뿐이라는 것을.

아운은 백하궁에서 만났던 많은 이들과 떨어지고 싶지 않은 자신의 진심을 확실하게 알아 버렸다.

마음이 정해졌으니 더는 망설일 것도 없다.

그리고 두려울 것도 없다.

"이 새끼가!"

목을 움켜잡고 있던 도효굉이 다른 쪽 손으로 아운의 배를 후려쳤다. 무방비한 상태로 일격을 허용한 아운이 그대로 바닥에 쓰러졌다가 천천히 몸을 일으켜 세웠다.

아운이 피를 뱉어 내고는 입을 열었다.

"대사형."

"왜? 한 대 더 맞으니 이제 정신이 확 돌아 오냐?"

"그러게요. 확 돌아오는군요. 그래서 더 확실하게 말할 수 있을 것 같습니다. 전 못 갑니다. 아니, 안 갑니다."

"이 미친 새끼가 정말 죽고 싶어 환장을 했구나!"

도효굉의 화가 머리끝까지 치밀었다.

사이가 좋지는 않았지만 아운은 언제나 도효굉의 말에 고분고분했고, 말대답도 하지 않았다. 그렇지만 지금의 아운은 달랐다.

이제는 자신을 똑바로 바라보고, 하고자 하는 말을 똑바로 내뱉고 있었다.

도효굉의 손이 붉게 물들었다.

염왕수라는 별호를 얻게 해 준 이유 중 하나인 혈라풍마장(血羅風魔掌)을 펼치려 하는 것이다.

항상 마음에 안 들었다.

그렇지만 스승이자 흑천련의 련주인 그분 때문에 참아왔거늘 마침내 기회를 잡은 것이다. 명령에 불복했으니 죽여도 상관없다.

평소라면 이런 자신의 모습에 고개조차 들지 못했을 아운이다. 그런데 지금은 여전히 웃으며 자신을 바라보고 있다.

'저 면상 마음에 안 들어.'

웃고 있는 상판을 당장에 부숴 버리고야 말겠다.

성큼 다가서던 도효굉의 손이 높게 치솟았다. 그가 비웃음 가득한 목소리로 말했다.

"오랫동안 떨어져 있더니 겁을 상실한 모양인데, 이 기회에 다시금 느끼게 해 주지."

파라라락!

당장이라도 저놈의 팔 한쪽을 찢어발기고야 말리라.

도효굉이 튀어 올랐다.

촤아악!

그의 손이 벼락처럼 떨어져 내리며 아운의 어깨로 떨어져 내렸다. 도효굉은 자신이 있었다.

언제나 이 정도 공격에 아운은 나가떨어졌었으니까.

그렇지만 도효굉의 예상은 틀렸다.

도효굉의 수도가 벤 것은 아운이 아닌 그가 남긴 잔영이었다. 금세 뒤편을 잡은 아운이 실실 웃는 얼굴로 입을 열었다.

"하아, 대사형. 그거 아십니까?"

뒤편에서 들려오는 아운의 목소리에 놀란 도효굉이 황급히 방향을 틀었을 때였다.

제10장. 변화된 삶 — 저희의 목을 걸죠 311

스윽.

유령처럼 코앞까지 다가온 아운이 실눈으로 그를 올려다보며 짧게 말했다.

"맨날 일부러 져 주느라 얼마나 힘들었는지를요."

아운의 주먹이 움직였다.

정권이 정확하게 틈을 비집고 들어가며 도효굉의 복부에 꽂혔다. 도효굉의 몸이 낫 모양으로 꺾일 정도로 충격을 받고는 튕겨져 나갔다. 일격에 볼썽사납게 바닥을 구른 도효굉이 힘겹게 몸을 일으켜 세웠다.

그리고 그런 그를 바라보던 아운이 웃으며 말했다.

"오늘은 여태까지처럼 안 봐줍니다. 대사형."

제11장. 새로운 임무
— 너에게 내릴 벌은

 바닥을 나뒹굴었던 도효꾕의 얼굴에 복잡 미묘한 감정이 뒤섞였다.

 자신이 알던 아운의 실력이 아니다. 그로 인해 오는 놀라움, 그렇지만 이내 그런 감정을 집어삼킬 만한 분노가 밀려든다.

 "여태 날 봐줬다?"

 "왜요. 설마 그럼 대사형한테 매번 일방적으로 쥐어 터지던 게 제 실력이라고 생각한 겁니까?"

 "어떻게 실력이 조금 늘었나 본데 그거 하나만 믿고 까불다가 어찌 되는지 보여 주마."

피를 닦아 내며 도효굉이 이를 부득부득 갈았다.

아운은 자신의 적수가 아니라 생각했다. 무공에서도 항상 자신이 위였고, 재능 면에서도 압도한다 여기며 살아왔다.

그런데 그 모든 것이 아운 자신의 속임수였다고 하니 부아가 치밀 수밖에 없었다.

도효굉은 고개를 저었다.

그럴 리 없다. 자신은 대사형이고, 아운은 자신의 상대가 되지 않는다. 방심한 것이 틀림없다 생각하며 호흡을 가다듬은 도효굉이 재차 달려들었다.

부와아아악!

손이 허공을 가로질렀다.

붉은 기운이 수도에 머물다 빠르게 날아든다. 그 기운이 닿는 모든 것은 순식간에 잘려져 나갔다. 그리고 그런 도효굉의 기운에 아운 또한 준비하고 있던 일수를 펼쳐 냈다.

아운의 몸 주변에 서서히 모습을 드러내기 시작한 백골의 형상들이 가지런히 줄지어 섰다. 그러고는 곧바로 날아드는 수강을 향해 아운이 주먹을 내질렀다.

번쩍! 쿠카캉!

둘의 힘이 맞부딪치는 순간 주변으로 터져 나간 기운들이 커다란 바람을 만들었다. 옷자락은 찢어질 것처럼 펄럭였고, 동시에 한 명은 밀려드는 내력을 감당하지 못했다.

태풍에 뽑혀져 날아가는 나무처럼 도효굉의 몸이 뒤로 밀려 나가 처박혔다.

　"크억!"

　등이 바위와 부닥치며 도효굉이 짧은 비명을 토해 냈다. 그리고 어느 틈엔가 그런 도효굉의 코앞까지 아운이 다가와 있었다.

　이젠 더는 우연이라는 생각이 들지 않았다.

　"어때요? 이젠 좀 체감이 되십니까?"

　"아, 아운. 이 새끼 왜 여태 실력을……."

　말을 하던 중 도효굉이 피를 토해 냈다. 그런 그를 향해 아운이 대답했다.

　"왜 실력을 숨겼냐고요? 그거야 성격 더러운 대사형 때문이죠 뭐겠습니까. 자기보다 나은 꼴을 못 보잖습니까. 제가 본 실력을 보였다면 대사형은 아마 무공도 잘 못 하는 어릴 때 절 죽였을걸요."

　아운이 실실 웃으며 대답했다.

　도효굉은 욕심이 많은 자였다. 그는 자신보다 뛰어난 재능을 지닌 이가 흑천련주의 제자가 되는 걸 원치 않았다. 그랬기에 호적수가 될 만한 자는 어릴 때부터 싹을 잘라 버렸다.

　아운은 그런 도효굉의 성정을 금방 파악했다.

그랬기에 오히려 자신의 실력을 숨기고 도효굉에게 당하고 살았다. 그래야만 살 수 있다는 걸 잘 알았으니까.

다행히 도효굉은 그런 아운의 연기에 완전히 넘어갔다. 그는 아운을 자신 아래로 봤고, 언제나 이용해 먹을 수 있는 자라 판단했다.

하지만 그게 착오였다.

아운은 도효굉을 넘어선 지 오래였다.

도효굉을 단번에 제압한 아운은 기운을 거뒀다. 싸우긴 했지만 죽일 생각은 없었다. 아무리 밉다 해도 같은 문파의 사형제지간이다.

아운이 짧게 말했다.

"운 좋은 줄 아십쇼, 대사형. 그래도 사형이니까 여기까지만 하죠. 제 의사는 전했으니 알아들었을 거라 믿고 갈 길 가시죠. 앞으로 제 일은 제가 알아서 할 테니까요."

"우, 웃기지 마라!"

도효굉이 힘겹게 소리쳤다.

이렇게 놈을 보내기에는 자존심이 용납지 않는다. 어떻게든 다시 덤비려는 듯이 도효굉이 힘겹게 몸을 일으켰다.

그러고는 재차 아운을 향해 말했다.

"덤벼라, 반드시 널 죽여······."

"거기까지."

싸늘한 목소리가 둘 사이를 갈랐다.

그리고 그 목소리가 들려오는 순간이었다. 여유 있게 웃고 있던 아운도, 화 난 듯이 씩씩거리던 도효꾕도 동시에 목소리가 들려온 쪽으로 몸을 돌리며 무릎을 꿇었다.

어둠 속에서 노인 하나가 죽립을 쓴 채로 모습을 드러냈다. 새하얀 수염을 길게 늘어뜨린 노인이 쓰고 있던 죽립을 천천히 벗어 목에 걸었다.

노인은 다소 마른 체구였다.

새하얀 백발에, 길게 자란 흰 수염.

강단 있어 보이는 눈동자에는 힘이 있었고, 또 생기가 흘러넘쳤다. 나이에 어울리지 않는 강인한 기운이 풀풀 풍기는 노인은 다름 아닌 흑천련주 구강룡이라는 자였다.

사파를 지탱하는 기둥 중 하나.

일신의 무력만으로는 그 적수가 몇 없다 알려진 중원에서 손꼽히는 고수. 그가 직접 이곳까지 모습을 드러낸 것이다.

갑작스러운 련주의 등장에 아운과 도효꾕 모두 놀란 눈치였다.

이곳은 무림맹과 지척이라 해도 될 정도로 가까운 거리다. 물론 이런 곳에 자신 둘이 있는 것도 우스웠지만, 련주와는 비교도 할 수 없다.

구강룡이 부복한 둘을 바라보다 입을 열었다.

"사형제 간에 이 무슨 추한 꼴이란 말이냐."

"죄송합니다."

"……."

아운은 곧바로 사과했지만 도효꾕은 입을 꾹 다문 채로 뭔가 불만을 표현했다. 그로서는 일방적으로 두드려 맞은 데 이어 사부의 꾸지람을 듣는 게 내키지 않는 모양이다.

하지만 지금 눈앞에 있는 상대는 그런 불만을 표현해도 될 만한 인물이 아니었다.

"어떠한 연유로 사형제 간에 이런 싸움이 벌어진 것이냐?"

나지막한 목소리에 도효꾕이 기다렸다는 듯이 말했다.

"얼마 전부터 사제가 계속되어진 귀환 명령을 무시했고, 그로 인해 최후의 통첩을 하였습니다. 그런데 최후통첩을 받고 이곳으로 오더니 갑자기 돌아가지 않겠다고 말했습니다."

"사실이냐?"

"……예."

구강룡의 물음에 아운은 고개를 끄덕였다.

그러자 기세를 몰아 도효꾕이 그런 아운의 잘못을 낱낱이 고해바쳤다.

"그뿐만이 아닙니다. 사사로운 정에 이끌려 백하궁의 정보를 본인 스스로 누락시키거나, 또는 유리한 쪽으로 변형

하여 보고하였습니다."

"이것도 맞느냐?"

"예, 맞습니다."

아운이 순순히 대답하자 구강룡의 얼굴에 깊은 주름이 생겼다.

다른 이도 아닌 아운을 백하궁에 넣기로 결정한 건 구강룡 본인이다. 그만큼 아운을 믿었기에 맡겼던 임무. 그런데 믿었던 아운이 생각지도 못한 실망감을 안겼다.

구강룡은 아운을 잘 알았다.

그랬기에 재차 물었다.

"그럼 다르게 물으마. 왜 그랬느냐? 네 임무를 모를 정도로 어리석은 녀석은 아니라 생각하고 이 일을 맡겼는데 왜 그런 행동을 한 게야."

"그건……."

이번엔 아운도 곧바로 대답하지 못했다.

많은 생각들이 머리를 맴돈다. 뭐라고 해야 할지, 또 어떻게 말해야 할지도 잘 모르겠다. 하지만 이내 아운은 마음을 정했다.

솔직한 자신의 감정을 그대로 담아 아운이 입을 열었다.

"그들을 지켜 주고 싶었으니까요."

"지켜 줘?"

아운의 말은 구강룡이 생각했던 그 어떠한 것도 아니었다. 예상치 못했던 말에 구강룡은 당황했다.

항상 웃고 다니는 아운.

하지만 그 미소가 결코 감정이 담긴 게 아니라는 걸 아는 구강룡이다. 오히려 그 누구보다 마음이 닫혀 있던 이가 바로 아운이 아니던가. 항상 웃는 가면을 쓴 채로 다른 이의 일에 관여하지 않던 아운이……

아운의 말을 듣고 있던 도효굉이 다급히 끼어들었다.

"스승님, 저놈은 저희 흑천련이 아닌 백하궁이라는 놈들을 위해……"

"입 다물어라."

구강룡의 한마디에 기회라 여기며 입을 열던 도효굉의 낯빛이 흐려졌다. 그런 도효굉을 향해 시선을 돌린 구강룡이 짧게 말했다.

"내가 아무 말도 하지 않는다 해서 전부 모른다 생각지 말거라."

"예? 그게 무슨 말씀이신지……"

"지금 싸움도 네가 시작한 걸 내 모를 줄 알았느냐? 예전부터 그 성격을 죽이라 그리 말했거늘 네 녀석은 하나도 변하지 않았구나."

"……"

"물러가라! 뒤쪽으로 가면 흑천련 무인들이 기다리고 있을 게다. 거기서 날 기다려라. 네 녀석은 아무래도 다시금 교육이 필요할 것 같구나."

짧게 말을 마친 구강룡이 도효굉에게서 시선을 뗐다. 그러자 도효굉은 표정을 잔뜩 구긴 채로 포권을 취하고는 명령대로 뒤편으로 사라졌다. 그가 사라진 걸 확인하고서야 구강룡이 입을 열었다.

"쯧쯧, 그토록 말해 왔거늘 저 성격을 죽이질 못하는구나. 그 활화산 같은 감정이 자신의 발전을 막는 벽이라는 걸 어찌 모를꼬."

도효굉은 뛰어난 재능을 지닌 인물이다.

그렇지 않았다면 흑천련 련주인 자신의 제자가 되었을 리 만무하지 않은가. 그런데 그런 도효굉의 발전은 어느 순간부터 더뎌졌다.

이 모든 건 바로 자신의 감정을 다스리지 못하는 탓이다.

도효굉에게 돌아가라는 처벌을 내린 그가 이번엔 아운에게 시선을 돌렸다. 련주인 구강룡의 시선이 자신에게 향하자 아운은 움찔했다.

오랫동안 함께했지만 막상 이렇게 있으면 숨이 막힌다.

그것이 바로 절대고수라는 것이다.

"싸움을 벌인 저 녀석에게도 벌을 내렸으니 너도 그냥

넘어가면 공평하지 않겠지?"

구강룡은 언제나 공정한 사내였다.

그랬기에 도효굉에게 벌을 내리는 그때부터 아운 또한 이 같은 상황을 예상했었다. 아운이 곧바로 대답했다.

"죄송합니다만 지금은 절대 돌아가지 못합니다."

쉽게 내뱉은 말이 아니다.

이 말로 인해 구강룡이 분노한다면 그 뒷감당은 자신할 수 없었다. 그럼에도 불구하고 아운은 확실한 자신의 속내를 내비쳤다.

어찌 지금 이곳 백하궁을 떠날 수 있겠는가.

월하린은 다쳐서 이곳으로 왔고, 백호는 행방불명이다. 이런 와중에 전우신 혼자에게 이 모든 걸 맡기고 떠나고 싶지 않았다.

아운이 간절한 표정으로 그 앞에 무릎을 꿇었다.

그런 아운의 모습에 구강룡이 놀란 듯 움찔할 때였다. 아운이 땅에 머리를 조아리며 입을 열었다.

"최소한 이곳에서 남은 일은 마무리하고 갈 수 있는 기회를 주셨으면 합니다. 제발…… 부탁드리겠습니다."

고개를 조아리는 아운을 가만히 내려다보던 구강룡이 강경한 어투로 말했다.

"네 이번 임무는 이미 끝났다."

"스승님!"

"듣거라! 흑천련에는 엄연한 규율과 질서가 있다. 이미 이건 끝난 임무다. 그러니 그걸 순순히 받아들이거라. 너에겐 벌과 새로운 임무가 기다리고 있으니까."

구강룡의 말투에서 확고함이 느껴졌다. 아운은 입술을 꽉 깨물었다. 흑천련의 련주인 구강룡이 이렇게 나온다면 아운으로서는 자신의 뜻을 관철하는 게 쉽지 않았다.

그렇게 아운이 상념에 잠겨 있을 때 구강룡이 말했다.

"새로운 임무를 내린다. 흑천련 소속 아운, 넌 지금부터 백하궁에 잠입해라."

"……예?"

"못 들었느냐? 네 새로운 임무다. 백하궁에 잠입해서 지금 무림의 흘러가는 정세를 살피거라."

구강룡의 말에 아운이 놀란 듯이 눈을 크게 치켜떴다. 지금 그가 말한 임무라는 건 어찌 보면 지금과 크게 다를 것이 없기 때문이다.

놀란 아운의 얼굴을 보며 구강룡이 픽 웃으며 말을 이었다.

"내가 설마 너희 두 녀석 때문에 이곳에 온 것 같더냐?"

흑천련의 련주라는 자리는 쉽게 몸을 움직일 수 있을 만큼 가벼운 자리가 아니다. 그런 그가 이 먼 호북성 무한까지 온 건 다 이유가 있기 때문이다.

그건 바로 지금의 무림 정세다.

최근 무림에 이상한 기류가 흐르고 있었다.

정파뿐만이 아니다. 사파의 수많은 이들도 뭔가 알 수 없는 움직임을 보이고 있다.

이 모든 것의 시작은 오래전부터 감지되었지만, 실제로 표면으로 드러나기 시작한 건 맹주 율무천이 실종된 이후다.

무인의 감이 계속해서 소리쳤다. 뭔가 일이 벌어지고 있다고.

그랬기에 구강룡이 직접 움직인 것이다.

놀란 아운을 향해 구강룡이 재차 말했다.

"네놈 좋으라고 내린 명령이 아니다. 무림맹 내부의 기류를 감지해서 뭔가 일이 있으면 즉각 보고하도록 하거라. 이 임무는 이미 백하궁에 완벽하게 잠입해 무림맹에 드나들 수 있는 네가 적임자라 생각해서 내린 명이다. 알겠느냐?"

"예!"

아운이 크게 고개를 끄덕이며 자리에서 일어났다.

기쁜 얼굴로 당장에 무림맹으로 돌아가려던 아운이 문득 생각났다는 듯이 물었다.

"아 참, 그런데 벌은 뭡니까?"

임무는 받았지만 아직 벌에 대해 알지 못했다.

그런 그를 향해 구강룡이 말했다.

"오 년. 오 년 동안 흑천련에 돌아오지 말거라."

"예? 그게 벌입니까?"

"그래. 오 년 동안 네놈이 살고 싶은 인생을 살거라. 물론 임무는 지키는 선에서 말이야."

어찌 이게 벌인지 아운은 이해할 수 없었다.

살고 싶은 대로 마음껏 살아가라니…….

하지만 그것에는 아운이 모르는 깊은 의미가 담겨 있었다. 이야기가 끝난 구강룡이 손짓했다.

"어서 가거라. 난 네놈 사형을 데리고 다시 움직여야 할 것 같으니. 그리고 이번엔 보고 누락하는 짓 따위 하지 말고 제때 보고하고. 알겠느냐?"

"예, 그리하지요. 그럼 전 이만 물러가겠습니다."

아운이 포권을 취하고는 무림맹이 있는 방향으로 몸을 틀었다.

멀어져 가는 아운을 보며 구강룡이 다시금 웃음을 흘렸다.

싸움을 벌인 아운과 도효굉. 그렇지만 둘에게 내려진 벌은 완전히 달랐다. 하지만 벌을 준 구강룡은 이게 결코 다르다 생각하지 않았다.

도효굉에게 필요한 건 자제심이다.

제11장. 새로운 임무 - 너에게 내릴 벌은

그는 성정이 불같고 정작 중요한 순간에 폭발하여 일을 그르치는 경우가 많다. 그랬기에 도효굉은 흑천련에 가둔 채로 마음을 다스리는 법을 가르칠 필요가 있었다.

아운은 다르다.

그는 항상 자신을 억누르고 살아왔다.

겉으로는 밝은 척하지만 속은 어둡고, 활발한 척하지만 오히려 소극적이다. 그런 그에겐 넓게 뛰놀 수 있는 곳이 필요했다.

'십 년. 십 년 후다.'

구강룡이 몸을 돌렸다.

십 년 후에 이 둘이 얼마나 강해질 것인지 상상하는 것만으로 웃음이 밀려 나온다.

최고의 재능을 지닌 두 제자가 흑천련을 유례없이 강하게 만들 거라 믿어 의심치 않았다. 그 미래를 위해 지금 구강룡은 둘에게 제각기 맞는 벌을 내린 것뿐이다.

그렇게 구강룡이 두 명의 제자에게 제각기 미래를 생각한 벌을 내리고 있을 그때, 무림맹에서도 일이 벌어지고 있었다.

며칠 간 혼절해 있던 월하린이 마침내 긴 잠에서 깨어났다.

긴 고통과 끝이 없을 것만 같던 어둠.

손끝에서 시작된 욱신거림이 이내 팔목을 거쳐 가슴까지 치밀었다. 월하린은 막혀 오는 숨을 참지 못하고 길게 숨을 내뱉었다.

"허윽!"

어렵사리 내뱉은 숨이 다시금 고통으로 변해 찾아든다.

그 순간 월하린이 눈을 번쩍 떴다.

전신으로 밀려드는 고통보다도 더 먼저 떠오른 것은 한 사내의 얼굴이다. 월하린이 그 상태로 소리쳤다.

"백호!"

주변이 어둑어둑해서 아무런 것도 볼 수 없었지만 월하린은 알 수 없는 두려움에 휩싸였다. 확인하지 않았음에도 불구하고 알 것만 같았다.

자신의 곁에 백호가 없다는 사실을.

깊게 밀려오는 공포와 두려움, 월하린의 얼굴에 두 가지 감정이 휘몰아쳤다. 그녀는 연신 주변을 두리번거렸다. 그러자 어두웠던 시야가 점점 뚜렷해지며 주변을 확인할 수 있었다.

월하린은 혼란스러웠다.

꽤나 좋아 보이는 침상에 누워 있었고, 그런 자신을 호위하듯 십여 명의 무인들이 침상을 둘러싼 채 자리하고 있다.

그들은 하나같이 절정의 반열에 오른 고수들이었고, 호

위를 빙자한 감시로 월하린이 빠져나갈 수 없게 철통같이 지키고 있는 상황이었다.

월하린이 가빠지는 숨을 억지로 참아 냈다.

그녀는 심장 부위를 손으로 꾹 누른 채로 힘겹게 입을 열었다.

"여긴 어디죠?"

"……."

월하린의 질문에도 무인들 중 그 누구 하나 입을 열지 않았다. 그런 상황에 그녀가 재차 물었다.

"백호는요? 그는 어디에 있어요?"

"……."

"대답해 줘요. 백호가 죽은 건 아니죠? 그거 하나 정도는 대답해 줘도 되잖아요!"

월하린이 힘겹게 침상에서 몸을 일으키며 기다시피 가까이 있는 무인에게 다가갔다. 그녀가 손으로 팔목을 잡고 재촉하듯 물었을 때였다.

파악.

팔을 뿌리치자 월하린이 뒤로 넘어지듯이 쓰러졌다. 무인은 그런 월하린을 내려다보며 짧게 입을 열었다.

"아무것도 묻지 마라. 아무것도 궁금해하지도 마라. 그 무엇도 대답해 주지 않을 거니까."

말을 마친 사내는 다시금 목석처럼 서서 자리를 지켰다.

월하린은 침상에 쓰러진 채로 눈물을 흘렸다.

있는 힘을 쥐어짜서 움직인 탓에 이제는 미동할 여력조차 남아 있지 않다.

대체 이게 어떻게 된 일일까?

백호는 어디에 있고, 자신은 왜 이런 장소에 감금되어 있는 것일까. 궁금했고, 알고 싶었지만 이곳을 지키고 서 있는 자 중 그 누구도 월하린을 위해 입을 열어 줄 이는 없었다.

월하린은 철저히 혼자였다.

무림맹 회의가 길어졌다.

이 모든 것이 백호와 월하린과 관련된 것이었다. 현재 도주 중인 백호를 쫓기 위해 각 문파의 고수들이 움직이고 있는 상황이다.

천라지망은 걷었지만 현재도 많은 인원들이 움직이며 그의 흔적을 찾고 있다.

그런데 놀랍게도 죽산 이후에 그의 행적을 찾을 수가 없었다. 그전까지는 백호의 뒤를 완벽하게 파악하고 움직여 월하린을 잡아내는 소기의 성과도 이뤄 냈다. 그렇지만 거기까지였다.

어쩌면 그건 당연한 일이었다.

백호의 움직임 자체를 쫓을 수 있었던 것 자체가 청룡이 주작을 이용한 덕분이다. 그러니 주작이 백호를 데리고 사라진 지금 더는 백호의 위치를 파악해 낼 재간이 있을 리 없다.

엽청이라는 자가 추후의 계획에 대해 말했다.

"아직까지 빠져나간 흔적이 없는 걸 보면 어딘가에서 은신해 있을 가능성이 크다 사료되옵니다. 그러니 죽산을 기준으로 이렇게 커다란 원을 그려 조금 더 꼼꼼하게 수색하도록 하겠습니다."

"그렇게 하시지요."

월천후가 그러라는 듯이 말했다.

청룡에게 조종당하는 월천후 또한 이미 백호의 일에는 손을 뗀 지 오래였다. 백호에 대한 이야기가 끝났으니 자연스레 화젯거리는 월하린으로 넘어가야 했다.

그렇지만 이 안건은 그리 쉬운 게 아니었다.

그 무엇보다 그녀의 친부가 월천후라는 것이 컸다. 모두가 눈치를 보며 누군가 먼저 이야기를 꺼내길 기다리고 있을 때였다.

누구보다도 먼저 입을 연 것은 다름 아닌 월천후였다.

"내 딸이 깨어났다 들었습니다. 맞습니까?"

월천후의 질문에 구석에 자리하고 있던 노인 하나가 화들짝 놀랐다가 이내 고개를 끄덕였다.

"그렇소이다, 맹주. 이틀 전에 정신을 차려서 이제는 어느 정도 대화를 나누는 것도 가능하다고 하오."

"그렇습니까? 그럼 슬슬 그 아이의 처분에 대해서도 이야기를 나눠 봐야겠군요."

무덤덤하니 말을 하는 월천후의 모습에 자리에 모인 많은 무림맹의 주요 인물들은 갖가지 생각에 휩싸였다.

먼저 이야기를 꺼낸 것도 놀라운 일인데 처분에 대해 논하려는 모양이다.

모두의 눈과 귀가 월천후를 향해 몰렸다.

자신의 딸에 대한 어떤 이야기를 시작할지 말이다.

허나 여태까지의 충격은 지금 월천후가 꺼낸 말에 비하면 아무것도 아니었다.

월천후가 가볍게 입을 열었다.

"죽일까요?"

"예?"

몇몇 이들이 놀란 듯이 월천후의 말에 반문했다.

놀란 건 비단 입을 연 그 몇 명만이 아니었다. 이곳에 모인 수십 명의 인사들 모두 당황한 기색이 역력했다. 지금 자신의 딸에 대해 이야기하고 있는 상황인데 저토록 쉽게 죽이자는 말을 꺼내다니.

모두가 당황하고 있을 때였다.

황급히 정신을 차린 주기진이 고개를 저으며 끼어들었다.

"맹주, 그게 무슨 소리요. 비록 월 궁주가 큰 죄를 지었다고는 하지만 아직까지 그 모든 일에 그녀가 개입되어 있다는 증좌는 없소이다. 그저 추측만으로 월 궁주를 죽이자는 말과 뭐가 다르단 말이오."

"허나……"

월천후가 주기진의 말에 반박하려고 할 때였다.

회의 내내 침묵하고 있던 은설란이 처음으로 입을 열었다.

"저도 화산파 장문인과 같은 생각이에요, 맹주님."

은설란이 다른 이도 아닌 주기진을 돕고 나서자 좌중이 일순 술렁거렸다. 그리고 그건 정작 도움을 받고 있는 주기진 또한 마찬가지였다.

그녀의 도움이라니. 생각도 해 본 적 없다.

은설란은 그런 분위기에는 아랑곳하지 않고 말했다.

"확실하지 않은 일로 그녀를 죽인다면 혹여나 나중에 죄가 벗겨진다 한들 어찌 갚을 수 있을까요? 죽이는 건 저도 반대예요."

무림맹의 실권을 지닌 둘이 이토록 말하자 나머지 이들 또한 동조의 빛을 내비쳤다. 그들이 생각해도 월하린을 당장에 죽이는 건 아니라는 생각이 들었다.

"이게 무슨……."

갑작스러운 은설란의 개입에 말을 내뱉던 월천후가 급히 입을 닫았다. 그리고 일순 모두의 시선이 월천후에게 향했다.

아주 잠깐이지만 흘러나왔던 목소리가 평상시의 그와는 달랐다.

월천후는 황급히 헛기침을 했다.

"흠흠."

은설란이 그런 월천후를 향해 말했다.

"정말 맹주님은 대단하시군요. 자신의 피붙이라고 할지라도 오히려 더 엄한 벌을 내리셔서 일벌백계의 참뜻을 보여주시려는 모습은 놀랍기 그지없네요."

그제야 사방에서는 감탄의 소리가 터져 나왔다.

그 누가 봐도 가혹한 판결.

하지만 이제는 알 것 같았다.

월천후는 자신의 딸이라는 이유로 감싸기보다는 오히려 더 큰 벌을 주려고 했던 걸로 보이기 시작한 것이다. 분위기를 이렇게 몰아간 은설란이 짧게 말을 이었다.

"맹주님. 이 정도만 하셔도 이미 그 뜻은 충분히 알겠어요. 그러니 사형만은 피하시는 게 옳다는 생각이 들어요."

말을 꺼내려던 월천후가 갑자기 이마를 감싸 쥐며 짧게 신음 소리를 토해 냈다.

"끄응."

"맹주님. 어디 편찮으신가요?"

"괜찮소, 비각주. 오랫동안 딸아이 일로 고민을 했더니 심적으로 많이 지친 모양이오."

다가오려는 은설란을 저지한 월천후는 잠시 멍하니 앉아 있다가 이내 축 처진 얼굴로 입을 열었다.

"모두의 뜻이 그렇다면 좋습니다. 두 분의 말대로 죽이는 건 멈추지요. 다만 그렇다 한들 중죄인을 탈출시킨 죄 또한 무겁고, 최근 들어 일어난 일련의 사건들과 연관이 있을 확률이 큰바!"

월천후가 버럭 소리치며 주변을 천천히 둘러봤다.

그러고는 모두에게 똑똑히 들으라는 듯 목소리에 힘을 주어 말했다.

"그 아이에게 소림 오백 년 면벽(面壁)행을 명하겠습니다."

"……."

모두가 말없이 월천후를 바라보고 있다.

소림 면벽행은 예로부터 유명했다.

움직이기도 힘든 좁은 공간 안에 넣어 둔 채로 벽만 보게 한다. 말도 할 수 없고, 뭔가를 볼 수도 없다. 그저 벽만 바라본 채로 하염없이 주어진 시간을 보내며 혼자만의 시간을 가진다.

하루만 갇혀 있어도 좀이 쑤실 판국에 오백 년이란다. 오백 년이라는 인간의 수명보다도 더 긴 기한으로 정했다는 건 곧 죽을 때까지 그곳에서 나오지 말라는 뜻이기도 했다.

어쩌면 죽이는 것보다 더욱 잔인한 형벌.

월천후는 자신이 그런 벌을 내린 이유에 대해 이들에게 짧게 설명했다.

"만약 백호가 살아 있다면 다시금 월하린을 찾을 수도 있을 겁니다. 그걸 막아 낼 만한 곳은 소림만 한 곳이 없지요. 그리고 두 분 말대로 만약 조사를 거쳐 월하린에게 죄가 없다면 풀어 주면 그만 아니겠습니까? 최소한 이 정도의 벌은 내려야 성난 민심을 달랠 수 있다 생각됩니다. 어찌 생각하십니까?"

월천후의 말은 설득력이 있었다.

살인 사건을 벌인 백호는 오리무중인 상태고, 그를 도운 월하린에게 솜방망이 처벌을 내릴 순 없는 상황이다.

더군다나 월천후가 말한 대로 지금의 백호는 무척이나 요주의 인물이다. 그런 그를 막을 만한 곳이 무림에 얼마나 될까?

구파일방 중에서도 으뜸인 소림. 그곳이라면 백호의 습격에도 충분히 방비할 수 있으리라.

월천후는 자신이 내건 방식이 어떠냐는 듯이 주기진과

은설란을 번갈아 바라봤다. 둘은 그런 월천후의 시선에 맘에 들고 안 들고를 떠나서 고개를 끄덕일 수밖에 없었다.

월천후가 시선을 돌리며 말했다.

"다들 동의한 걸로 알고 이번 일은 이렇게 정리하도록 하겠습니다. 추후에도 이 일에 대해 계속해서 조사를 해 나갈 것이고, 관련된 이가 있다면 엄히 문초하도록 하지요."

길게 이어졌던 회의가 어느 정도 마무리에 들어서자 많은 이들이 서로 이야기를 나누기 시작했다. 그런 그들을 바라보던 월천후가 자리에서 일어나며 입을 열었다.

"다들 하실 이야기들이 있으신 거 같은데, 그럼 전 먼저 집무실로 돌아가도록 하겠습니다."

떠나려는 월천후를 주기진이 황급하게 잡았다.

"하나 더 안건이 있소이다."

"뭡니까?"

"월하린과 관련된 건인데, 지금 그녀는 심적으로 너무 불안정하다 들었소이다. 그녀의 옆에 백하궁 사람들도 붙이고 싶은데……."

"그 이야기는 나중에 하지요. 오랫동안 이 일에 시달렸더니 머리가 아파서 잠시 쉬고 싶군요."

월천후가 말을 끝내려고 하자 이번에도 기다렸다는 듯이 은설란이 나섰다.

"그럼 그 일에 대해서는 저와 화산파 장문인이 상의해서 정해도 괜찮을까요?"

"……그러도록 하시오."

은설란을 노려보던 월천후는 더는 이야기하기 힘들었는지 미간을 누른 채로 황급히 바깥으로 걸음을 옮겼다. 그가 빠르게 사라지자, 은설란이 주기진을 향해 말했다.

"장문인께서 원하시는 대로 하세요."

"허허, 이거야 원. 오늘 뭐 잘못 먹었는가?"

"그럴 리가요."

은설란이 웃으며 대답했지만 주기진은 지금 상황을 쉬이 받아들이기 어려웠다. 월하린을 죽이는 것도 함께 막아 주고, 이번에는 그녀의 곁에 백하궁 인원을 붙이는 것도 협조해 주고 있다.

항상 자신의 일에는 쌍수를 들고 반발하던 여태까지와는 너무나 다른 모습이 아닌가.

의아해하는 주기진을 앞에 둔 채로 은설란은 가볍게 손가락으로 탁자를 두드리며 상념에 잠겼다.

툭툭.

퍼져 나가는 소리만큼, 그녀의 생각도 많아졌다.

* * *

비틀거리며 걸어가던 월천후가 이내 자신의 집무실 입구에 도달했다. 입구를 지키고 서 있던 무인이 막 예를 갖추려고 할 때였다.

"비, 비켜라."

무인을 밀치며 안으로 걸어 들어간 월천후가 기다란 통로를 지나 집무실에 들어섰다.

안에 들어서기 무섭게 월천후는 곧바로 바닥을 나뒹굴었다. 그는 고통스럽다는 듯 이마를 감싸 안은 채로 서랍이 있는 쪽으로 기기 시작했다.

힘겹게 바닥을 기어가던 월천후가 이내 서랍을 열어 안에 있는 나무로 된 통 하나를 꺼내었다. 그 안에는 조그마한 단환들이 가득했다.

월천후는 그 단환 중 하나를 꺼내어 다급히 입 안에 욱여넣었다. 그러고는 이내 한결 편안해진 얼굴을 한 채로 쓰러져 있던 월천후가 천천히 눈을 감았다. 그렇게 그가 깊은 숙면에 빠졌을 때였다.

타악.

창문을 통해 누군가가 모습을 드러냈다.

그자의 정체는 다름 아닌 청룡이었다. 청룡은 드러누운 채 혼절해 있는 월천후를 가만히 내려다봤다.

'약의 주기가 점점 짧아지고 있군.'

처음엔 한 알만 먹어도 며칠은 버텼는데 이제는 하루에 몇 개를 먹어야 고통에서 벗어난다. 청룡은 통 안에 든 단환을 살폈다.

'뭐 거사가 끝날 때까지 이 정도면 충분하겠지.'

나무로 된 통을 서랍 안에 넣으며 청룡은 방금 전 일을 떠올렸다.

'정말 큰일 날 뻔했어.'

아주 잠깐 월천후의 목소리가 갈라지는 순간 얼마나 놀랐는지 모른다.

약 기운이 떨어지기 전에 어서 돌아와야 했기에, 청룡은 어떻게든 일을 마무리 짓고 빠르게 이곳으로 귀환하라고 명을 내렸다. 아슬아슬했지만 월천후는 청룡이 시키는 모든 걸 끝낸 후에 이곳으로 돌아왔다.

물론 모든 게 마음에 드는 건 아니다.

'백호와 함께하던 그 인간 계집을 죽였어야 했는데······.'

아쉽지만 어쩌겠는가. 그래도 소림사에 가뒀으니 죽인 것과 크게 다를 건 없을 게다.

월하린은 청룡에게 화약고와도 같은 존재다.

그로 인해 백호가 움직이고, 또한 청룡이 만들어 놓은 이 월천후라는 존재 자체가 흔들린다.

월천후가 이토록 많은 단환을 먹어야만 청룡의 명령을 따르게 된 것도 전부 그녀를 처음 만났던 그날 이후부터였다.

당시 월천후는 고통에 휩싸였고, 그때부터 뭔가 예전과 다른 행동을 취하기도 했다. 물론 그런 행동은 이 단환을 먹으면 원래대로 돌아가긴 했지만 불안한 건 사실이다.

그랬기에 어떻게든 월하린을 제거하려 했고, 이제는 그 소기의 목적을 달성했다.

그것도 아버지인 월천후를 조종해서.

오늘 무림맹 회의에서 말을 한 건 월천후였지만, 사실 그 모든 건 청룡이 전음으로 보내 준 걸 그대로 그가 읊은 것뿐이다.

지금뿐만이 아니다.

단 한 번 월하린에게 감정적으로 대했던 그때를 제외하고는 매번 그랬다.

처음 모습을 드러냈을 때부터 지금까지.

월천후가 내뱉었던 그 모든 말들은 다 청룡의 말이라 해야 옳았다. 청룡이 말했고, 그걸 월천후가 전한다. 그리고 그 말대로 움직이는 게 바로 지금의 무림맹이다.

'조금만 더 버티어라. 네놈은 내 꿈이니까.'

쓰러져 있는 월천후를 보는 청룡의 눈빛에 스산한 기운이 감돌았다.

이자는 아직 망가져서는 안 된다.

준비한 모든 일이 끝나기 전까지는 월천후라는 이름이 필요했다.

이 월천후라는 자를 손에 넣기 위해 얼마나 오랜 시간이 걸렸던가.

청룡은 오래전부터 하나의 계획을 짜고 있었다. 그리고 그 계획을 시작하기 위해 필요했던 마지막 패가 바로 월천후였다.

치밀한 계획 끝에 월천후를 잡았고, 준비해 둔 대법과 약을 이용해 그의 신체를 완벽히 손에 넣었다. 살아는 있지만 청룡의 명령대로 움직이는 꼭두각시가 된 것이다.

의지도 없이 그저 시키는 대로만 행동하는 강시와 비슷한 존재. 신체와 정신을 완벽하게 제압당한 그는 청룡의 명에 따라만 움직였다.

그토록 염원하던 월천후를 손에 넣는 그 날부터 청룡은 자신이 염원하던 세상을 만들 계획을 실행하기 시작했다.

청룡이 꿈꾸는 세상, 그건 바로…… 무림인이 없는 세상이었다.

청룡의 반지에서 검은 요력이 뿜어져 나왔다.

흑색 기운에 휩싸인 채로 청룡은 기분 좋은 웃음을 흘렸다. 쓰러진 채로 깊은 잠에 빠져 있는 월천후를 바라보며 청룡이 들으라는 듯이 중얼거렸다.

"네놈도, 네 딸년도 죽을 것이다. 하지만 너무 슬퍼하지는 말거라. 어차피 너희들 뿐만이 아니라 중원에 있는 무공을 익힌 놈들이란 놈들은 깡그리 다 죽여 버릴 테니까. 그저 누가 먼저 가고, 늦게 가고의 차이일 뿐이니 말이야."

모든 무인들을 죽일 게다.

누가 들으면 코웃음 칠 그 말도 안 되는 계획이 이미 구할 이상 진행되어 있었다.

무인들은 모두 죽을 것이고, 이제 다시금 세상은 수백 년 전처럼 요괴인 자신의 발아래에 놓일 것이다.

무공을 잃은 인간들은 자신들에게 대항할 모든 힘을 잃게 되는 셈이다.

그 순간 혼절해 있던 월천후의 몸이 가볍게 떨렸다.

하지만 청룡은 상관없다는 듯 웃었다.

잠시 정신이 돌아온다 한들 이미 온몸에 퍼진 약 기운은 다시 그를 청룡의 충실한 수하로 만들어 줄 테니까.

청룡이 허리를 숙여, 몸을 부들부들 떠는 월천후의 머리를 쓰다듬었다.

"발악한다 한들 달라지는 건 없어. 그 누구도 날 막지 못할 것이고, 그 누구도 너흴 돕지 않을 테니까."

툭.

월천후의 미간을 손가락으로 가볍게 친 청룡이 허리를 폈다.

그가 자신만만한 어투로 입을 열었다.

"무림은 곧 사라진다. 바로 내 손에 의해서."

수십만 명이 죽을 게다.

그들의 피가 강을 이룰 것이고, 시체가 산을 만들 것이다.

무림 말살 계획.

수십만 명이 죽어 나갈 끔찍한 살육의 시간이 다가오고 있었다.

제12장. 그리움
― 그렇게 생각했다

감숙성 환현(環縣).

서쪽으로는 회족들의 땅이 있고, 북쪽으로 조금 더 올라가면 몽골로 향하는 길이 있는 감숙성 외곽에 위치한 마을이다.

지리적인 영향으로 무인보다는 상인들이 많이 찾는 이곳에 커다란 마차 하나가 들어서고 있었다.

마차는 무척이나 화려했다.

커다란 마차는 그 누가 봐도 고급스럽다 느낄 정도로 빼어난 위용을 자랑했다. 새카만 목재로 만들어진 마차의 창문은 두꺼운 휘장으로 가려져 있어 그 안을 확인하기 어려왔다.

많은 이들이 값비싸 보이는 마차의 등장에 잠시들 힐끔거렸지만 그것도 잠시였다.

워낙 많은 돈이 모이는 이곳 환현에서는 이 정도 마차가 모습을 드러낸 것이 그리 큰일은 아니었기 때문이다.

모두의 시선을 잠시 잡아끌며 달리던 마차는 이내 환현의 한곳에 있는 커다란 장원으로 향했다.

장원 안으로 들어선 마차가 이내 천천히 움직임을 멈추었다.

커다란 크기를 지닌 장원이었지만 안에는 사람들이 그리 많이 보이지 않았다. 일을 하는 식솔로 보이는 이들 몇 명이 전부일 뿐 장원은 무척이나 조용했다.

멈추어 섰던 마차의 문이 열리며 그 안에서 화려한 행색을 한 여인 하나가 먼저 뛰어내렸다.

그녀의 정체는 다름 아닌 주작이었다.

주작은 마차에서 내리기 무섭게 안쪽을 향해 입을 열었다.

"다 왔어. 어서 내려."

"……여기는?"

짧은 말과 함께 모습을 드러낸 건 다름 아닌 백호였다. 낮게 가라앉은 목소리, 이곳에 오는 내내 깊은 잠에 빠져 있었던 탓이다.

백호는 월하린과 헤어진 동굴에서 떠나 마차에 탄 이후 쭉 잠에 빠졌다. 그 이후로 단 한 번도 눈을 뜨지 않아 주작은 이대로 백호가 긴 수면기에 다시 들까 내심 걱정할 정도였다.

 허나, 다행히도 백호는 목적지에 다 왔다며 깨우자 눈을 뜨고는 자리에서 일어났다.

 백호는 오랜만에 햇볕을 직면해서인지 눈이 부신 듯 표정을 찡그렸다. 그가 손을 미간에 댄 채로 햇볕을 가리고 있을 때였다.

 "네가 지낼 곳이야. 어때?"

 환현이라는 큰 마을에 위치한 장원답게 크고 화려했지만 이곳만큼은 바깥과 다르게 무척이나 조용했다. 크지만 조용한 이 장소는 한눈에 봐도 백호의 취향에 맞춘 거처가 분명했다.

 백호는 가볍게 주변을 둘러봤다.

 "나쁘진 않네."

 말을 내뱉는 백호의 목소리에는 전혀 힘이 느껴지지 않았다. 그런 것을 눈치채서일까? 주작이 오히려 백호에게 이것저것 말을 걸었다.

 "그동안 쫓기느라 고생했잖아. 여기서 우선 푹 쉬어. 그리고 그 이후에 앞으로의 일들도 계획하자고."

"……."

백호는 별말 없이 그저 가만히 서 있었다. 그런 그에게 주작이 또 다시금 말했다.

"뭐 하고 싶은 건 없어? 이제 뭐든지 할 수 있으니 원하는 것 있으면 말만 해. 내가……."

"지겹네."

사는 게 지겨웠다. 생각하는 것도 귀찮고, 뭔가 하는 것도 귀찮다.

그냥 아무것도 하고 싶지 않은 기분이 전신에 밀려든다. 백호가 하늘을 올려다본 채로 물었다.

"무림맹이 있는 쪽이 어느 쪽이지?"

"남쪽이겠지."

주작의 대답에 백호가 시선을 돌려 남쪽을 바라봤다.

이곳으로 쭉 가면 아마 그녀를 만날 수 있으리라.

하지만 안다. 이제 다시는 만나면 안 될 인연이라는 건. 자신이 월하린에게 간다면 그녀의 삶은 다시금 쫓기는 인생이 될 거라는 것도.

그래서일까? 무미건조해져 버린 이 삶에 대해 백호는 신물까지 일었다.

백호가 남쪽을 바라보며 자그맣게 중얼거렸다.

"다시 수면기에나 들어갈까."

작은 목소리였지만 워낙 가까이 있었으니 주작이 그 말을 듣지 못했을 리가 없다.

그건 절대 안 될 일이다.

무려 오백 년이 넘는 시간을 잔 백호다.

그런 그가 일어나기를 얼마나 기다렸던가. 그렇게 긴 시간을 기다려서 만난 백호가 다시금 수면기에 들려고 하니 주작으로서는 그런 상황이 오는 걸 바라지 않았다.

"그렇게 길게 자 놓고 또 자겠다고?"

"글쎄."

사실 백호도 잘 모르겠다. 어떻게 하는 것이 더 좋은 선택일지는.

그냥 지금 이 순간이 너무나 힘들었기에 그 같은 말을 내뱉었을 뿐, 앞으로 어떻게 해야 할지 아무런 것도 계획하지 못하고 있었다.

월하린과 헤어진 백호는 길을 잃었다.

함께 있을 땐 이 정도일 줄은 몰랐다. 지금 자신에겐 월하린이 전부였다는걸.

멍하니 서 있던 백호가 습관처럼 당과 주머니를 찾아 품 안을 뒤적였다. 그러더니 이내 그는 허망한 표정으로 손을 꺼냈다.

당과 주머니는 이제 없다.

월하린을 떠나보낸 그 동굴에 백호는 남아 있던 당과를 모두 버려 버렸다. 그녀와 관련된 것이었기에 더는 가지고 있어선 안 될 거라 생각한 탓이다.

백호가 비어 있는 자신의 손을 바라보며 나지막이 중얼거렸다.

"……당과는 거기에 다 버렸지 참."

"왜? 당과 먹고 싶어? 지금 나가서 사 올까?"

주작이 물었을 때였다.

백호가 고개를 크게 젓고는 힘없는 목소리로 대답했다.

"필요 없어. 이제…… 당과 끊었거든."

* * *

정신을 차린 지 며칠의 시간이 지난 덕에 월하린의 몸 상태는 많이 호전됐다. 하지만 그런 몸 상태와는 달리 그녀의 마음은 점점 황폐해져 가고 있었다.

그녀에게 허락된 공간은 이 방에서도 오직 침상 위뿐이다. 만약 월하린이 조금이라도 그 바깥으로 나오려 한다면 주변에 있는 고수들이 그녀를 힘으로 제압하곤 했다.

월하린에게 이곳은 창살 없는 감옥과 다름없었다.

중요한 건 그뿐만이 아니다.

백호의 행방에 대해 아무런 것도 알지 못하는 것이 월하린을 점점 초췌하게 만들었다. 그녀의 얼굴에는 수심이 가득해졌고, 짧은 순간순간들이 고통으로 다가왔다.

백호에 대한 걱정에 월하린은 잠을 자기도 힘들었다.

대체 그는 어떻게 된 걸까?

알고 싶었지만 이들이 막고 있으니 알 방도가 없다.

월하린은 대답이 돌아오지 않을 걸 알면서도 자신을 지키고 있는 무인들에게 계속해서 물었다. 백호는 어떻게 됐냐고. 하지만 그들은 벽과도 같았다.

월하린의 질문에 그 누구도 입을 열지 않았다.

그럴수록 월하린의 걱정은 더욱 커져만 갔다.

수많은 생각들이 그녀를 복잡하게 만들었다. 혹시 백호가 죽은 것이 아닐까 하는 생각이 들면 월하린은 자신도 모르게 침상에 앉아 펑펑 울었다.

대답해 달라고 옷깃을 잡고 애원도 해 봤으나 결과는 마찬가지였다.

매몰차게 뿌리치는 손길, 그리고 백호의 안위를 묻는 자신을 향해 비웃는 듯한 그 모습이 월하린을 더 불안하게 만들었다.

만약 백호가 죽었다면?

월하린은 살아갈 자신이 없었다. 그가 없는 인생은 이제

제12장. 그리움 – 그렇게 생각했다 355

는 생각조차 할 수 없을 지경이다.

이렇게 갇힌 채로 아무런 것도 할 수 없으니 월하린은 너무 초조했다. 그렇지만 지금 그녀에겐 아무런 힘이 없었다. 이 조그마한 방에서 나갈 수 있는 힘조차도.

그렇게 월하린의 상태가 점점 더 불안해져 갈 때였다. 누군가의 그림자가 어른거린다고 생각될 무렵 문이 열리며 몇몇의 사람들이 모습을 드러냈다.

침상에 앉아 있던 월하린은 들어오는 이들을 보고는 급격히 안색이 펴졌다.

그들은 다름 아닌 주기진과 전우신, 그리고 아운이었다.

월하린이 황급히 침상에서 일어나 그들에게 다가가려고 할 때였다. 머리맡을 지키고 있던 중년 무사가 두꺼운 팔로 달려 나가려는 그녀를 거칠게 밀쳐 냈다.

그들에게 다가가려던 월하린은 그 손에 어깨를 맞고 다시금 침상에 주저앉고야 말았다.

처음 월하린을 발견하고 환한 표정을 지으며 다가오던 전우신과 아운의 표정이 급속도로 냉랭하게 변했다.

전우신이 화가 난 목소리로 말했다.

"여인에게 이게 무슨 짓입니까?"

"나는 명대로 따를 뿐이오. 내 임무는 이 계집을 이곳 침상 바깥으로 나가게 하지 못하는 것이오. 뭐 불만 있소?"

계집이라는 말에 전우신이 다시금 발끈하며 나서려고 할 때였다.

주기진이 그런 전우신을 말리고는 천천히 앞으로 다가갔다. 그가 중년 사내를 향해 말했다.

"우리가 온다는 이야기는 들었는가?"

"예, 미리 들었습니다."

전우신에게 대할 때와는 달리 사내의 어투는 공손해졌다. 상대는 다름 아닌 화산파의 장문인이다. 자신이 함부로 대할 존재가 아니다.

주기진이 다시금 말했다.

"그렇다면 우리가 왜 왔는지도 아는가?"

"앞으로 이 계집을 같이 감시한다고 들었습니다. 그런데 굳이 그럴 필요가 있을까요? 이런 계집 정도야 저희만으로도……."

"거슬리는군그래. 계속 계집이라 할 겐가? 적어도 그런 모욕적인 언사를 들을 만한 인물은 아니라 생각되는데 말이야."

"죄송합니다."

주기진의 한마디에 사내가 당황한 얼굴로 고개를 꾸벅였다. 내심 불만은 있었지만 그걸 그대로 표현해도 될 만한 상대가 아니었기에 사내가 묵묵히 서 있을 때였다.

"앞으로 이 안의 감시는 이 둘에게 시키도록 하지. 자네들은 바깥을 지키게."

주기진의 말에 사내가 안 된다는 듯 크게 고개를 저으며 말했다.

"그럴 순 없습니다. 제아무리 장문인의 명이라고 하셔도 이건 저희에게 내려진 임무입니다. 그렇게 하시고 싶다면 절차대로 위에 말씀하시고 명령을 하달하셔야 합니다."

"이곳의 담당자가 이번에 새로 온 그 각주가 맞는가?"

"예, 그렇습니다."

"지금 만나 보고 싶은데 연락을 취해 줄 수 있겠는가?"

"물론입니다. 곧바로 연락을 보내 보겠습니다."

월하린이 갇혀 있는 이곳은 한동안 아무런 담당자도 없는 장소였다. 그저 이름뿐인 전각에 가까웠던 이곳에 얼마 전 새로운 각주 하나가 들어왔고, 아직 공적인 자리에서 얼굴을 한 번도 비치지 않아 누구인지도 알지 못하는 상황이었다.

그랬기에 직접 찾아가지 못하고 이렇게 수하들을 통해서 연락을 취해 만남을 잡은 것이다.

두 사람의 대화가 끝났을 무렵이었다.

아운이 다가서며 사내에게 말했다.

"자리 좀 비켜 주시죠."

"말 못 들었소? 명령이 떨어지기 전까지 이 방에선 나갈 수 없다 했소만."

당당하게 말하는 그를 향해 아운이 실실 웃으며 말했다.

"월 궁주님 옷 좀 갈아입히려고 한 건데 그래도 이 방에 계시려고요? 공명정대한 명문정파의 무인 분이 여인의 옷 갈아입는 걸 감상하는 고상한 취미라도 가지셨나 보군요."

아운의 조롱 섞인 말에 사내의 얼굴이 일순 새빨갛게 변했다. 한순간에 여인의 속살이나 궁금해하는 파렴치한이 되어 버렸다.

그는 괜히 크게 헛기침을 하고는 목소리에 힘을 주어 말했다.

"좋소, 잠시 방 바깥에서 대기할 테니 끝나는 대로 곧바로 부르시오. 다들 바깥에서 대기한다."

사내의 명이 떨어지자 방 안을 지키고 있던 일련의 무리들이 우르르 바깥으로 빠져나갔다. 그들이 빠져나가기 무섭게 전우신과 아운이 황급히 월하린의 옆으로 다가왔다.

한눈에 봐도 알 정도로 월하린의 표정은 좋지 못했다. 걱정스런 목소리로 전우신이 물었을 때다.

"몸은 좀 어떠십니까? 많이 아파 보이시는데……."

"백호는요? 백호는 어떻게 됐어요? 혹시 죽은 건 아니죠? 그렇죠?"

제12장. 그리움 - 그렇게 생각했다 359

월하린에게 말을 내뱉기 무섭게 돌아오는 건 백호에 대한 걱정이 가득한 질문들이었다.

백호의 안위 말고는 그녀에게는 아무런 것도 중요치 않았다.

연달아 물어 오는 월하린의 얼굴에서 백호에 대한 그녀의 걱정을 읽을 수 있었다. 월하린의 질문에 대해 아운이 대답했다.

"사실 저희도 잘 모르는 상황입니다. 다만 하나 확실한 건 아직까지도 무림맹에서는 별동대를 조직해 백호님을 쫓고 있죠. 시신도 발견되지 않았고, 별다른 큰 부상을 입은 흔적도 발견 못 했다는 걸 보면 백호님은 아마도 무사하니……."

말을 내뱉던 아운이 멈칫했다.

그 이유는 바로 앞에서 이야기를 듣고 있던 월하린 때문이었다. 아운의 말에 귀 기울이던 그녀의 눈가로 눈물이 줄줄 흘러내렸다.

월하린은 울면서 웃고 있었다.

백호가 살아 있다는 걸 알게 되는 순간 기쁨과 눈물이 동시에 솟구쳤다.

됐다. 그거면 됐다.

백호가 살아 있다는 걸 아는 순간 가슴에 막혀 있던 뭔가가 쑥 하고 내려간 기분이다. 월하린은 쏟아지는 눈물을 참을 수가 없었다.
그런 그녀를 향해 전우신이 걱정스레 말했다.
"괜찮으십니까?"
"물론이죠. 백호가 살아 있다는데 뭐가 걱정이겠어요."
백호가 살아 있다.
이 말을 듣기 위해 며칠 동안 대답 없는 무인들에게 얼마나 매달렸던가. 불안했고 무서웠다. 그런데 백호가 살아 있다고 하니 이제 그런 감정이 거짓말처럼 사라졌다.
계속해서 울면서 웃고 있는 그녀를 바라보던 주기진이 안쓰러운 목소리로 말했다.
"그러게 왜 그런 일을 벌여서 이 같은 수모를 당하는가."
"만약에 똑같은 일이 벌어진다 해도 전 같은 선택을 할 거예요. 저에게 이젠 백호가 없는 삶은 상상할 수도 없거든요."
흔들림 없는 월하린의 대답을 들은 주기진은 마음이 아팠다.
그녀를 탓하고자 했던 말이 아니었다.
주기진 또한 백호가 이번 일의 원흉일 거라는 생각은 이상할 정도로 들지 않았으니까.
다만 맹주의 여식이고, 백하궁의 궁주인 그녀가 이런 좁

디좁은 침상 바깥으로 나가지 못하는 모습이 안쓰러워서 한 말일 뿐이다.

안 봐도 알 수 있다.

자신들이 눈앞에 있는데도 그처럼 월하린을 막 대하던 자들이다. 평상시에 그보다 더하면 더했지 결코 덜하지는 않았으리라.

그런 생각을 하니 더욱 안쓰러웠지만 주기진은 애써 침착하게 말을 이었다.

"자네에 대한 처벌이 정해졌네. 소림사 오백 년 면벽행이라는군."

"그게 말이나 됩니까?"

"미친……."

주기진의 말은 전우신과 아운 또한 처음 듣는 것이었다. 그랬기에 둘은 월하린에 대한 처분을 듣고는 크게 격분하는 모습을 보였다.

오백 년이라는 말은 곧 그곳에서 죽으라는 것과 뭐가 다르단 말인가.

둘이 크게 반발하는 것과는 달리 막상 당사자인 월하린은 그런 사실에 전혀 동요하지 않았다. 그녀가 무덤덤하니 말했다.

"그렇군요. 소림사에서 오백 년…… 엄청 기네요."

"이건 그냥 길다고 하고 말 문제가 아닙니다. 어떻게든 형량을 감할 수 있게 다시금……."

"무리야. 이미 정해진 일이다."

전우신의 말을 주기진이 끊었다.

주기진 또한 어찌 과하다 생각하지 않겠는가. 그 또한 어떻게든 월하린을 지키려 했다. 그랬기에 간신히 죽이자는 것을 이 정도로 바꾸는 게 가능했다.

물론 그것조차도 은설란이 돕지 않았다면 힘들었을 일. 아직까지도 왜 그녀가 자신을 도왔는지는 모르겠지만 큰 힘이 되어 준 건 사실이다.

주기진이 착잡한 목소리로 말을 이었다.

"지금은 참형을 피한 것만 해도 다행이야. 우선은 시간을 벌고 진범을 잡는 쪽으로 가야 할 듯하군. 현재로서는 이게 최선이야."

시간을 번 것만 해도 천운이다.

계속해서 그 사건의 진범을 조사해서 만약 다른 뭔가를 찾아낼 수만 있다면 월하린의 벌도 끝낼 수 있을 것이다. 그 날을 위해서는 우선 생명을 부지하는 게 가장 중요한 문제다.

걱정하는 주변의 말을 들으며 오히려 월하린이 그들을 향해 아무렇지 않게 말했다.

제12장. 그리움 – 그렇게 생각했다

"너무 걱정들 하지 마세요. 다들 백호에 대해 아시잖아요? 백호가 살아 있는 한 제가 어떻게 되는 걸 그냥 두고 보고만 있지는 않을 거라는 걸요. 백호라면 결코 절 그냥 두지 않을 테니까요."

눈물을 닦아 낸 채로 환하게 웃으며 월하린이 말했다. 월하린의 목소리에는 확신이 서려 있었고, 그런 그녀를 바라보고 있자니 절로 고개가 끄덕여졌다.

아운 또한 동조한다는 듯이 입을 열었다.

"그럼요. 백호님이라면 벌써 무림맹 인근에 있을지도 모르죠. 궁주님을 구할 준비를 끝내고요."

"정말 그랬으면…… 얼마나 좋을까요."

월하린이 웃으며 중얼거렸다.

구해 주는 걸 바라는 게 아니다. 그저 한시라도 빨리 백호, 그를 보고 싶을 뿐이다.

살아 있을 거라는 건 알았지만 그래도 두 눈으로 보고 싶다.

이 두 손으로 그를 만지고 싶다.

하지만 안다. 지금 그것까지 바라는 건 욕심이라는 것 정도는. 그랬기에 월하린은 백호가 살아 있다는 사실을 안 것만으로 충분히 행복했다.

그렇게 네 사람이 마주한 채로 나누던 이야기가 끝나 갈 무렵이었다.

　인기척과 함께 방문 앞에 나타난 누군가가 입을 열었다.

　"은자각 각주가 장문인의 부름을 받고 왔습니다."

　그 목소리를 듣는 순간 아운은 갑자기 표정을 확 구겼다. 뭔가 좋지 않은 기분이 엄습해 온다.

　'이 목소리 언제 들은 기억이 나는데…….'

　아운이 불안한 얼굴로 문가를 바라보고 있을 때였다. 문이 열리며 익숙한 얼굴 하나가 걸어 들어오고 있었다.

　그자의 얼굴을 확인하는 순간 아운이 자신도 모르게 살기를 뿜으며 다급히 월하린 앞을 막아섰다. 아운의 행동에 전우신이 무슨 일인가 하고 뒤로 고개를 돌렸다가 이내 마찬가지로 표정을 구겼다.

　아운이 입을 열었다.

　"네가 여긴 무슨 일이냐?"

　"이거 다들 절 반기시지 않는 모양이군요."

　상대 사내가 웃음을 흘렸다.

　사내의 얼굴에 걸린 진한 미소, 은자각 각주의 신분으로 이 자리에 모습을 드러낸 유강이었다.

　유강의 등장에 놀란 건 월하린도 마찬가지였다.

　숙부를 잔인하게 살해하고, 자신을 납치하려고 했던 그자가 어떻게 이곳 무림맹 은자각의 각주가 되어 있단 말인가.

묘한 분위기를 눈치챘는지 주기진이 물었다.

"아는 사이인가?"

"그럼요. 지독한 악연이죠. 그런데 어떻게 저런 놈이 무림맹을 버젓이 돌아다니는 겁니까?"

아운의 퉁명스러운 말투에 유강은 웃으며 대꾸했다.

"넌 여전하구나."

"닭살 돋으니까 친한 척하지 말아 줄래?"

웃는 유강을 향해 아운 또한 실실 웃으며 맞받아쳤. 그런 아운을 향해 유강이 짧게 말했다.

"내가 누군지 모르나? 너희들 궁주의 생사 여부를 쥐고 있는 게 바로 나거든."

그 한마디에 전우신과 아운이 화가 난 표정으로 유강을 노려봤다. 유강의 말이 마치 자신에게 함부로 대했다가는 월하린을 죽이겠다는 협박처럼 들렸기 때문이다.

자신에게 덤비지 못한 채로 그저 이를 가는 두 사람을 바라보며 유강은 속으로 웃음을 흘렸다.

드디어 그토록 고대하던 그때가 온 것이다.

항상 빛났던 백호.

그런 그의 모든 걸 가지고 싶었다.

그리고······.

'보고 있느냐, 백호?'

지금의 자신은 분명 백호보다 빛나고 있으리라. 그리고 그가 가졌던 수많은 것들.

유강의 시선이 월하린에게로 향했다.

분한 듯이 입술을 깨물고 있는 그녀를 보며 유강은 다시금 웃음을 흘렸다.

'네가 가졌던 그 모든 것들을 이제…… 전부 내가 가지겠다.'

*   *   *

시간은 흐른다.

그토록 갈 것 같지 않았던 한 시각이 흘러 하루가 되고, 그 하루가 흘러 다시금 계절을 만들어 낸다.

넓은 대청에 앉은 백호는 기둥에 몸을 기댄 채로 하늘을 올려다보고 있었다.

월하린과 헤어진 지 어느덧 한 달하고도 반 가까운 시간이 지나가고 있었다.

백호의 옆에는 주작이 자리하고 있었다. 추웠던 겨울이 서서히 지나가고 이제는 조금씩 날씨가 풀려 가고 있다.

아직까지 밤낮으로 쌀쌀하긴 했지만 이제는 아주 조금이나마 따뜻한 햇볕을 느낄 수 있는 계절이 된 것이다.

백호는 이 따뜻함이 마음에 드는지 무척이나 푸근한 표정을 짓고 있었다. 그리고 그런 백호를 바라보는 주작의 표정 또한 밝았다.

 이곳에 도착하고 일주일간 백호는 거의 죽을 것 같이 굴었다.

 제대로 밥도 먹지 않았고, 잠조차 자지 않았다.

 뜬눈으로 밤을 지새우는 백호를 보고 있자니 주작의 심정도 답답할 수밖에 없었다. 그러던 백호가 어느 순간부터 나아졌다.

 식사도 하기 시작했고 잠도 잘 자고, 이제는 웃기까지 한다.

 그런 백호의 모습을 보며 주작은 생각했다.

 아, 드디어 그 여자를 잊었구나.

 그리 생각하면서도 주작은 일부러 월하린에 대한 이야기는 꺼내지 않았다. 혹여나 나아지고 있는 백호의 상태에 좋지 않은 영향을 끼칠까 봐.

 그리고 그건 백호도 마찬가지였다.

 그는 단 한 번도 월하린에 대해 이야기하지 않았다. 그저 흘러가는 하늘을 바라보며 태평하게 하루를 보냈고, 그건 오늘도 똑같았다.

 백호가 손가락을 뻗어 불어오는 바람을 느끼다가 입을

열었다.

"배고프네."

"그래? 밥 차리라고 시킬까?"

"흐음."

백호가 탐탁지 않은 듯이 짧은 소리를 흘렸다.

지금 이들이 기거하는 이곳에는 솜씨 좋은 식모들이 있었다. 그들이 해 주는 음식이 백호의 입맛에 맞지 않는 건 아니었지만…….

"매일 비슷한 음식만 먹으니 질리네."

"그럼 나가서 먹을까?"

주작이 신이 나는 듯이 물었다.

백호를 잡기 위해 많은 이들이 날뛰었지만 이곳까지 그들이 손길이 미칠 리 없다. 애초부터 그 모든 덫 자체가 청룡이 만들어 둔 것. 이제 더는 방해를 하지 않는 백호에게 신경을 쓸 이유가 없었다.

설령 백호를 발견했다는 보고가 들어간다 해도 청룡이 알아서 다 막아 줄 일.

무림공적으로 추살령을 받은 백호였지만, 우습게도 그 누구보다도 안전한 것이 그였다.

나가자는 말에 다시금 하늘을 올려다보던 백호가 자리에서 일어났다.

햇볕도 좋고 선선한 것이 딱 외출하기 좋은 날씨다.

"가자."

백호의 말에 주작은 신이 나서 그의 뒤를 따라나섰다. 이곳 환현에 온 지 꽤나 시간이 흘렀지만 이렇게 문밖으로 나가는 건 처음이다.

주작은 백호와 함께 나가자마자 번화가 쪽으로 그를 안내했다.

백호는 신기하다는 듯 주변을 두리번거리며 걸었다. 이민족들이 많이 지나다니는 길목에 위치한 마을답게 생각지도 못한 옷차림을 한 이들이 부지기수였다.

옷차림과 외모 모두 중원과 완전히 다른 이민족들은 자신들만의 언어를 써 대며 이리저리 움직이고 있었다.

백호는 그런 그들을 보며 중얼거렸다.

"저놈은 뭐 저리 귀에 주렁주렁 달고 있는 거야."

귀에 엄청난 숫자의 귀고리를 단 사내를 보며 백호가 이해가 안 간다는 듯이 말했다. 신기한 건 그것뿐만이 아니었다.

말도 안 되게 커다란 옷을 입고 다니는 이도 있었고, 온몸에 알 수 없는 형형색색의 문신을 한 자도 있다. 너무나 특이한 자들이 많았기에 백발인 백호조차도 이곳에서는 그리 유별나 보이지 않았다.

이것저것이 궁금하다는 듯이 바라보는 백호를 보며 주작은 무척이나 기뻤다.

저게 바로 원래 백호의 모습이었으니까.

힘없는 그의 모습은 온데간데없이 사라지고 자신이 알던 백호가 이곳에 있었다. 히죽히죽 웃으며 주변을 둘러보는 백호가 자신을 향한 시선을 느꼈는지 고개를 돌렸다.

백호와 눈이 마주친 주작이 살짝 당황한 듯 얼굴을 붉혔다.

백호가 말했다.

"길 안내 안 하고 뭐하냐?"

"아, 잠시만. 거의 다 왔어."

백호의 식성을 잘 아는 주작이었기에 애초에 나올 때부터 생각해 둔 객잔이 하나 있었다. 주작은 능숙하니 길을 따라 번화가 한편에 있는 객잔에 들어섰다.

그녀는 들어서기 무섭게 자리를 하나 잡고 앉았다.

자리에 앉은 주작이 점소이에게 곧바로 백호가 좋아하는 갖가지 고기로 된 음식들을 주문했다.

주작의 건너편에 자리한 백호는 턱을 괸 채로 객잔 안을 살폈다.

바깥과 마찬가지로 이곳에도 여러 사람들이 뒤섞여 있었다. 시끌벅적하니 떠들며 그들은 뭔가에 대해 열띤 이야기를 나눴다.

 백호가 객잔 안을 둘러보고 있을 때였다.

 주문이 들어간 음식이 순식간에 두 사람이 앉아 있는 탁자를 채웠다. 고소한 냄새가 백호의 코끝을 자극했고, 허기가 졌던 그는 황급히 젓가락을 들고 고기를 집어 먹기 시작했다.

 그렇게 고기를 먹는 백호를 주작은 말없이 웃으며 바라봤다.

 백호가 그런 그녀를 향해 고기를 집어 먹으며 물었다.

 "뭘 그렇게 웃냐?"

 "아니, 기운 있는 게 좋아 보여서."

 "내가 언제 기운 없던 적도 있냐."

 "호호, 그런가?"

 주작이 웃으며 얼버무렸다.

 굳이 그 일에 대해 이야기를 꺼내고 싶지는 않았으니까. 대신 그녀는 화제를 돌렸다. 능숙하게 고기를 집어 먹는 백호의 젓가락을 보며 주작이 물었다.

 "그런데 젓가락질이 제법이네. 원래는 손으로 먹었던 것 같은데, 아닌가?"

 그 말에 백호는 움찔하며 잠시 젓가락질을 멈췄다.

 젓가락질에 서툴렀던 기억과 함께 떠오른 한 여인의 얼

굴 때문이다. 하지만 이내 백호는 그런 기색을 감추며 다시금 고기를 마구 집어 먹었다.

오히려 백호는 아무렇지 않다는 듯이 떠들어 대며 고기를 삼켰다.

양이 많았지만 백호에게 이 정도는 순식간이었다.

게 눈 감추듯이 고기를 먹은 백호는 의자에 기댄 채로 자신의 배를 두드렸다.

"으아, 배부르다."

"이렇게 종종 나와서 먹는 것도 괜찮지?"

주작의 질문에 백호는 고개를 끄덕였다.

음식 맛도 썩 나쁘지 않았고, 오랜만에 시끌벅적한 분위기에 빠져드는 것도 좋은 모양이다. 때마침 객잔 바깥을 지나가는 악단들에게서 노랫소리가 흘러 들어왔다.

백호는 콧소리를 흥얼거리며 고개를 까닥거렸다.

음을 맞추는 듯한 백호의 움직임에 주작이 웃음기 가득한 얼굴로 그를 바라봤다.

백호 또한 가볍게 웃으며 그런 주작을 마주했다.

노랫소리가 멀어지자 백호가 자리에서 일어났다. 그가 짐을 챙기며 말했다.

"슬슬 가자."

"그래."

주작은 신이 났다.

하루 종일 백호와 함께할 수 있어 좋았고, 그런 그가 행복해 보여서 좋았다.

자리에서 일어난 주작이 백호를 향해 입을 열었다.

"앞으로 삼사일에 한 번씩은 나와서 식사하는 게 어때?"

"나쁘지 않지."

백호의 시원한 승낙에 주작 또한 덩달아 기분이 들떴다.

대화를 나누며 둘은 객잔 문을 열고 바깥으로 걸어 나왔다. 어느덧 해가 서서히 지기 시작하면서 주변의 날씨도 아까와는 달리 엄청나게 쌀쌀하게 돌변했다.

추운 날씨가 별로라는 듯 백호가 문가에 서서 가볍게 몸을 떨었다. 그리고 그런 그의 뒤를 계산을 마친 주작이 뒤쫓았다.

막 둘이 객잔을 벗어나 문가에 나란히 섰을 때였다.

조그마한 여자아이 하나가 둘을 향해 다가왔다.

"저기요."

여자아이는 여덟아홉 살 정도 되어 보일 정도로 작았다. 그 아이는 등에 자신보다 더 어린 갓난아이를 업고 있었다.

백호의 허리까지밖에 안 오는 그 아이가 조심스럽게 말했다.

"어, 어머니가 많이 아프셔서요. 아프신 어머니 약값이 필요해서 제가 대신 뭘 팔고 있는데 괜찮으시면……."

아이는 추운 날씨에도 하루 종일 바깥에 있었는지 붉어진 얼굴로 중얼거렸다. 그런 아이를 보며 주작이 그냥 무시하고 걸어가려고 할 때였다.

백호가 허리를 굽히고 아이와 눈높이를 맞추며 물었다.

"뭘 파는데?"

"저, 어제 팔다 남은 건데……."

아이는 쭈뼛거리다가 이내 허리에 달고 있던 주머니 하나를 내밀었다. 어른 주먹만 한 주머니는 무척이나 지저분했다.

백호는 건네받은 주머니를 열었다.

그리고 그 안을 확인한 백호의 표정이 굳어졌다. 그리고 주머니 안에 든 내용물이 뭔지는 위쪽에서 내려다보던 주작 또한 단번에 알 수 있었다.

그건 다름 아닌 당과였다.

주작이 기가 차다는 듯이 말했다.

"아니, 먹을 걸 이런 지저분한 주머니에 넣어서 팔겠다는 거니? 이렇게 더러운 걸 어떻게 먹어."

주작의 날카로운 말에 아이의 표정이 어두워졌다.

잠시 말없이 당과를 바라보던 백호가 힘겹게 입을 열었다.

"……얼마냐?"

"저…… 동전 세 냥이면……."

아이가 과하게 부른 게 아닌가 하고 눈치를 살폈다.

사실 동전 세 냥이면 한 가족이 죽이나 한 끼 간신히 할 정도에 불과했다.

그런 아이를 바라보던 백호가 품에서 금화 세 개를 꺼내 아이의 손에 쥐여 줬다. 아이는 눈이 휘둥그레져서 백호를 올려다보았다.

백호가 말했다.

"괜히 길거리 돌아다니다 잃어버리지 말고 곧바로 아픈 어머니한테 가거라. 알겠지?"

"가, 감사합니다!"

아이는 고개를 크게 꾸벅한 채로 급히 길을 따라 달려 나갔다. 멀어져 가는 아이의 뒷모습을 백호가 말없이 바라보고 있을 때였다.

백호의 옆에 서 있던 주작이 입을 열었다.

"그 지저분한 걸 왜 산 거야? 설마 그 더러운 당과를 먹으려고?"

"내가 한 말 잊었냐? 나 당과 끊은 지 오래다. 그냥 불쌍하니까 사 준 거야."

백호의 말에 주작은 기가 차다는 듯이 바라봤다.

언제부터 그가 저런 어린아이에게 연민이라는 감정을 느꼈단 말인가.

주작이 백호의 손에 들린 지저분한 주머니를 가리키며 말했다.

"그럼 그건 어떻게 할 건데?"

백호는 손에 쥐고 있는 주머니를 가만히 바라봤다.

더럽다 못해 헐어 버린 지저분한 주머니. 별거 아닌 물건이었지만 백호는 이상하게 그 주머니에서 쉬이 시선이 떨어지지 않았다.

허나 이내 백호는 그 주머니를 골목길 안쪽, 쓰레기가 쌓여 있는 장소로 휙 하고 내던졌다.

그러고는 미련 없다는 듯이 말했다.

"그냥 금화 세 개 정도 버렸다 치면 되지 뭐."

"성인군자 납셨네 그냥."

"됐으니까, 가자."

백호가 귀찮게 더 떠들지 말라는 듯 한 번 쏘아보고는 걸음을 옮겼다.

주작 또한 그 정도 금화가 대수롭지 않았기에 곧 방금 상황을 잊고 다시금 이야기를 시작했다. 백호와 나란히 걸으며 주작은 계속해서 떠들어 댔다.

그리고 그런 주작의 말에 백호는 웃으면서 맞장구치며

걸었다.

 그런데 아주 조금씩 백호의 걸음걸이가 느려지고 있었다. 웃으면서 맞장구치던 백호의 입도 점점 무표정하게 돌변했고, 또 어느 순간부터 아무런 대답도 하지 않았다.

 그런 백호의 모습을 눈치챈 주작이 그의 얼굴을 살필 때였다.

 멈칫.

 길을 걷던 백호가 갑자기 멈추어 섰다.

 백호의 그런 행동에 주작이 놀란 듯 물었다.

 "왜 그래?"

 "······객잔에 놓고 온 게 있네."

 "딱히 챙기고 나온 것도 없지 않았나?"

 "잠시 다녀올 테니까, 너 먼저 가 있어. 알아서 쫓아가지."

 "그러지 말고 같이······."

 주작이 말을 내뱉을 때였다.

 어느새 몸을 돌린 백호가 온 길을 거슬러 달려 나갔다. 그런 백호의 모습을 멍하니 바라보던 주작은 이내 픽 웃으며 중얼거렸다.

 "뭔가 나한테 감추고 싶은 걸 잊어버렸나 본데 말이야."

 과연 그게 뭘까?

 주작은 장난스럽게 웃으며 천천히 백호의 뒤를 쫓았다.

어차피 객잔이 어디에 있는지 잘 알았기에 굳이 바짝 뒤쫓을 필요도 없었다.

종종걸음으로 백호의 뒤를 쫓은 지 얼마 되지 않아, 마침내 그가 객잔 앞에 도착했다.

백호는 객잔에 도착하더니 움직이지 않았다.

그 모습을 멀리 숨어 지켜보던 주작은 백호의 모습에 고개를 갸웃할 수밖에 없었다.

'왜 저러지?'

가만히 서 있던 백호의 다리가 움직였다.

고개를 갸웃거리던 주작은 백호의 움직이는 방향을 보고는 의아한 표정을 지어 보였다. 그 이유는 바로 그가 객잔이 아닌 옆에 난 골목길로 들어서고 있는 탓이다.

'뭐지? 객잔에 뭘 두고 왔다지 않았나?'

객잔에 뭔가를 두고 왔다더니 왜 골목길로 들어선단 말인가.

주작은 뭔가 심상치 않은 느낌에 벽에 몸을 감춘 채로 딱딱하게 굳어 있었다. 그녀는 벽에 기댄 채로 잠시 백호를 기다렸다.

허나 골목 안으로 들어섰던 백호는 오랜 시간이 흘렀음에도 나오지 않았다.

'어쩌지?'

분명 지금 나타난다면 백호가 자신을 뒤쫓은 걸 눈치채고 화를 낼지도 모르겠다. 허나 지금은 그것보다 골목 안으로 들어간 이후 모습을 드러내지 않는 백호에 대한 걱정이 앞섰다.

주작은 끝내 참지 못하고 결국 발걸음을 옮겼다.

그녀는 어둑해진 주변처럼 어둠에 휩싸인 골목길 안으로 들어섰다.

백호가 어디 있나 찾던 주작은 그의 모습을 금방 발견할 수 있었다. 백호는 그리 멀지 않은 곳에 주저앉아 있었으니까.

백호를 발견한 주작이 안도의 한숨을 쉬며 다가갈 때였다.

"야. 대체 여기서 뭘 하고……."

말을 내뱉던 주작이 멈칫했다.

백호의 상태가 이상하다는 걸 단번에 알아차린 탓이다.

어두운 골목에 혼자 앉아 있는 백호는 한 손에 조그마한 주머니를 들고 있었다. 그 주머니가 뭔지는 금방 알아차릴 수 있었다.

방금 전 여자아이에게서 샀던 당과가 들어 있던 그 볼품없는 주머니다.

지저분하기도 하고, 당과를 끊었다며 백호가 쓰레기 더

미에 던져 버렸던 바로 그 주머니. 그 주머니가 백호의 손아귀에 들려 있었다.

더군다나 그 주머니는 열려져 있었고, 안에 들어 있던 당과의 모습은 보이지 않았다.

놀란 주작이 황급히 백호에게 말을 걸었다.

"설마 그 지저분한 걸 먹은 거야? 아니, 대체 왜 그걸……."

말을 내뱉던 주작은 고개를 든 백호의 얼굴을 보는 순간 입을 닫고야 말았다.

백호는 울고 있었다.

살짝 열린 입안에는 욱여넣은 듯한 당과가 가득했고, 주머니를 쥐고 있는 반대편 손에는 남은 당과가 들려 있었다.

쭈그려 앉은 채로 당과를 꽉 쥔 백호의 두 눈에서 쉼 없이 눈물이 흘러내렸다.

그 모습을 본 주작은 움직일 수가 없었다.

태어나서 처음이다.

백호가 우는 걸 본 것은.

이토록 강하고, 자기 잘난 맛에 살던 백호가 이처럼 처량한 표정으로 우는 모습은 생각도 해 본 적이 없다.

주작이 크게 당황하며 말했다.

"너 왜 그래?"

주작의 질문에도 백호는 쉬이 대답하지 못했다.

계속해서 눈물이 흘렀고, 입 안 가득 채운 당과 때문에 목이 막혀 온다.

당과를 입 안에 가득 문 채로 펑펑 눈물을 쏟아 내는 백호의 모습이 이상할 정도로 슬퍼 보인다.

눈물을 쏟아 내던 백호가 힘겹게 입을 열었다.

"끊으려 했는데…… 끊을 수 있다 생각했는데…… 끊을 수가 없어."

백호의 그 한마디에 주작은 쇠망치로 얻어맞은 것처럼 멍하니 서 있었다.

당과를 빗대어 말하고 있지만 백호가 말하고자 하는 게 뭔지는 확실했다.

월하린, 바로 그녀다.

백호에게 당과가 가지는 의미는 바로 월하린 그 자체였던 것이다.

주작은 그제야 알았다.

요즘 들어 밝게 웃고 즐겁게 행동했던 백호의 그 모든 것들이 점점 무너져 가는 자신을 지탱하기 위한 거짓된 행동이었다는 걸.

백호는 웃고 있었지만 속으로 울었고, 즐겁게 행동했지만 슬펐던 것이다. 그것도 모르고 주작은 백호가 원래의 모습으로 돌아온다 생각하고 기뻐하고 있었다.

그 속내는 전혀 알지도 못한 채로.

웃음으로 자신을 보호하던 백호는 사실 천천히 무너져 내리고 있었던 것이다.

당과를 입 안에 가득 문 백호가 고개를 치켜들었고, 그의 볼을 타고 두 줄기의 뜨거운 눈물이 흘러내렸다.

백호가 당과를 가득 머금은 입을 열어 천천히 한 여인의 이름을 되뇌었다.

"월하린⋯⋯."

〈다음 권에 계속〉

DREAMBOOKS

DREAMBOOKS

DREAMBOOKS

DREAMBOOKS